찬바람 더운 바람

소금북 소설선 003

찬바람 더운 바람

박계순 장편소설

소금북
sogeumbook

바람에 휩쓸리는 것 모두.
춤추지 않는 것 어디 있겠어.
어우르는 춤사위 거스르는 춤사위.
모두 좌우세로 중심 잡으려는 몸짓 아닐까.

지난밤에도 오민주는 혼잣말을 했다.

내 속에 바람이 불고 있어.
먹구름을 몰고 오는 황량한 바람이야.
바람은 이별을 읽었다가 기다림을 읽었다가….
도무지 무슨 춤을 추어야할지 모르겠어.
모르겠어. 모르겠….

혼잣말은 거기까지 이어지다가 끊겼다. 오민주는 몸을 뒤척였다. 침대 시트가 구겨지고 이불이 한쪽으로 밀렸다. 뒤척임은 한동안 지속되다가 잠잠해졌다.

"첫 박엔 하단전에 호흡을 강하게 끌어모으라고 했어? 안 했어?"

오민주 목청에 쇳소리가 섞인다.

"비연체는 제비가 날개를 펼치고 하늘을 나는 형상이야. 춤 폭을 넓고 날렵하게 표현하기 위해선 호흡 조절이 절대적이라구! 몇 번을 말해도 못 알아먹냐?"

십여 명의 단원들은, 또 지랄이네, 하는 표정을 재빠르게 서로서로 교환한다. 전면 벽거울 앞에 선 오민주는 등 뒤 단원들 표정을 한눈에 읽는다. 그네들 누구와도 눈을 마주치기 싫다. 싫다기보다 두렵다. 일단 눈을 감는다. 오른쪽 사선으로 45도 몸을 돌리며 팔짱을 낀다. 최대한 작품 구도를 구상 중인 자세를 취한다. 그러고는 실눈을 뜨고 거울로 단원들 동태를 살핀다.

화가 치솟은 건 실상 단원들 때문이 아니다. 무대에 올릴 군무 작품의 구도가 제대로 이어지지 않기 때문이다. 안무의 한계에 다다른 것이다. 한국무용에 대한 열정은 이미 식은 지 오래다. 그런 자신을 단원들에게 들키고 싶지 않아 안간힘을 쓰는 꼴이라니. 오민주는 팔짱을 풀고 눈을 치켜뜨고 홱 몸을 돌려 단원들과 마주선다.

"지금 구도가 문제가 아니라구. 춤사위 하나하나를 살려내는 게 급선무지. 허공을 향해 몸을 괜히 띄우는 게 아니야. 이 사위엔 마음을 비우고 영적 세계와의 접촉을 실현하려는 의지가 배어 나야 하는 거라구. 그런 다음 세속적인 마음의 갈등을 몸을 지지는 것 같은 느낌의 빠른 좌우세로…."

단원들의 낌새가 예사롭지 않다. 그네들에게서 갑자기 뜨거운 열기가 뿜어진다. 열기에 대항하는 오민주 목소리가 떨린다.

"빠른 좌우세로 내면의 갈등을…."

단원들이 일제히 동요한다. 순식간에 번지는 불길 같다. 단원들은 불꽃이 튀듯 낄낄거리며 오민주에게 접근한다. 단원들 속에 뜻밖에 임매자 선생이 끼어있다. 임매자와 눈이 마주친다. 임매자는 뭔가 할 말이 있는 눈빛이다. 공연장도 아닌데 웬일로 관객이 모여든다. 무리 속에 유종우와 이기훈도 보인다. 두 사람은 서로 알 리가 없는데 나란히 붙어있다. 눈을 맞춰 웃기까지 한다. 저쪽 멀리에서 안타까이 손짓하는 사람은 할머니 박순분이다.

단원 중 누군가가 불꽃을 터트리듯 소리친다.

"진도는 안 나가구 맨날 썰만 풀어대."

다른 쪽에서 또 불꽃이 터진다.

"우리! 공연이고 나발이고 집어치자!"

와아아아!

함성이 터진다. 상황이 걷잡을 수 없이 난폭하게 전개된다. 오민주가 쓰러진다. 단원들이 오민주를 짓밟으며 춤을 추기 시작한다. 오민주는 숨이 막히고 목구멍이 답답하다. 이대로 죽을 것만 같다. 임매자 선생을 안타까이 부른다. 선생니임 선생니임. 목소리는 입안에 갇힌 채 터지지 않는다. 임매자 선생이 안 보인다. 분명히 있었는데 없어졌다. 관객이 몰려나간다. 유종우도 이기훈도 보이지 않는다. 할머니 모습이 멀리서 가물가물 사라진다.

덩~따쿵따. 더덩~따쿵따. 자진모리장단 춤사위로 단원들의 발디딤이 점점 빨라진다. 수많은 발들이 쉴 새 없이 오민주의 몸을 난타한다.

아악! 아아악!

입 밖으로 터진 제 목소리에 놀라 오민주는 꿈에서 깨어났다.

벌떡 일어나 앉았다. 온몸에 땀이 축축했다. 한기가 느껴져 이불을 뒤집어썼다. 이가 부딪칠 만큼 몸이 떨렸다. 한기 때문만은 아니었다. 끔찍한 꿈속 장면이 너무 생생했다. 무용학원을 집어치우고 춤을 멀리한 지가 언젠데 왜 그런 꿈을 꾼 것일까.

20여 년 저쪽이 새삼 어제처럼 가까이 잡혔다. 시간을 확인해보니 4시 5분이었다. 다시 잠들기가 두려웠지만 이불 속으로 들어가 눈을 감았다. 감은 눈 속에 순간적으로 이기훈이 나타났다가 사라지고 유종우가 나타났다. 유종우는 사라지지 않았다. 잠이 올 것 같지 않았다.

벌떡 일어난 오민주는 베란다로 나가 담뱃불을 붙였다.

***

태풍이 폭우와 함께 오고 있단다.

아직 6월 초순이다. 예년에 비해 장마도 일찍 시작됐다. 절기가 허물어진 예측할 수 없는 자연현상은 어제오늘의 일이 아니다. 티브이 뉴스 채널에선 태풍 솔릭의 위세에 대해 요란하게 보도하고 있다. 이번 솔릭은 제주도를 거쳐 한반도 전역을 휩쓸 것이란다. 엄청난 강도로 기존의 그 어떤 태풍보다 길게 머물 솔릭에 미리 대비하라는 경고를 거듭 되풀이한다. 티브이 화면엔 제주도의 태풍 장면이 방영되고 있다. 거세게 휘몰아치는 바람, 빗줄기, 파도. 날아가고 나뒹구는 간판들. 물에 잠긴 주택과 차량들. 쓰러진 나무들. 뒤집힌 우산과 함께 떠밀리는 사람들.

태풍은 자연의 좌우세를 시험하려는 것일까. 단련시키려는 것일까. 균형 감각이 무뎌진 곳은 가차 없이 엎어버리고야 만다.

오늘 오후엔 태풍 솔릭이 한반도 어디를 거쳐 내일 오전엔 어디어디를 지날 것으로 예상된다는 격앙된 아나운서 목소리가 거실을 점령하고 있다.

잠자리에서 곧장 빠져나온 차림새의 오민주가 식탁 의자에 우두커니 앉아있다. 정물인 양 미동도 하지 않는다. 식탁 위엔 머그잔과 휴대폰만 달랑 놓여있다.

말티즈강아지 새봄이 티브이 앞에서 화면을 바라보고 있다. '새봄'은 작년 봄에 입양하며 오민주가 지은 이름이다. 앞다리를 세운 새봄의 안정적 자세가 앙증맞다. 까만 구슬 같은 두 눈과 까만 단추 같은 코 외엔 온몸이 새하얗다. 가끔씩 새봄이 오민주를 향해 고개를 돌리며 귀를 옴찔거린다. 오민주는 아무 반응을 보이지 않는다.

오민주가 옷방으로 들어간 지 세 시간이 넘었다. 책방에서 서너 시간 나오지 않는 일은 흔하지만 옷방에서 그렇게 긴 시간을 보내는 일은 드물다. 정서불안이거나 뭔가 심경에 변화가 생겼거나 아무튼 예사로운 상태가 아닐 때뿐이다.

옷방은 스탠드 거울을 향해 다섯 걸음 정도 뚫린 공간을 제외하곤 온통 옷뿐이다. 옷장 수납장 행거를 메우고 있는 것들 중에는 한국무용 의상도 많다. 무용의상이든 평상복이든 최근 것보다 오래된 것들이 대부분이다. 몇 년씩 혹은 몇 십 년씩 바깥바람한번 못 쐬고 처박혀있어도 그것들은 아주 숨이 끊어진 건 아니다. 40여 년 전 오민주가 30대 전후에 입었던 맞춤 투피스 원피스들도 역시 숨소리를 내고 있다. 그것들의 숨소리에서 오민주는 어느 순간 마음속에 불던 바람을 느낀다. 어떤 원인을 일으키던 바람. 결과 따위 생각지도 않던 바람.

나름대로 사연을 간직한 수많은 옷가지를 시대별 종류별 계절별 용도별로 정리하거나 이 옷 저 옷 입어보며 오민주는 마음을 다스리곤 했다.

벽 쪽 행거로 다가간 오민주는 연갈색 트렌치코트 앞에 멈춰선다. 오른손에 쥐고 있던 휴대폰을 왼손으로 옮긴다. 전화통화와 문자 확인만 필요한 노인들이 주로 쓰는 뚜껑 있는 전화기다. 그 물건은 오늘 역시 한 번도 울리지 않았다. 전화 올 데라곤 유종우뿐인데 그에게선 며칠째 무소식이다. 전화 따위 기다리지 말자고, 하지도 말자고, 혹독하게 마음에 담금질을 하면서도 어제까지 오민주는 유종우에게 전화를 걸고야 말았다. 역시 또 토막난 메마른 목소리가 들려왔다.

몸이…안 좋아서…. 좀…쉬고 싶은데….

오민주는 트렌치코트를 노려본다.

"쌍깔라!!"

연갈색 트렌치코트를 향해 뱉어낸 소리다. '쌍깔라'는 오민주가 화날 때 내뱉는 그녀만의 욕이다. 오른손으로 거침없이 옷걸이에서 벗겨낸 트렌치코트가 바닥에 널브러진다. 그 코트는 1995년 가을을 상징하며 유종우와 처음 만나던 때를 떠올리게 하는 옷이다.

그해의 한 계절이 기억 속에서 뭉텅 잘려지는 단기기억상실에 걸리는 상상을 하다가 오민주는 고개를 가로젓는다. 기억상실이라니 가당치도 않다. 그 무렵의 세계화 글로벌 바람이, 그 막강한 태풍이 누군가의 기억을 잠재워둘 리 없기 때문이다.

***

90년대 세계화는 경상도 태생 대통령의 요상한 '새개화' 발음으로 영어바람부터 일으키기 시작했다. 영어 열풍은 늙은이뿐 아니라 국어도 모르는 유치원 아이들에게까지 몰아쳤다. 완벽한 영어발음을 구사하기 위해 혀를 수술하는 사태까지 벌어졌다. 학원들은 원어민 강사를 모시기 위해 혈안이 되었다. 도대체 영어권 어디 태생이 원어민이란 말인지. 범죄자 원어민 강사가 속출해도 원어민 바람은 한반도 백성들 혓바닥을 춤추게 했다.

영어를 배워야 하나.

오민주는 신경이 쓰였다. 신문이며 잡지며 방송이며 간판들까지 다투어 영어가 섞인 희한한 말들을 만들어냈다. 신간소설들도 마찬가지였다. 알파벳이 아닌 한글발음으로 표기된 요상한 영어가 독해를 방해했다. 쌍깔라. 책을 읽다 보면 욕설이 자꾸 새나왔다. 희한하게 변질된 영어를 모르면 소통이 불편한 세상으로 변하고 있었다. 학창시절 수많은 시간 혓바닥을 굴리며 공부한 영어는 벙어리영어에 불과했다. 암기했던 단어들도 물거품이 돼 버린 지 오래였다.

단편적인 영어 때문에 불편한 건 실상 별 것 아니었다. 그 바람에 사전을 뒤지게 되고 그러다 보면 부수적으로 얻는 지식도 있게 마련이었다. 그보다도 오민주에게 문제는 문명의 이기로부터 당하는 왕따였다. 특히 컴퓨터는 친해지고 싶어도 접근이 어려웠다. 누구에게나 필수품이 된 가전제품과도 수많은 우여곡절을 겪어내면서 겨우겨우 얕은 관계를 유지할 수 있는 처지였다.

세상은 빠르게 진화하는데 오민주는 농경시대 할머니 습성에 머물러있었다. 남들 다 하는 자동차운전은 아예 꿈도 꿀 수 없는 일이었다. 핸들에 손이 닿는 순간 공포감으로 몸이 굳어지고 호흡곤란 지경에 이르렀기 때문이다.

오민주가 지독한 기계치임을 아는 사람은 그 무렵 이기훈뿐이었다.

***

휴대폰이 급속도로 보편화 되던 시기였다. 길에서 혼자 떠들며 웃거나 버럭버럭 소리치는 사람들도 이미 낯설지 않았다.

"아, 참. 제 휴대폰 번호 알려드릴게요."

마시던 생맥주잔을 내려놓으며 문득 생각났다는 듯 유종우가 말했다. 그는 주머니에서 메모지와 만년필을 꺼내며 덧붙여 말했다.

"명함이 없으니까 불편할 때도 있네요."

유종우에게 명함이 없다는 건 익히 알고 있었다.

"혹시 휴대폰 장만하지 않으셨어요?"

오민주는 입술을 오므리고 한숨을 내뿜었다.

"아니요. 없어요."

"아…. 그렇군요."

유종우는 휴대폰 번호를 묻던 다른 사람들과는 반응이 달랐다. 거의가 네? 없다고요? 반문부터 했다. 그러고는 굳은 표정으로 싸늘한 눈빛이 되거나, 번호 가르쳐주기 싫은 거군요. 대놓고 서운한 기색을 드러내기도 했다. 정말 그런 전화기 없다고 해도 믿으려 하지 않았다. 아마 오민주가 아직 무용학원을 운영하고 있으므로 더 그런지도 몰랐다.

그 무렵 오민주는 무용학원을 정리할 준비를 하고 있었다. 마음속에서는 이미 한국무용과 작별한 후였다.

"제가 괜한 걸 물었군요."

유종우는 고개를 틀고 뒷머리를 쓸어내리며 쑥스러운 웃음을 흘렸다. 그의 그런 특이한 모습은 오민주 시선을 빨아들였다.

"휴대폰 없다고 하면 다들 믿지 않으려 해요."

"아뇨. 전 그런 뜻이 아니었습니다. 사실 저도 직장만 아니라면 그런 거 없이 살 겁니다."

"전 기계랑 친하질 못해서…. 그래서 그런 건데…."

"저도 실은 기계칩니다."

"어머! 정말이세요?"

"정말입니다."

오민주가 까르르 웃었다. 웃음은 잦아들다가 다시 높아졌다. 유종우도 덩달아 따라 웃었다.

"기계치라는데 그렇게 좋으세요?"

"네. 좋아요. 동지가 생겼잖아요. 동지끼리 공평해지려면 저도 휴대폰 있어야 하겠네요. 자주 연락 주실 거지요?"

"물론이지요. 그렇다면 제가 장만해드리고 싶은데…. 그 휴대폰 벨을 제가 제일 많이 울릴 거니까요."

이기훈이 했던 말을 유종우가 똑같이 하고 있었다. 기계라면 무조건 무서워하고 기피하는 오민주 성향을 잘 아는 이기훈은 무용지물이 되고 말 휴대폰을 더 이상 권하지 않았다. 이기훈이 놓고 간 휴대폰은 한 달여 몇 차례 벨소리를 내다가 결국 쫓겨났다.

"아니에요. 그런 데까지 신경 쓰시는 거 원치 않아요."

"결국은 저 자신을 위한 일인데요, 뭐."

유종우는 또 고개를 외로 틀고 뒷머리를 쓸어내리며 쑥스러운 웃음을 지었다. 그 동작에서는 수줍음 타는 귀여운 사내아이 모습이 내비쳤다. 오민주는 그런 유종우에게 집중했다.

세 번째 생맥주잔이 탁자에 놓였을 때 오민주는 움찔 놀라 유종우에게서 시선을 거뒀다. 그러고는 눈을 감고 목운동하듯 고개를 빙 돌렸다. 유종우가 거품 넘치는 잔을 든 채 기다리고 있었다. 두 개의 맥주잔이 부딪치며 경쾌한 소리를 냈다.

"전 문명인으로의 진화능력이 부족한 사람입니다. 어쩌면 저 스스로 진화 자체를 거부하는 걸 거예요."

유종우 입매에 결기 같은 게 어리어 있었다. 어느새 사내아이 모습은 흔적도 없었다.

"신문사에도 전자시대 돌풍이 불어 닥쳤지요. 기자들은 취재수 첩과 볼펜 대신 노트북을 들고 다니다가 무릎에 올려놓고 자판을 두드려대요. 순식간에 변한 풍경이지요. 편집국에서 급한 취재지시를 할 때면 삐삐로 호출하고 삐삐신호를 받은 기자는 급히 전화기 있는 곳을 찾아가 편집국에 연락하던 시절이 엊그젠데 지금은 주머니에 넣고 다니는 휴대폰으로 편리하고 신속하게 연락을 주고받지요."

유종우가 허탈한 웃음을 흘렸다. 오민주는 숄더백 속에 들어 있는 단편소설 원고를 언제 꺼낼까 기회를 엿보는 중이었다. 유종우에게 보이려고 두 달여 끙끙대며 탈고한 원고다. 할머니가 세상의 전부였던 시절을 배경으로 한 어른동화 같은 작품이었다.

"신문사에서 더 큰 변화는 공무국입니다."

아무래도 원고는 유종우의 말이 끝난 후에 꺼내놓아야 할 것 같았다.

"공무국은 거대한 일개미집단처럼 움직였는데 지금은 그 흔적도 찾기 어렵게 됐어요. 편집자의 지시대로 명조체니 고딕체니 하는 글자 모양과 제일 큰 초호활자에서 포인트활자에 이르기까지 일일이 손으로 활자를 골라내던 문선공들, 그 활자들을 원고에 따라 판 위에 꽂아 넣던 식자공들, 음각 양각 같은 표제어를 만

들어내고 사진 삽화 도형 도안을 일일이 동판으로 떠내던 동판
공들, 그들이 모두 일자리를 잃고 밀려난 겁니다. 30대에서 50대,
간혹 60대까지 섞여 있던 공무국 숙련공들이 하루아침에 일터를
잃게 된 거지요."

오민주는 어느결에 유종우 얘기에 빠져들고 있었다. 말솜씨가
능숙해서만은 아니었다. 사람에 대한 유종우의 따뜻한 관심이
가슴을 뭉클하게 했기 때문이었다. 고개를 빳빳이 들고 있을 수
가 없었다. 변화하는 세상 구석을 찬찬히 살피지도 않으면서 소
설을 쓰겠다고 나선 자신이 부끄러웠다.

"이 도시가 좁다 보니 거리에서 그들과 우연히 마주치는 일이
종종 있습니다. 그냥 지나치기 뭣해 함께 소주잔이라도 기울이다
보면 가슴이 아파옵니다. 그들은 대개 막노동판을 전전하며 어깨
처진 가장으로 살아가거든요."

말을 멈춘 유종우가 빈 잔을 들어 올리며 또 맥주를 주문했다.
말을 많이 한 탓에 목이 마른 모양이었다. 이때다 싶어 오민주는
숄더백의 지퍼를 열고 원고 다발을 움켜쥐었다. 그 순간 유종우
가 다시 입을 열었다. 오민주는 슬그머니 손을 뺐다.

"편집국 공무국뿐만 아니라 광고국 직원들도 컴퓨터로 광고
문구를 다듬고 도안을 만들어냅니다. 매킨토시인가 하는 종합편
집 컴퓨터를 능숙하게 다루는 젊은이들이 높은 몸값으로 팔려
다니지요 신문사 뿐만 아니라 잡지사 출판사들도 사정은 마찬
가지예요. 컴퓨터 없인 이제 아무것도 할 수 없는 세상이 됐어요.
기계에 어두운 저는 컴퓨터가 낯설어서 여전히 원고지에 글을 썼

지요. 부드럽게 원고지 위를 스치며 잉크를 흘려주는 파커만년필이 글을 뽑아내는 제 무기였지요. 그런데 내가 쓴 원고를 받아다가 자판을 두드리며 컴퓨터에 입력하는 전산실 직원들을 볼 때마다 미안한 생각이 들어 요즘 노트북을 책상 위에 놓고 자판을 익히고 있습니다. 자판에 손을 얹으면 글도 막히고 손가락 움직임도 어색해 밀어치웠다가도 어쩔 수 없이 다시 시도할 수밖에 없었지요."

오민주는 머릿속이 복잡해졌다. 소설을 쓰려면 우선 컴퓨터부터 다룰 줄 알아야 할 것 같았다.

"신춘문예든 문학상이든 원고지에 쓴 육필원고는 멸시당하는 시댑니다. 컴퓨터로 출력한 A4용지 원고라야 부담감 없이 응모할 수 있는 거지요"

그 기계를 익혀야 한다는 중압감이 오민주 가슴을 짓눌렀다. 전자레인지도 두려워 자리만 지키게 해놓고 거의 사용하지 못하는 주제에 어찌 그걸 익힐 수 있을지 난감했다. 어쨌든 소설을 쓰겠다고 작정한 이상 컴퓨터라는 괴물과 친해지지 않을 수 없는 일이었다.

"디지털시대 아닙니까. 원고지에 쓴 글은 아무리 글씨체가 좋아도 읽기가 불편해진 겁니다. 원고지에 철저히 길들여진 세대들도 단박에 그렇게 느끼게 된 겁니다. 의식체계는 아날로그적인데 감각은 디지털화된 거지요. 하루아침에 천덕꾸러기로 전락한 게 어디 육필원고뿐이…."

말을 멈춘 유종우 시선이 오민주 이마에 닿았다. 벌써부터 오민주 고개는 15도쯤 숙여진 상태로 움직임이 없었다. 오민주는 유종우 시선을 의식하지 못하고 있었다. 오민주 의식은 원고지 네모 칸에 한 자 한 자 펜을 움직이던 시간에 닿아있었다. 할머니가 한 땀 한 땀 바늘로 박음질하는 모습을 묘사하던, 그러니까 더 아득한 할머니의 시간에.

어느 순간 오민주 시선이 유종우 시선에 빨려들었다. 뭔가 부끄러운 짓을 하다 들킨 듯 두 사람은 함께 어색한 미소를 흘렸다. 그러고는 동시에 남아있던 각자의 맥주를 벌컥벌컥 들이켰다.

"요즘은 전혀 소설 안 쓰시나요?"

무슨 말인가를 해야 할 것 같아 오민주가 불쑥 한 말이었다.

"못 쓰지요. 맨날 잡글이나 써대다 보니 소설하곤 멀어졌어요. 문득문득 소설에 대한 향수병이 도질 때가 있는 걸 보면 아예 팽개친 건 아닌 모양입니다. 주제도 모르고 꼴값하는 거지요."

"주제를 모르다니요. 선생님은 원래 작가시잖아요. 논설위원은 직업일 뿐이고요."

"소설을 못 쓰고 있는데 작가는 무슨 작갑니까. 앞으로 작가 호칭은 오민주 씨에게 붙여질 거예요. 소설 쓰려고 무용학원도 그만두실 거라면서요. 아무튼 대단하십니다. 열정이 부럽습니다."

"듣기 거북하군요. 전 선생님 작품에 감탄해서 작품집 읽고 또 읽고, 몇 번이나 읽었어요. 깔끔한 문장과 독특한 문체가 너무 좋아서요. 뿐만아니라 인간의 무의식에 대한 심층적…."

"오민주 씨. 그만 하세요. 저야말로 듣기 거북하군요."

순간 오민주는 말을 멈추게 한 유종우가 고마웠다. 아는 척 외줄 타기를 하다가 중심을 잃고 떨어질 것 같은 아슬아슬한 순간이었기 때문이다. 도대체 문장이며 문체에 대해 뭘 안다고 혀를 나불거렸을까. 더군다나 인간의 무의식에 대한 심층적 어쩌고, 유종우 작품에까지.

오민주는 원고 꺼내놓지 않길 잘했다고 생각했다. 부피도 많고 읽기도 거북한 원고뭉치를 내미는 건 예의가 아닐 것 같았다. 급할 것도 없는데 서두를 필요가 뭐 있겠는가. 컴퓨터 정복도 해야겠지만 무엇보다 소설이랍시고 쓴 작품에 대한 철저한 점검이 우선이라는 생각이 들었다.

생맥주집 나무계단을 내려올 때 유종우가 오민주 허리를 팔로 감아 부축했다. 오민주는 유종우에게 몸을 의탁했다. 나무계단이 텅 텅 안정적으로 울리다가 엇 박으로 터덩 텅 불안정한 소리를 내기도 했다. 실제로 오민주의 취기는 몸의 균형을 잃을 만큼은 아니었다. 계단을 다 내려와서 유종우가 오민주 허리에 두른 팔을 풀려고 하자 오민주가 발을 헛디딘 듯 휘청, 했다. 놀란 유종우가 다급하게 감싸 안았다.

"괜찮겠어요?"

물씬 풍긴 유종우 체취를 오민주는 깊이 들이마셨다. 그 순간 이 남자와 몸을 섞고 싶다는 강렬한 욕망에 휩싸였다.

안 돼!

오민주 자신에게서 나는 소리였다. 너무나 단호했다. 잠재의식의 판단일 터였다. 잠재의식 속에는 즉흥적 충동에 제동을 거는 또 다른 자아가 있었다. 뻗대고 싶었다. 도대체 왜? 이기훈 때문에? 틈새를 비집고 할머니 목소리도 들렸다.

'여자가 몸떼이를 함부루 굴리믄 깨진 바가지와 매한가지 되는 게야.'

생뚱맞게 할머니 목소리가 왜 끼어들었을까. 저 먼 시간대의 윤리관이 참견하는 건 우스운 일이었다. 그런데 왠지 찔렸다.

오민주는 유종우 가슴을 밀어냈다.

"괜찮아요."

필요 이상 목소리가 크게 나왔다. 터무니없는 노여움도 깔려 있었다. 유종우를 안 지 1년 가까이 되었지만 좀처럼 거리감이 좁혀지지 않았다. 그동안 예술인 모임이나 문인들 출판기념회 같은 데서도 여러 번 만났고 단둘이 술을 마신 적도 여러 번이었다. 그때마다 유종우는 너무나 깍듯이 정중했다. 또한 취중에도 언행에 흐트러짐이 없었다. 그렇다고 딱딱하거나 긴장감을 조성하는 것도 아니었다. 적절히 유머를 구사했고 은연중에 장난기를 내비치기도 했다. 종횡무진으로 영문학이나 한시를 설명할 때도 판소리처럼 변화무쌍한 화법으로 빨려 들게 만들었다. 물론 유종우가 오래 교직에 몸담았던 이력 탓이기도 할 것이다. 그러나 오민주는 유종우의 화법이 자신에 대한 호감 때문이라고 믿고 싶었다.

오민주는 유종우가 순간순간 스스럼없이 느껴지다가도 처음처럼 어려워지기도 했다. 헤어지고 나면 좁혀지지 않은 거리감이 여전히 자리를 잡았다. 그런 까닭에 공중전화부스에 들어가 그의 직장 전화번호를 돌리다 만 적이 만난 횟수보다 더 많았다. 소설원고를 꺼내놓지 못한 것도 그런 맥락이었을 것이다.

"저 혼자 갈 수 있어요."

오민주가 단호하게 말했다. 맞은편 어둠 속에서 붉은 모텔간판이 빛을 발하고 있었다. 그 순간 그 붉은 간판은 오민주에게 금단의 사과였다.

"댁까지 모셔다드릴게요."

"아니, 걱정마세요. 저 모퉁이 돌아서 조금만 가면 돼요."

오민주는 빠른 걸음으로 유종우로부터 멀어져갔다. 집까지 부축을 받으며 가고 싶었지만 아무래도 그러면 침실까지 함께 들어가게 되는지도 몰랐다. 유종우와의 관계를 그렇게 한순간에 흠집 내고 싶진 않았다. 빨리 헤어지는 게 안전했다. 그렇게 마음을 다잡으면서도 오민주는 유종우가 뒤따라오는지 곁눈으로 살폈다. 유종우가 거리를 좁혀오고 있었다. 확실했다. 가슴속에 열기가 번졌다.

맞은편 모퉁이에서 나타난 남자는 한눈에도 술 취한 걸음이었다. 취한 걸음이 오민주 앞을 막아서려 할 때 뒤에서 유종우가 뛰어왔다.

"거봐요. 괜찮긴 뭐가 괜찮아요."

오민주를 낚아채며 유종우가 식식거렸다.

"밤길이 얼마나 위험한지 몰라요? 특히 유독 아름다운 분에겐."

금세 큰길이었다. 전방 백 미터 정도까지가 유종우와 함께할 수 있는 시간의 끝이었다. 네 다리가 움직이며 내는 발소리. 그리고 두 입에서 나는 숨소리. 그 소리들을 들으며 상대를 확인하는 것도 끝이었다. 끝을 연장하고 싶었다. 조금이라도 더 끌고 싶었다.

유종우는 내가 이 근처에 산다는 것만 알뿐이야.
집을 향해 직행하지 않아도 돼.
집 주위를 뱅뱅 돌며 시간을 끌까.
그러면서 밤을 새울까.
해가 떠오르면 지금의 내가 한심하게 느껴질 거야.
시간은 엄정하니까 이 밤은 지날 것이고 해는 떠오를 것이야.

"댁이 어디예요?"
놀란 오민주가 우뚝 멈춰 섰다. 끝이 왔음을 확인시키는 목소리였다.
"저기 생맥주간판 보이죠? 그 건물이에요."
"거긴 민주 씨 학원으로 알고 있는데…."
"3층이 학원이고 2층이 제 살림집이에요. 곧 학원을 그만둘 거라서 거처도 옮겨야 해요. 이제 소설만…. 실은 오늘…."
"오늘 제게 용건 있어서 만나자고 하신 거지요?"
"네 그래요."
"그 용건, 저기 생맥주집에서 말해줄래요?"

유종우 말투가 파리 잡는 끈끈이 같다는 생각이 들었다. 순간적으로 유종우나 이기훈이나 거기서 거기처럼 느껴졌다. 오민주는 자신의 존재를 오롯이 독립시키고 싶어졌다.

"아니요. 용건 미루기로 했어요. 그럼 안녕히 가세요."

오민주는 바람같이 건물 안으로 이동했다. 유종우는 졸지에 사라지는 오민주를 지켜볼 수밖에 없었다.

잠시 후 2층 창이 밝아졌다.

***

아무리 깨끗해도 공중화장실처럼 느껴지는 호텔방. 수많은 몸뚱이가 누웠던 하얀 침대. 그런 곳에서 감각의 촉수를 동원해 이기훈을 받아들이던 역할이 생생히 떠올랐다.

오민주는 천천히 샤워를 마치고 자신의 침대에 누웠다. 그곳에도 이기훈의 환영이 생생했다. 어느 땐가부터 이기훈은 호텔보다 오민주 침실에 관심을 기울였다. 이번이 마지막이야. 이기훈에게도, 침대시트를 정리하는 자신에게도, 반복하게 되는 말이었다. 그런데 이기훈은 던지면 튀어오는 공과 같았다.

이제 우리 그만 만나.

이제 찾아오지 마.

이제 마지막이야.

되풀이할수록 퇴색되는 말의 의미는 공허할 뿐이었다.

"널 사랑하는데 어쩌란 말이야. 이건, 법도 간섭할 수 없는 내 마음이야. 아내는 의무고 너는 진심이야."

며칠 전 이기훈이 한 말이다. 아무런 동요가 일어나지 않았다. 인간이 점점 사물화되어 가고 있음에 편승한 것일까. 서른 살 무렵이었다면 이기훈의 말이 가슴에 꽂혔을지도 모른다. 오민주는 그 산업화 이전 시대의 정서가 새삼 아릿하게 그립기도 했다.

일방적으로 갈구하는 사랑은 온전한 사랑이 아니다. 그런 사랑은 원망을 불러오고 원망이 깊어지면 극도의 적대감으로 치달을 것이다.

이기훈은 밀어낸다고 밀려날 대상이 아니다. 그는 자기방어가 몸에 밴 사람이다. 어떤 경우 그에게 납치당해 끔찍한 상황에 처해질 수도 있을지 모른다. 오민주는 처음으로 이기훈이 두려운 존재로 느껴졌다. 그는 마음만 먹으면 상대에게 죄목을 만들어 올가미를 씌울 수도 있는 위치의 인물이다.

잠이 올 것 같지 않아 기어이 소주병을 손에 들었다.

술기운은 금세 오민주를 호기롭게 변화시켰다.

쌍깔라. 놀고 자빠졌네. 이제 와서 웬 사랑 타령.

마음대로 농락하고 마음대로 떠나버린 새끼가.

멋대로 던졌다가 꼴리는 대로 당기는 게 사랑이냐.

이젠 내가 널 버릴 거다.

쌍깔라.

휴대폰과 컴퓨터 관련 매장이 시내에 그렇게 많은 줄 몰랐다. 오민주는 매장을 돌며 휴대폰과 노트북과 컴퓨터와 프린터를 한 꺼번에 구입했다. 어느 매장에서 어떤 대상을 선택해야 할까, 갈 등 때문에 시간을 많이 허비했다. 결국은 다리에 힘이 풀릴 만큼 지쳤을 때 눈에 띈 대상이 선택됐다. 돌아오는 길에 체력을 짜내 컴퓨터관련 책과 A4용지까지 샀다.

컴퓨터가 책상 위에 설치되는 동안 오민주는 우선 휴대폰부터 손에 들고 설명서를 훑었다. 글씨가 작고 빽빽한 설명문장은 읽 어도 이해가 쉽지 않았다. 겨우 전화를 걸고 받을 수 있는 사용 법을 익혔다.

최초로 유종우와 통화를 시도했다. 손가락이 떨려 한참 심호 흡을 해야 했다. 신호음이 길게 몇 번 울리는 동안 심장은 숨 가 쁘게 쿵쿵 뛰었다.

"네에. 유종웁니다."

유종우 목소리가 들리는 순간 입안에 고였던 침이 목구멍을 넘어갔다. 침이 식도를 내려가는 속도가 할머니의 아리랑 가락처 럼 더뎠다. 금방 입을 열어 말을 할 수가 없었다.

"여보세요? 누구···."

"저 오민주예요."

오민주는 침을 욱여넣으며 다급하게 응답했다.

"휴대폰 구입하자 마자 제일 먼저 신고 전화 드리는 거예요."

"아, 영광입니다. 그런데 휴대폰은 제가 장만해드리려고 한 건 데···그새 구입하셨군요. 말만 앞선 꼴이 돼버렸네요."

"컴퓨터 사면서 내친김에 함께 샀어요."

"성의를 표하고 싶었는데…. 유감입니다."

"괜한 신경 쓰지 않으셨음 좋겠어요."

오민주 미간에 주름이 잡힌다. 정말 괜한 신경을 쓰게 만든다. 선물이란 고마워해야 하는 짐을 안겨주게 마련이다. 짐을 털어내려면 그만큼의 대가를 지불해야하는 것이다. 물질적인 뭔가를 서로 주고받는다는 건 번거롭고 귀찮은 일이다. 오민주는 다시 또 그런 부담감에 묶이고 싶지 않았다. 예전에 이기훈이 일방적으로 지불했던 데이트 비용과 자취생활 비용이 갚을 수도 없는 빚으로 남을 줄은 몰랐다.

"한동안 저 꼼짝 않고 컴퓨터 익혀서 소설 완성할 거예요. 그 때까진 아무도 안 만날 거예요. 그래서 당분간…."

"알겠습니다. 탈고하실 때까지 참고 기다리겠습니다."

오민주는 며칠에 걸쳐 컴퓨터 사용법 책자를 참을성 있게 탐독했다. 돌파하려는 의지가 강해서일까 그런대로 그 기계에 접근할 수 있었다. 자판을 자신의 손가락으로 두드리며 문장을 이어나가는 일이 서툴지만 황홀했다. 새로운 세상에 편입한 신입생처럼 설레는 나날 속에서 수정을 거듭한 단편소설이 완성돼가고 있었다.

컴퓨터로 소설을 쓰는 동안 간간이 전화벨이 울렸다. 무용학원과 연결된 유선전화 벨소리는 이기훈일 확률이 높았다. 무용학원은 간판도 없애고 폐원조치를 끝낸 상태였으므로 거기 관련된 전

화는 벌써부터 걸려오지 않았다. 전화벨 소리를 무시하며 오민주
는 만족감을 느꼈다. 물론 전화를 걸고 있는 상대가 이기훈이라
고 단정했기 때문이다.

조만간 이기훈이 집으로 들이닥칠지도 모른다. 그러면 강도 높
게 그를 무시할 수 있는 기회를 얻는 셈이다. 어쨌거나 오민주는
온통 유종우에게 빠져있는 상황이므로 이기훈이 먼 데서 찾아오
든 말든 신경 쓸 여유도 없었다.

오민주는 휴대폰 벨소리만 응답했다. 휴대폰 번호를 알고 있
는 사람은 언제까지나 유종우뿐일 것 같았다.

"소설, 언제쯤이면…."

유종우가 조심스럽게 입을 열었다. 소설 끝낼 때까지는 아무도
안 만날 거라고 했기 때문인 모양이었다. 오민주도 자신이 한 말
때문에 당장 만나고 싶은 갈망을 억누를 수밖에 없었다.

드디어 탈고한 단편소설을 A4용지에 출력하며 오민주는 유종
우에게 전화했다.

"끝냈어요."

"와! 드디어 해내셨군요. 축하드립니다."

"축하받을 일은 아닌데…."

"무슨 말씀. 아무튼 전 목 빠지는 줄 알았습니다."

유종우가 한바탕 웃었다.

오민주는 외출준비에 공을 들였다. 무대분장 때보다 더 시간이
걸렸다. 집 밖으로 나왔을 때 익숙한 거리가 새롭게 보였다. 인생
에 이렇게 기쁜 날도 있는 것이구나 싶었다. 유종우 웃음소리가

귓가에 쟁쟁했다.

***

그날 유종우를 만난 장소는 세 군데였다.

첫 번째 장소는 카페였다.

커피를 마시며 유종우는 오민주가 A4용지에 출력한 소설을 읽었고 오민주는 이미 여러 번 읽은 유종우의 작품집 중에서 한 편을 다시 읽었다. 한 시간 이상 두 사람은 읽기에만 전념했다. 읽기를 마치고 서로 마주 보았을 때 유종우는 말없이 오민주를 바라보기만 했다. 시선이 너무 집요해서 오민주는 양손바닥을 펼쳐 얼굴을 가렸다.

"뭐예요. 저, 얼굴 뚫어지겠어요."

"아, 미안합니다. 너무 충격이 커서 그만 할 말을 잃었습니다."

이번엔 오민주가 유종우를 뚫어지게 바라봤다. 무슨 의미의 말인지 섣불리 가늠할 수 없었다. 기대했다가 낙담할까봐 겁이 났다. 유종우가 쑥스러운 듯 뒷머리를 손으로 쓸어내리며 자세를 고쳐 앉았다.

"정말 첫 작품 맞아요? 믿기지가 않아서요. 문장력 상상력 구성력, 뭐 하나 흠잡을 데 없이 탄탄하고, 솔직히 한방 맞은 기분입니다. 이 정도 수준일 줄은 상상도 못 했거든요. 단편소설에 대한 이해도가 저보다…."

"지금!"

오민주가 빽 소리쳤다. 유종우 눈이 둥그레졌다.

"저, 불쌍해서 동정하는 거예요? 아님 수작 거는 거예요?"

"네?"

순간적으로 유종우 얼굴 근육이 굳어졌고 눈빛에 노기가 어렸다.

"어떻게 그런 말을…."

유종우가 벌떡 일어났다. 수탉이 벼슬을 세우는 기세였다.

"먼저 가겠습니다."

오민주도 얼굴이 굳어졌다.

저렇게까지 발끈할 말이었나? '수작'은 아무래도 심했던 것 같았다. 사과를 해야 하나?

카운터에서 계산을 마친 유종우가 다시 발길을 되돌렸다. 그럼 그렇지. 오민주 얼굴에 금세 화색이 돌았다. 그런데 돌아온 유종우는 자리에 앉지 않았다. 우뚝 선 채로 탁자 위의 소설원고를 서류봉투에 넣지도 않고 함께 집어 들었다. 그러고 나서 빠르게 말했다.

"이건 저 보라고 주신 거니까 제가 가져가는 게 맞을 것 같습니다."

오민주가 발딱 일어섰다.

"저도 가져가세요."

두 번째 장소는 주막이었다.

걸음이 무척 빠른 유종우를 놓치지 않으려고 오민주는 종종걸음 치다가 뛰기도 했다. 두 정거장쯤 되는 거리였다. 시장 입구의 난전이 거의 걷힌 시각이라 길바닥에 널브러진 배춧잎이 바쁜 발걸음들에 짓이겨지고 있었다. 11월 중순의 어스름 녘은 쌀쌀했지만 오민주는 땀을 흘렸다.

별의별 안주거리를 끓이거나 굽는 냄새와 술꾼들의 왁자지껄한 소음이 범벅된 골목에서 유종우 발걸음이 멎었다. 그곳은 1960년대로 돌아간 착각에 빠지게 하는 장소였다. 잊고 있던 그 시대의 그리움이 한꺼번에 밀려와 오민주는 눈시울이 화끈거렸다. 어렸을 때 할머니와 거기 어느 집에선가 국밥을 먹던 장면까지 아슴푸레 떠올랐다.

천 쪼가리가 펄럭이는 입구로 들어서며 유종우가 처음으로 뒤를 돌아봤다. 오민주도 천 쪼가리를 들추고 들어갔다. 드럼통으로 만든 탁자 옆으로 엉덩이만 걸치고 앉는 나무토막 의자가 아무렇게나 놓여있었다. 유종우는 익숙하게 토막의자 둘을 끌어당겼다. 그러곤 토막의자 하나에 손수건을 펼쳐놓고 오민주를 쓰윽 쳐다보았다. 앉든지 말든지 맘대로 하라는 눈빛이었다.

"하이고 오랜만에 발걸음 허셨네."

늙은 주모가 오민주를 흘금거리며 유종우를 반겼다.

"오늘은 얼큰한 생태찌개에 쐬주가 몹시도 그리웁다. 얼릉 쐬주부터 주슈." 척, 토막의자에 엉덩이를 걸치며 유종우가 호기롭게 말했다. 엉거주춤 서있던 오민주는 손수건 깔린 토막에 되똑 앉았다. 유종우가 등지고 앉은 조리대 옆에는 크기도 모양도 각각인 옹기단지가 쪼르르 놓여있었다. 유종우 등 뒤에서 주모의 손놀림이 분주했다.

"웬일이랴. 꽃 겉은 처자를 다 데불고 오고. 해가 서쪽에서 떴는갑다."

손을 재게 놀리며 남이 듣든 말든 상관 않고 떠벌이는 주모의 혼잣말이었다. 오민주 귀에 들렸으니 주모와 가까운 유종우야 물론 들었을 텐데 못 들은 척 굳은 표정엔 변함이 없었다.

언제까지 저 표정을 고수할까.

오민주에게 그 순간의 유종우는 달래주기를 바라며 심통 부리는 아이처럼 보였다. 은근히 재미있어지며 속에서 웃음이 들썩였다. 미어져 나오려는 웃음을 참다가 쿡, 파편처럼 터트리고 말았다. 소리가 좀 컸다. 역시 유종우가 못 들었을 리 없는데 능청맞게 여전히 시치미를 떼고 있었다. 오민주는 이내 웃음기를 거두었다. 그러곤 편하게 다리를 꼬고 팔짱도 끼고 얼굴을 턱 들이대고 노골적으로 유종우를 빤히 바라봤다. 안절부절못하고 쩔쩔매는 기색이 고스란히 유종우 표정에서 읽혔다.

마침 연탄불 위에 찌개냄비가 놓이고 연탄불을 둘러싼 둥근 탁자에 갓 담근 빛깔의 김장김치와 몇 가지 밑반찬과 술병 술잔 수저가 신속하게 차려졌다. 썰렁하던 탁자가 금세 풍성해졌다.

"뜨끈헌 찌개국물로 속부터 데우고 술은 츤츤히 자셔."

슬쩍슬쩍 곁눈질 해가면서 주모가 말했다.

"오늘은 속에 불이 붙어서 쐬주로 불부터 꺼야 쓰겄수."

불퉁스런 유종우 말투에 주모는 더 이상 대꾸 않고 입술을 삐죽 내밀더니 오민주에게 찡긋 눈짓까지 하고 물러갔다.

유종우가 소주병을 들었다. 오민주가 잽싸게 빈 잔을 쑥 내밀었다. 3초쯤 뜸을 들이고야 유종우는 오민주가 들고 있는 잔에 술을 따랐다.

"수작은 제가 먼저 걸었거든요."

술잔을 비우자마자 오민주가 말했다.

"그 소설이 미끼였어요."

유종우는 아무 대꾸도 하지 않았다. 두 사람은 한동안 각자 술을 따라 연거푸 술잔만 비웠다.

"그 소설, 수작 맞습니다!"

갑자기 유종우가 소리쳤다. 막혔던 봇물이 터지는 기세였다. 특히 '수작'을 크게 발음했다. 수작의 다른 뜻을 생각하던 오민주가 고개를 젖혀가며 깔깔거렸다.

소주 세 병이 비워졌을 때 주막엔 빈자리가 없었고 시끌벅적한 열기가 그 공간을 팽창시켰다. 주거니 받거니 술잔이 오가는 동안 어숭그러하던 오민주와 유종우 사이는 어느결에 화기애애해졌다. 유종우 목소리엔 힘이 넘쳤다.

세계화 현상에 대해 진지하게 설명하는 유종우 말소리가 오민주 귓전을 맴돌았다. 간간이 여기저기서 휴대폰벨소리가 울렸다. 그럴 때마다 버럭버럭 질러대는 소리 때문에 유종우는 하던 말을 중단해야 했다. 휴대전화 확산도 세계화와 맞물린 현상일 터였다.

"생태계의 급속한 변화, 아니 붕괴라고 함이 맞죠. 그 또한 세계화바람 탓이에요. 북한강 남쪽, 가평천 청평천에 흔하던 버들치 모래무지 피라미가 점점 줄어들더니…."

유종우는 누군가의 휴대폰 통화 소리 때문에 낚시 쪽으로 물꼬를 트려던 말을 또 중단했다. 오민주는 낚시 얘기엔 흥미가 없었으므로 다행스럽게 생각했다. 낚시가 유일한 취미였다는 유종우는 언젠가 아침못을 들먹인 적이 있었다. 아침못에서 찌를 바라보고 있노라면 신선이 된 착각에 빠진다며 그곳에 함께 가고 싶다고 했다. 그때 오민주는 아침못이 있는 동네가 자기가 태어나 자란 곳이라고 말하지 못했다. 우물쭈물하다가 그렇게 됐다.

"아침못에서 흔하게 낚이던 붕어 잉어, 상걸리의 쏘가리들 지금은 구경하기 어려울 거예요."

유종우의 말문이 다시 열렸다.

"아침못은 벌써부터 낚시 금지구역으로 지정됐으니 덜 오염됐을지 모르지만…. 참, 아침못 얘기 언젠가 제가 한 것 같은데…. 호젓하게 숨어있는 신비스러운 못물이지요. 꼭 민주 씨에게 보여드리고 싶어요."

"저기…그…."

오민주는 말을 하려다 멈췄다. 유종우가 몸을 기울이고 재촉하는 눈빛으로 바라봤다. 오민주는 얼떨결에 말을 돌렸다.

"술잔 좀 부딪쳐가면서 낚시 얘기 듣고 싶어서요."

"아따 그럽시다."

신바람 나게 유종우가 받아쳤다.

아침못은 저에게 태반이며 요람이에요.

오민주는 그렇게 말하고 싶었다. 그런데 이기훈이 가시처럼 목에 걸렸다. 오민주와 쨍그랑, 순잔을 부딪친 유종우는 한껏 기분이 고조된 듯싶었다.

"토착어종의 씨를 말리는 주범은 외국에서 들어온 블루길과 배스입니다. 블루길은 아가미에 푸른색 점이 있어 붙여진 이름인데 도미 비슷한 생김새로 육식어종입니다. 피라미 붕어 잉어새끼는 말할 것도 없고 제 몸만큼 큰 수중 생명체를 먹어치우죠. 블루길보다 늦게 들어온 배스는 민물의 난폭자라고 불리는 어종입니다."

유종우는 자신의 말에 취해 술술 풀어내고 있었다. 오민주는 엉뚱한 생각에 빠져들고 있었다.

블루길, 배스. 본 적도 없는 외래어종 명칭이 왠지 댄스를 연상케 했다. 물속을 유영하는 생명체가 물고기 대신 엉뚱하게도 벨리댄서와 발레리나로 바뀌었다. 무희들은 배꼽까지 노출하고 몸을 비틀어대고 흔들어대고 다리를 짝짝 벌려대고 폴짝폴짝 뛰어오르기도 하는 현란한 춤을 춰댄다. 한적한 강가의 산천초목을 배경으로 도무지 어울리지 않는 춤이다.

벨리댄스와 발레가 한국무용을 깔아뭉개며 전통의 맥을 끊어놓듯 강물에서는 블루길과 배스가 우리 어종의 씨를 말리고 있다니….

"그것들이 우리 어종처럼 맛이 있다면 그렇게 놔두진 않을 텐데…."

눈이 마주치자 유종우가 말을 하다말고 소리 없이 웃었다. 눈꼬리에 안타까움이 매달려있었다. 유종우의 안타까움은 오민주

가슴으로도 번졌다. 육법전서에만 몰두해 있던 이기훈에게서는 느낄 수 없던 감정이입이었다.

"블루길이든 배스든 한 놈이라도 더 잡아 없애야 하는데, 어쩌겠어요. 관에서 그 물고기를 사들이는 수밖에 없는 거죠."

"저도 낚시하고 싶어요. 블루길 배스 우리가 다 잡아요."

두 사람의 웃음소리가 유쾌했다.

"좋아요. 봄 오면 언제 날 잡아서 함께 낚시하러 가요."

유종우 목소리에 힘이 넘쳤다. 벌써 오민주 눈앞에는 별이 쏟아질 것 같은 강가의 낚시터 정경이 그려졌다. 불 밝힌 텐트와 매운탕이 끓고 있는 버너. 더할 수 없이 낭만적인 정경 속에 유종우와…. 아, 그런데 유종우가 그의 아내와 마주앉아 있는 그림이 겹쳐지는 것이었다.

고개를 바짝 세운 오민주가 유종우를 흘겨보았다. 얘기에 열중한 유종우는 오민주 시선을 눈치채지 못했다.

"배스 이놈은 입이 얼마나 큰지 웬만한 붕어 잉어 메기 같은 물고기를 통째로 삼켜버립니다. 치어부터 성어까지 모두 잡아먹으니 토착어종들의 씨를 말리는 건 당연…."

오민주의 댕돌같은 시선을 그제야 눈치챈 유종우는 입을 다물고 눈을 슴벅거렸다.

"제가 너무 길게 지껄였군요. 죄송합니다."

"아니, 아니에요."

오민주가 양손을 흔들며 말했다.

"여기가 너무 시끄러워서 순간적으로 짜증이 났던 거였어요.

이제 그만 나가고 싶어요."

"아, 네. 네. 전 그런 줄도 모르고….".

그만 헤어지자는 뜻으로 받아들인 듯 유종우는 금세 서머한 낯빛이 되어 서둘러 계산을 마쳤다.

주막을 나오자 쌀쌀한 밤공기가 뺨을 얼얼하게 했다. 다짜고짜 유종우 팔짱을 낀 오민주는 그의 어깨에 얼굴을 비볐다. 밤의 낚시터가 지워지지 않은 상태였다. 팔짱을 조이며 오민주가 낮은 소리로 말했다.

"지금 당장 우리 둘만의 공간에 있고 싶어요."

세 번째 장소는 산장이었다.

둘만의 공간은 비좁았지만 어쨌든 침대, 2인용 테이블, 화장대, 미니냉장고, 티브이가 갖춰져 있고 샤워할 수 있는 화장실이 붙어있어 불편할 건 아무것도 없었다. 순간, 오민주 눈앞에 그려지는 방이 있었다. 수없이 들었던 할머니 목소리도 생생했다.

"아, 글쎄 생면부지 피난민덜 허구 엉게덩게 한 방에설랑 쪼그리구 밤을 보내는데 그녀서거 이서껀 베룩이서껀 우찌나 극성시럽던지. 피가 나두룩 긁다가 날이 샜는데 밤새 돌림병으루다 죽어 자빠진 시신이 서넛이나 됐구먼. 가엾게두 거진 얼라덜이었지. 용케 민주 널랑은 천지신명이 보살핀 덕에 화를 멘했지만서두."

그 때 오민주는 두 돌이 채 안 된 어린애였다. 그날 밤 살아남은 건 천행이라고 할머니는 누누이 말했다.

"암, 천행이지. 천행이구 말구. 암만."

그렇게 말할 때의 할머니 눈빛은 귀신과 소통이라도 하는 듯 이상한 빛을 발했다. 오민주에게 그때의 기억이 있을 리 없을 텐데 자라면서 되풀이 듣다보니 그 방의 처참한 정경이 선히 잡혀 있었다. 오민주는 '그 방'을 떠올리며 낯선 방을 둘러보았다.

　우리가 나갈 때까지 완벽한 우리 방이야.
　세상과 단절된 우리 둘만의 비밀의 방.

　춤이 몸에 실렸다. 주문한 맥주와 마른안주와 과일로 주안상을 차리고 샤워를 하고 포옹을 하고 건배를 하는 모든 동작이 춤으로 녹아들었다. 집중된 유종우 시선은 오민주의 세포들까지 낱낱이 춤추게 했다.
　오감은 오직 유종우만을 빨아들일 뿐이었다. 감각을 방해하는 의식은 이미 옷가지보다 먼저 벗어던졌다. 합일은 숨 가쁜 전조로 폭풍을 몰고 왔다. 구름밭을 두 몸이 하나 되어 슝~슝~ 날아다녔다. 찰나가 영원이고 영원이 찰나인 시간이었다.
　이기훈이 유성처럼 빠르게 스쳐 가는 시간이기도 했다.

***

　자고 나면 더, 더 편리하고 다양한 기능을 갖춘 첨단기계들이 새롭게 생겨나는 세상이었다.
　디지털카메라와 여기저기 숨겨놓은 몰래카메라는 은밀해야 할 사람들의 사적 영역을 속속들이 까발려놓았다. 날마다 유명인사들의 불륜행태가 온라인을 통해 노출됐다.

복잡하고 추악한 세상 속에 섞이지 마라.

샤워하다가 오민주가 중얼거렸다. 뽀얗게 김 서린 공간에서 웅웅 울리는 자신의 목소리가 무슨 계시처럼 들렸다. 왜 그런 소리가 튀어나왔을까. 오민주는 오싹 몸이 오그라들었다. 자신이 가소롭게 느껴졌다. 김으로 흐려진 거울을 닦아내자 거기 나타난 얼굴이 흉측해보였다. 오민주는 그 얼굴과 오래도록 눈싸움을 했다.

너는 이미 세상의 추악함에 일조하고 있어.

흉측한 얼굴이 씨부렁거렸다. 쌍깔라! 욕설을 내뱉었지만 아니라고 부인할 수 없었다. 혼자만 아니라고, 사적인 영역이므로 미추는 당사자가 판단할 몫이라고 부르짖어봤자 울림 없는 소리였다. 유종우와도, 이기훈과 마찬가지로 드러낼 수 없는 떳떳치 못한 관계가 맞았다.

세상의 불륜 잣대는 꿈속에도 등장했다. 경멸이 넘쳐나는 눈빛을 들이대는 사람들. 수군대다가 일시에 침묵하며 고개를 돌리는 사람들. 그들은 모두 아는 얼굴들이었다. 그들은 남의 약점을 막강한 세력으로 확보하고 공격에 활용하고 있었다. 오민주에겐 그 어떤 보호색도 허용되지 않았다. 허용되는 건 수치심뿐이었다. 꿈속에선 그 끔찍한 상황이 꿈인 줄 모르는 실제였다.

차단된 좁은 공간을 메운 수증기는 환상을 불러왔다. 욕조는 선악과 무관한 세상이 되었다. 따뜻하고 맑은 물에 발가벗은 몸을 담근 오민주는 태초의 여자가 되었다.

현실의 시공간을 슝! 한순간에 벗어나 다른 시공간에 편입할 수 있는 상상은, 고금동서 온갖 신들의 선배가 되는 환각에 빠지게 했다. 즉흥적인 춤사위가 몸에 실리는 순간은 그런때였다.

즉흥무는 구도 같은 건 무시됐다. 장단의 기승전결도 무시됐다. 그저 속에서 분출하는, 자신도 알 수 없는 감정의 격렬한 몸짓이었다. 춤추는 순간순간 할머니가 스쳤다. 얼굴도 모르는 아버지 오영준이 스쳤다. 다른 여자와 결혼한 이기훈이 스쳤다. 그리고 사랑이 모든 가치의 꼭짓점임을 믿게 한 유종우가 스쳤다. 그들이 한 데 버무려져 오민주 춤을 이끌어갔다.

바람이 일렁인다.
너울너울 잔물결이 파도를 부른다.
파도의 하얀 포말로 부서지는 버선발.
버선발에 감기는 세상만사 와르르르.
날개가 펼쳐진다.

오민주는 바닥을 종횡무진 누볐다. 한바탕의 즉흥무를 끝내고 마룻바닥에 대자로 누웠다. 땀이 식는 동안의 쾌감은 춤출 때의 쾌감과는 또 다른 종류였다. 정신적 무아의 경지와 육체적 무아의 경지가 합일을 이룬 것 같은. 어쨌든 아무도 보는 이 없는 혼자만의 즉흥무는 생의 특별한 순간체험이었다. 애벌레로서 변신 과정을 끝내는 순간이랄까. 하루살이로서 짝짓기에 성공하는 순간이랄까. 한 순간 자신이 아닌 다른 생명체로 화했던 느낌이었다.

춤이 내부에서 발효거품처럼 끓고 있었던가 보았다.

춤을 안 추고 몇 달쯤 지나자 몸이 어떤 신호를 보냈다. 몸에 먹구름이 잔뜩 낀 것처럼 찌뿌드드했다. 어디가 확연하게 아픈 것도 아니었다. 이상스런 현상이었다.

오민주는 날짜도 낮밤도 의식하지 않고 책상에 앉아있는 시간이 대부분이었다. 등 뒤에서 유종우가 지켜보고 있다고 생각하며 책상을 지켰다. 소설문장은 수정을 거듭하느라 진행이 느렸다. 유종우 눈높이에 못 미치는 건 아닐까. 유종우의 흡족한 표정이 떠올려질 때라야 수정을 멈췄다. 식사도 쟁반에 담아 책상에서 해결했다. 피곤을 느끼거나 글이 막히면 술을 마셨다. 술기운이 퍼지면 세상이 조용해졌고 의식도 고요해졌다.

어쩌다 거실에서 유선전화가 울렸다. 전화벨 소리에 오민주는 예민하게 반응했다. 아주 간혹 잘못 걸려온 전화거나 불특정다수를 겨냥한 상품홍보나 여론조사 전화인 경우도 있지만 거의가 이기훈의 전화였다. 전화벨 소리는 심장을 긴장시켰다. 오민주는 전화기를 집어들 때까지 한참을 숨을 머금은 채 들이쉬지도 내

쉬지도 못했다.

결별을 통고했을 때 이기훈은 깔끔하게 받아들이는 태도였다.

"그래. 알아들었어. 네 뜻을 따를 게."

얼마 후 이기훈이 싹 돌아서지 않았음을 알았다. 몸속에서 발효하는 줌처럼 이기훈은 오민주 의식에 기포 같은 자극을 일으켰다. 그는 느닷없이 아무 때나 전화를 했다.

"우린 사실혼 관계야. 결혼식을 못하고 혼인 신고를 못했을 뿐이야. 그 이유는 연좌제 때문이었음을 당신도 잘 알잖아. 조만간 춘천 갈 거야"

이기훈은 연좌제를 또 들먹거렸다. 연 좌 제, 세 음절은 오민주 뇌관을 찌릿찌릿 관통했다. 그리고 뭐, 당신? 그 느닷없는 생경한 호칭이 느끼한 여운을 남겼다. 오민주는 아무 대꾸도 하지 않았다. 침묵 속에서 전화가 끊겼다.

이기훈 목소리는 상처 입은 벌레의 동작을 떠올리게 할 만큼 처연하고 느리고 힘이 없을 때도 있었다.

"견 디 기 힘들다. 민 주 야."

이기훈이 어떤 목소리로 무슨 말을 하든 오민주는 침묵으로 일관했다.

아침 해가 뜰 무렵 잠에 곯아떨어질 때가 많았다. 그런데 두어 시간 만에 벌떡 일어나곤 했다. 몸에서 번열이 나는 것 같기도 했고 저릿저릿 전류가 흐르는 것 같기도 했다. 처음엔 무슨 까닭일까 의아했지만 얼마 후 오민주는 깨달았다. 줌이 단절된 몸에서 춤에 굶주린 신경세포들이 스멀거리기 때문이란 것을.

몸은 정직했다. 한순간에 내부에서 발효된 춤은 오민주 몸에 불길처럼 번졌다. 휘몰이사위가 발끝 손끝 머리끝까지 불꽃을 피웠다. 억압된 것은 언젠가는 맹렬히 불꽃을 일으키며 폭발하기 마련이었다. 오민주는 태풍 같은 춤사위에 몸을 맡겼다. 혼까지 불살라지는 무아의 경지에 들었다.

카타르시스를 거친 후엔 몸도 마음도 개운했다. 세상과 타인과 거리두기를 의도하지 않아도 일정한 거리가 생겼다. 오민주는 오랜만에 마음이 고요해졌다. 자신을 변명하고 해명하고 위안할 것들이 모두 사라져버렸다.

눈앞에 변함없이 고요한 아침못이 펼쳐졌다.

***

이기훈을 의식하면 대학시절의 자취방이 함께 떠올랐다. 거북의 등딱지처럼 자취방은 이기훈에게 붙어있었다. 그 작은 공간은 책상과 미니옷장과 이부자리가 거의 메우고 있었다. 캐시미론 이불은 먼지를 털 때 외엔 항상 방바닥에 펼쳐져있었다.

이기훈과 함께 자취방에 들어가면 이부자리 위에 마주 앉거나 벽에 등을 기대고 나란히 앉았다. 마주 앉았을 때가 나란히 앉았을 때보다 더 빨리 한 덩어리로 포개졌다. 때론 앉지 않고 바로 포개지기도 했다. 어쩌다 이불을 개어놓았던 적이 있었다. 하필 그때 맨방바닥에서 이기훈과 한 덩어리가 되는 바람에 등의 살

갗이 빨갛게 벗겨져 한참동안 흔적을 남겼다.

그 시절 오민주의 자취방은 넓은 서울에서 작은 섬처럼 고립되어 있었다. 주인집과 상관없이 쪽문으로 드나들 수 있는 별채의 방이었다. 자기 집에서 가까운 거리의 그 방을 찾아낸 이기훈이 눈을 빛내며 오민주 손을 잡아끌었다.

"이번엔 틀림없이 니 맘에 들 거야."

산뜻하게 개조한 작은 외딴 방을 보았을 때 오민주는 이기훈 목에 매달리며 기쁨을 감추지 못했다.

"넓고 번듯한 방은 싫다하고 이런 방을 좋아하다니. 오민주 넌 정말 특이한 게 한둘이 아냐."

오민주는 어릴 때부터 남의 눈에 안 띄는 좁은 공간을 좋아했다. 다락방이나 벽장 뒤란 장작가리 틈에 곧잘 몸을 웅크리고 있곤 했다. 그런 곳엔 세상과의 단절이 주는 비밀스런 평화가 있었다. 어두컴컴하고 좁은 공간에 오래 있다 보면 꼭 깊은 잠이 들었다. 해가 지고 어두워져도 행방이 묘연한 오민주 때문에 할머니 박순분은 식솔들을 채근해 동네방네 찾아다녔다. 나중엔 오민주가 숨어드는 장소를 꿰뚫게 되었다. 박순분은 대뜸 다락방이나 장작가리로 직행해 요상한 버릇이 있는 손녀 엉덩짝을 후려쳤다.

오민주는 늘 할머니가 쉽게 찾지 못할 장소를 물색하느라 집 안팎을 샅샅이 뒤지고 다녔다. 짚가리나 나무둥치 사이도 살펴보고 쌀가마니와 크고 작은 항아리들이 쌓이고 널려있는 광도 살폈다. 어느 땐가 벽장 속에서 잠이 들었다가 떨어지며 할머니를 덮쳤다. 할머니는 바로 벽장 아래에서 바느질을 하고 있었는데 기겁을 하며 놀라는 바람에 바늘에 찔려 피를 흘렸다. 그때 할머니 손가락에서 배어나던 빨강은 무서운 색깔로 각인되었다.

"우린 결혼할 수가 없게 됐어."

자취방에서 섹스를 끝낸 뒤 입맞춤까지 하고 일어나면서 이기훈이 한 말이었다. 순간 할머니 손가락에서 배어나던 빨강이 번개처럼 스쳤다. 오민주는 얼결에 이불로 알몸을 감쌌다. 비릿한 정액냄새가 훅 풍겼다. 방안이 갑자기 후텁지근해졌다. 이기훈은 등을 돌리고 옷을 챙겨 입고 있었다. 창문을 향하고 선 이기훈이 크고 괴기스러운 동물처럼 보였다.

우린 결혼할 수가 없게 됐어. 그 말을 방금 듣긴 들었는데…. 꿈은 아닌데…. 그런데, 우린 결혼할 수가 없게 됐어, 라는 말을 사랑 고백을 할 때처럼 그렇게 부드럽게 발설할 수도 있는 건가. 그럴 수 있는 사람은 이 세상에 이기훈 말고는 없을 것 같았다. 오민주는 작은 창문을 향하고 선 이기훈의 뒷모습을 바라보았다. 이기훈와 몸이 거대한 공룡으로 변신해 천장을 뚫고 나가는 모습이 그려졌다.

창문에 드리워진 꽃무늬 커튼이 달무리처럼 아른아른 망막을 어지럽혔다. 그 보자기만한 커튼이 '서울'이라는 거대한 아가리에 빨려드는 것 같았다. 그것은, 커튼이라고 하기엔 어울리지 않는 창문 가리개에 불과했다. 시장에서 천을 끊어다 할머니에게 배운 솜씨로 바느질을 하고 철사를 끼워 매달아놓은 것이었다.

철사를 끼우고 창문에 매다는 일은 이기훈이 했다. 이기훈이 한 일은 그것뿐이 아니었다. 하숙을 하던 오민주에게 자취방을 구해주고 캐시미론 이불이며 취사도구를 장만해줬다.

아무 때나 자유롭게 드나들 수 있는 자취방에서의 첫 밤 이기훈은 오민주 귓가에 속삭였다.

"너랑 빨리 결혼하고 싶어."

창문을 향하고 선 채 이기훈이 말했다.

"너랑 결혼할 수 없게 된 건…."

잠시 뜸을 들이던 이기훈이 등을 홱 돌렸다.

"왜 말 안 했니?"

오민주는 아무런 반응도 하지 않았다. 두개골 속의 신경회로가 마비된 듯 그냥 멍했다.

"나도 몰랐던, 너의 아버지가 공산주의자가 되어 월북했다는 사실을 우리 집안에서 먼저 알아버렸어. 난 네가 부모 없이 어려서부터 할머니와 살았다는 말만 듣고 그저 고아인 줄만 알고 있었지. 그런데 그런 내력이 있을 줄이야."

그 누구에게도 오민주는 아버지 오영준에 대해 말한 적이 없었다. 자세히 알지도 못 하는 일이었고 말해야하는 이유 따위도 느끼지 못했다. 말하지 않아도 언제나 남들이 먼저 알았다. 이기훈 역시 그렇지 않은가.

"그런 일로 호적에 빨간 줄이 그어졌다는 건…그건 이 나라에서 연좌제라는 주홍글씨를 의미해. 너와 부부가 되면 난 판검사뿐만 아니라 아무 곳에도 소속될 수가 없어."

오민주가 이불을 머리까지 덮었다가 이내 들추며 말했다.

"창문 좀 열어줘."

땀을 흘리던 이기훈은 즉각 창문을 열었다.

"빨리 나가 줘. 혼자 있고 싶으니까."

다시 이불을 덮어쓴 오민주를 물끄러미 바라보던 이기훈은 슬그머니 방을 나갔다.

오민주는 세상이 자신에게 확실하게 금을 그어놓고 허용하지 않는 부분이 있음을 확실하게 깨달았다. 오랜 기간 연인이었던 이기훈도 결혼 앞에서 금을 그었다. 깨달음은 이기훈에 의해 순간에 찾아왔다. 그런 금이 그어질 줄 모르고 서울이란 데서 대학을 다니며 미래를 꿈꾸고 이기훈과 만나 더 든든한 미래를 꿈꾼 오랜 시간은 무의미해졌다. 오민주는 그 기간을 'X'로 표시해 완벽하게 자신의 인생에서 도려내고 싶었다.

사랑이고 지랄이고 결혼이고 나발이고 춤이나 추며 살겠다.

너희가 금을 그었으니 나도 금을 긋겠다.

오민주는 자취방에 누워 혼잣말을 웅얼거렸다. 시간이 지나자 제 입에서 나오는 목소리가 남의 목소리 같았다. 남의 목소리가 날 리 없었다. 낮이나 밤이나 방안엔 자신 말고 아무도 없었다. 섬 같은 자취방이 깊은 물속으로 가라앉을 것만 같았다. 문득문득 소리 없이 눈물이 흘렀다. 오민주는 소리 없이 눈물을 흘리다가 소리 없이 웃었다.

이기훈이 방을 나가고 난 뒤 오민주는 꼼짝할 힘도 없고 꼼짝해야 할 일도 없어 누워있기만 했다. 자다 깨다 꿈속과 꿈밖을 오락가락했다. 해가 지면 방안은 어두워졌고 동굴로 변했다. 차라리 동굴이 편했다. 예전에 스님들은 동굴에 들어가 참선을 했다지 않던가. '참선'을 떠올리자 '속세'가 따라붙었다. 왜 동굴을 택해야했는지 알 것도 같았다. 어두운 동굴로 기어 들어가 웅크리고 앉으면 속세가 마구 따라오지는 못할 테니까.

동굴 같이 느껴졌던 방에 이기훈의 잔영이 가득했다. 벽이 희끄무레 밝아왔다. 몸을 일으켜 벽을 향해 앉았다. 면벽수행을 생각했기 때문이다. 꼼짝도 할 수 없던 몸을 일으켜 벽을 향해 앉는 동작을 해냈다는 게 그 순간엔 뿌듯했다. 점점 밝아지는 벽을 계속 바라봤다. 그런데 한 지점만을 오래도록 뚫어지게 바라볼 수가 없었다. 눈알이 버티지 못해 초점이 흔들렸다. 서로 겹쳤다가 벌어지곤 하는 벽지 무늬를 이기훈 얼굴이 덮어버렸다. 이기훈 얼굴은 팽창했다가 수축했다가 제멋대로 어른거렸다.

며칠이 지났는지 알 수 없었다. 허기로 속이 쓰린 적이 있었는데 언젠가부터 아무런 증상도 느끼지 못했다. 오민주는 버석버석 마른 입술을 움직여 목소리를 끌어냈다.

밥을 챙겨 먹자.
기운을 차리자.

서울을 떠나자.

***

광화문 거리엔 현수막이 펄럭였고 포스터가 나부꼈다. 그것들은 늘 펄럭였고 나부꼈지만 오민주가 멈춰 서서 찬찬히 본 적은 없었다. 그날따라 그것들이 오민주 눈길을 끌었다.

때려잡자 길일성
나는 공산당이 싫어요
잘 키운 딸 하나 열 아들 안 부럽다
100억 불 수출 달성

오민주는 회색 하늘 아래 펄럭이고 나부끼는 현수막과 포스터를 눈여겨보았다. 그런 것들은 가는 곳 어디에서나 볼 수 있는 것들이었다. 아치모시 마을 공회당 벽에도 붙어있었다. 신문에서도 라디오방송에서도 100억 불 수출을 이끌어가는 품목들을 날마다 나열하고 읊어댔다. 머리카락 수출 파독광부 파독간호원 병아리감별사. 그들은 100억 불 수출의 견인차이기도 했다.

긴 머리를 얼레빗 참빗으로 빗고 나서 쪽을 찐 다음 방바닥에 흩어져있는 머리카락을 낟알 줍듯 쓸어 모으던 할머니 모습이 스쳤다. 할머니 머리는 나이답지 않게 숱이 많았고 흰머리도 거의 없었다. 기침을 할 때마다 방바닥의 머리카락은 도망을 쳤다.

행랑채 어멈은 할머니가 헛손질을 해가며 어렵사리 움켜쥔 몇 가
닥 머리카락이라도 감지덕지 받아, 모아둔 머리카락 뭉치의 양을
늘려나갔다.

일꾼들이 공장노동자나 병아리감별사가 되겠다고 하나 둘 떠
나갈 때마다 눈물을 질금거리던 할머니는 점점 뱀 허물처럼 변
해갔다. 아무래도 할머니가 얼마 못 살 것 같았다. 목구멍에서는
늘 가르릉 가르릉 가래 끓는 소리가 났다. 그래도 행랑채 식구
들, 특히 어멈이 있어 오민주는 마음이 놓였다. 오랫동안 할머니
박순분을 보살피며 함께 해온 어멈이었다.

집에 이기훈과 함께 갔을 때였다.

행랑채에 붙은 방앗간에서 쿵 쿵 소리와 함께 매운 내가 풍겼
다. 어멈과 할머니가 나란히 서서 방아를 찧는 중이었다. 이기훈
이 신기한 눈으로 방아 찧는 광경을 바라봤다. 할머니와 어멈이
양 갈래로 벌어진 방아다리를 각각 밟았다가 동시에 발을 떼었
다. 두 사람의 발짓에 따라 방아머리가 위로 올라갔다가 방아확
의 붉은 고추 속으로 공이를 쑤셔 박았다. 일정한 박자에 의해
반복되는 동작이었다. 시작과 끝이 연속무늬처럼 연결되고 있었
다. 그 모습이 태극무늬 춤사위를 연상케 했다.

방아 찧는 광경을 그렇게 넋놓고 오래 바라보기는 오민주도
처음이었다. 잠시 이기훈의 존재를 잊고 있었다.

어멈이 두 사람 기척을 먼저 알아챘다. 그녀는 함박웃음으로
반기면서 슬몃슬몃 이기훈을 훔쳐보았다. 고추방아는 찧다 말고

중단됐다.

어멈은 할머니 못지않게 경사라도 난 듯 신명나게 음식을 장만하고 이기훈이 묵을 사랑채를 청소하느라 종종걸음쳤다. 할머니는 담뱃대를 물고 내내 벙싯벙싯 웃었다.

이기훈이 방아 앞으로 다가가며 오민주에게 손짓했다. 방아는 다리를 적당히 벌린 사람 형상으로 길게 엎어져 있었다. 이기훈 때문에 오민주는 그동안 건성으로 보았던 방아를 찬찬히 보게 되었다. 움푹 파인 둥근 확엔 붉은 고추 파편이 수북했고 그 속에 공이가 푹 꽂혀있었다.

오민주는 이기훈과 방아다리 끝에 나란히 섰다. 두 사람은 어멈과 할머니가 했던 것처럼 가로지른 손잡이를 잡고 각각 방아다리를 밟았다가 발을 떼었다. 방아머리가 번쩍 올라가긴 했는데 술 취한 사람처럼 비틀비틀 떨어졌다. 확 속의 고추 파편들이 사방으로 흩어졌다.

"그거이 그르케 쉬운 일이 아니구먼. 둘이 밟는 심두 공펭해야 허구 발두 제때 떼야만 방아꿍이가 똑바루 체들렸다가 제대루 백히는 뱁이여. 그럴라믄 우선에 두 사램 맴이 맞어야 허능 게구."

쯧쯧 혀를 차면서도 할머니는 벙싯거렸다. 이기훈은 제대로 될 때까지 해보겠다는 기세로 달려들었다. 그렇지만 두 사람의 밟는 힘을 공평하게 조절하기란 할머니 말대로 쉽지 않았다.

"힘껏 밟으려고 애쓰지 마. 내가 맞출 테니까."

이기훈의 말대로 해도 방아공이는 제대로 떨어지지 않았다. 확

속의 고추가 빻아지는 게 아니라 흩어지기만 했다. 두 사람은 서로의 속도와 강약에 신경을 곤두세웠다. 그럴수록 매번 어긋났다. 두 사람의 표정은 점점 굳어졌다. 방아 찧기를 포기할 수밖에 없었다.

"외다리방아는 없습니까?"

얼굴이 벌게진 이기훈이 식식거리며 할머니를 쫓아가 물었다.

"있기야 허지. 아치모시에두 몇 집 있지만서두 외다리는 혼자배끼 못허니께 심만 들구 적적혀서 일헐 맛이 나나 워디. 무신 일이던지간에 심으루만 허능 게 아녀. 맴이 같이 허능 게지. 엉게덩게 맴을 맞춰 일허믄 심든 줄 모르구 재미지게 헐 수 있는 게지."

이기훈은 납득이 안 가는 표정으로 고개를 갸우뚱거렸다.

어멈이 차린 밥상으로 늦은 점심을 먹은 후였다. 방아 찧는 소리가 일정한 리듬으로 듣기 좋게 울렸다. 어멈이 할머니와 다시 고추방아를 찧고 있었다. 두 사람은 발로 장단 맞춰 방아다리를 밟으면서 얼굴은 서로를 바라보았다. 두 사람은 끊임없이 얘기하며 웃었다. 두 사람의 움직임은 춤추는 듯 날렵했다. 노동이라기보다 놀이처럼 보였다.

이기훈과 함께 집에 다녀온 이후 오민주는 할머니를 보러 가는 발걸음이 점점 무거워졌다. 할머니 관심은 오직 이기훈과의 결혼뿐이었다.

"그 이 아무갠가 허는 총각허구는 은제가 돼야므네, 콜록콜록켁 컥컥…."

할머니는 기침 때문에 말을 중단했다.

"혼인을 헐겄구. 콜록콜록. 아이구 이누므 지침."

오랜만에 집에 갔을 때 할머니의 기침 소리는 참혹했다. 기침이 당장 할머니 숨통을 막아버릴 것만 같았다. 집안엔 한약 냄새가 자욱했다.

"핼미 저승질 펜히 떠나게 헐라믄, 콜록콜록. 아이구 숨차. 하루래두 앞댕겨 그 총각허구 신랑각시 연을 맺어야 헐 거 아녀. 제때에 아들두 낳아야 허능 게야, 이것아. 혼례두 안 치루구설랑 붙어 댕기다가 사단이래두 나믄 남사시러워 그 노릇을 우쩔라구. 콜록콜록."

오민주는 뜨끔했다. 그날 밤 이기훈이 묵던 사랑채에 몰래 들어간 걸 할머니가 알고 있는 듯했다. 때마침 문밖에서 인기척이 났다. 어멈이 약대접과 엿강정이 놓인 소반을 방으로 들여놓으며 벙싯 웃었다. 마음을 환하고 따뜻하게 하는, 어멈만이 지을 수 있는 특유의 웃음이었다. 그네의 순박한 얼굴에 서울사람들의 매끄럽고 무표정한 얼굴이 겹쳐졌다. 그네의 얼굴은 박 속을 긁어낸 투박한 바가지를 연상시켰고 서울사람들 얼굴은 요란한 색깔의 날렵한 플라스틱 바가지를 연상시켰다.

"식기 전에 드셔유."

목소리 역시 투박한 어멈에게서 시크무레한 땀내가 풍겼다. 투박한 목소리와 합쳐진 땀내는 공기 속에 담배 연기처럼 맴돌았다. 왠지 역하면서도 묘한 그리움을 자아내는 냄새였다. 그 냄새가 옅어지는 게 아쉬웠다. 오민주는 굿거리장단 춤사위 때처럼 단전에 힘을 모아 숨을 들이쉬었다. 어멈의 냄새를 얼굴을 찡그리면서도 한껏 머금었다. 할머니도 얼굴을 찡그리면서 김이 나는 약대접을 훌훌 불며 비워냈다.

"이녀석거 오뉴월 고뿔이 원체 쇠심줄 같아설랑 누구러졌다가는 또 도지구 해쌌는 꼴이 아무케두 된통 걸린 게야. 암만해두 저승질이 임박…."

"저승길은 무슨 저승길!"

오민주가 빽 소리쳤다.

"아이구 깜짝이야. 핼미 기함 허겄네."

"누가 저승 보낸대? 봐. 약 먹으니까 금세 기침 멎었잖아."

오민주 눈에 왈칵 눈물이 고였다. 할머니가 계속 살아있을 것 같지 않았다. 할머니 없는 세상이 머지않아 현실이 될 거라는 생각이 스치는 순간 눈앞이 캄캄해졌다. 왜 지금껏 그 상황에 대해 아무런 생각을 하지 않은 것인가. 왜 할머니가 항상 살아있을 줄만 알았던 것인가.

할머니 곁에 있어야 하는 것이다. 머지않아 세상 떠날 할머니가 아닌가. 그런데 머지않아 판검사 될 이기훈 곁 서울에만 머물고 있는 것이다.

나쁜 년!
나쁜년나쁜년나쁜년….

머리를 쥐어뜯으며 자신을 욕하던 오민주는 다음날 날이 밝자

서둘러 경춘선 열차에 몸을 실었다. 긴 생머리가 찰랑거리는 모습이었다.

***

　오민주가 이기훈을 처음 만나던 무렵이었다.

　이기훈이 고시공부 하는 동안 오민주는 서울 구경을 했다. 그나마 서울 지리를 약간이나마 익힐 수 있었던 건 이기훈 덕택이었다. 도회풍경은 아무리 익숙해져도 이질감을 느끼게 했다. 그래서일까 혼자 도심지를 걸을 때면 아침못이 눈앞에 펼쳐지곤 했다. 그럴 때면 마음이 뭉근한 죽처럼 부드럽게 풀어졌다. 하루아침에 못이 됐다는 아침못은 천벌을 받아 한순간에 물귀신이 된 욕심쟁이 부자영감 이야기를 전설로 간직하고 있다.

　神氣를 지녔다는 아침못이 오민주에게는 가장 편안하고 친밀한 대상이었다. 어렸을 때, 해질녘 혼자 못둑에 있어도 무섭지 않았다. 무슨 까닭인지 아침못이 어머니처럼 여겨졌다. 오민주는 틈만 나면 아침못으로 갔다. 그런 오민주를 또래들은 물론 어른들도 이상한 눈으로 보았다. 귀신 씌웠나? 그런 눈으로.

　아침못이 있는 동네와 이기훈이 성장한 서울은 판이하게 다른 세상이었다. 샤먼이 공존하는 원시적 마을과 과학문명이 눈과 귀를 현란하게 하는 서울은 하늘까지도 달랐다. 별빛이 영롱하고 달빛이 은은한 밤하늘을 서울에서는 구경할 수 없었다.

　오민주는 자동차 바퀴와 뭇사람들 발자국에 쉴 새 없이 다져지는 서울 거리에서 언제나 변함없이 고요히 하늘을 마주보는 아침못 풍경에 자기도 모르게 빠져들었다. 그렇잖아도 방향감각이 둔한 탓에 정신을 바짝 차려도 길을 헤매는 주제에 아침못을 생각하는 건 딱한 짓이었다.

신세계백화점과 남대문시장의 상품을 비교하며 저렴한 옷과 화장품을 고르는 일은 이력이 났다. 0이 길게 붙은 백화점상품 가격은 언제나 할머니의 쌀가마니 숫자와 일꾼들 새경을 헤아리게 했다. 아버지 오영준에 대한 상념이 스치는 순간도 그런 때였다. 자신은 빈부의 차이를 신세계 백화점과 남대문 시장의 의류와 화장품에서 설핏 느꼈지만 육이오전쟁 전 서울에서 대학을 졸업한 청년 오영준은 무엇에서 느꼈을까.

자신이 이기훈에게 빨려들었듯이 오영준의 끓는 피도 그렇게 공산주의 이념에 빨려들었을 것 같았다. '북'으로 가지 않을 수 없었을 것이다. 영영 돌아올 수 없는 금이 그어질 줄은 몰랐을 것이다.

오민주에게 아버지 오영준은 언제나 청년이었다. 남과 북 금이 그어지던 시대 흑백사진으로 남은 아버지는 늙을 수가 없었다. 그 흑백사진의 얼굴을 들여다보고 있노라면 시간이 사진 속으로 돌아가 멈췄다.

짙은 눈썹이 꿈틀거렸다.

어딘가를 응시하던 눈동자가 이쪽을 향했다.

다부지게 다문 입이 열렸다.

민주야. 내 딸. 오 민 주.

오민주 입술이 실룩거렸다.

아버지아버지아버지….

극장은 시간을 뭉텅뭉텅 흘려보낼 수 있는 최적의 공간이었다. 영화가 재미있든 말든 어둠 속에 몸을 맡기고 스크린을 바라보고 있으면 시간은 저절로 흘러갔다. 좋은 외국영화일 경우 애국가를 두 번씩 부르며 대여섯 시간을 보내기도 했다. 어둠 속에서 태극기 펄럭이는 스크린을 바라보며 ~동해물과 백두산이 마르고 닳도록~을 끝내야 다음 회 영화가 상영됐다. 그때의 한국영화는 리얼리티완 거리가 먼 눈물을 강요하는 수준이었다. 그래도 시간을 보내기 위해 오민주는 끝까지 보았다.

육법전서를 외워야 하는 이기훈과 함께하는 시간은 드물었고 짧았다. 그 짧은 시간은 언제나 후딱 지나가버렸다. 그러면 오민주는 또 기다림의 길고 긴 시간을 견뎌야 했다.

이기훈 수준에 걸맞으려면 폭넓은 독서를 해야 한다는 강박감에 시달리면서도 실행은 어려웠다. 머릿속엔 온통 이기훈뿐이었다. 결심을 굳히고 책상에 앉아 책을 펼치면 시간은 더 느릿느릿 흘렀고 문장은 저희끼리 이해할 수 없는 춤을 춰댔다. 오민주가 거의 모든 시간을 독서 삼매경에 빠져있는 줄 아는 이기훈 때문에라도 책의 머리말은 읽어둬야 했다.

때로는 종로 라이브음악 다방에서 고막을 얼얼하게 마비시켰다. 무교동 낙지골목이나 명동 빈대떡 골목에서 막걸리를 마시며 담배도 피웠다. 담배를 손가락에 끼우고 빨아들일 때마다 외국

영화 장면을 떠올렸다. 여주인공이 담배연기를 내뿜는 포즈는 또 다른 문화충격이었다. 역 주변에서 껌 짝짝 씹으며 담배연기 날리는 창녀들과는 대조적으로 매혹적인 모습이었다.

　육법전서와 씨름하던 이기훈이 드디어 시험에 합격했다. 이제 이기훈과 결혼할 일만 남았다. 오민주는 이 기쁜 소식을 당장 할머니에게 알리고 싶었다. 날아가지 못하는 게 안타까웠다. 경춘선 열차가 그렇게 더디게 느껴진 적은 없었다.

　집에 들어설 땐 숨이 턱에 닿았지만 목청껏 할머니를 불렀다.

　"할무이! 할무이!"

　안방에 누워있던 박순분은 손녀의 다급한 목소리에 놀라 노구를 일으켜 세우지도 못하고 앉은걸음으로 문을 열었다.

　"어이구 내 새끼. 대관절 무신 일…."

　"할무이, 이기훈 그 사람 곧 판검사 돼. 이번 시험에 붙었거든. 우리 금방 결혼할 거야. 그러니까 걱정일랑 붙들어 매고 오래오래 살아야 돼. 알았지?"

　오민주는 쭈글쭈글한 할머니 얼굴을 두 손으로 끌어당겨 이마에 쪽쪽 입을 맞추며 속사포처럼 말을 쏟아냈다. 감 빨리는 표정이던 할머니 얼굴이 웬일인지 앵돌아서고 있었다.

　"판금사가 뭔 대수라구 설라무네 여적지 혼인을 미뤄 미루길."

　할머니는 이제야 혼인을 한다는 게 못내 아쉬운 모양이었다.

　"베슬 다 허망헌 일인 걸. 하늘을 찔르는 세도두 시상 바뀌믄 하뤼 아침에 곤두박질허구 마는 거이 시상 이치구먼. 곤두박질만 허믄 다행이제. 귀양살이 감옥살이에 목심꺼정 내놔야 허는 걸루 두 모자라 삼족이 능지처참을 당허는 겡우두 예전엔 허다했구먼. 아모쪼록에 금슬 좋게 잘 살어야 혀. 그나저나 혼인 준비허려믄 바빠지겠구먼."

할머니 의식세계엔 막연히 조선시대 정서가 뿌리박고 있었다. 오민주는 길길이 기뻐하지 않는 할머니가 서운하면서도 한편 부끄럽기도 했다.

때때로 오민주는 할머니 세계에 닿고 싶은 적도 있었다. 문명화 이전 시대의 삶이 아련히 그립기도 했다. 바느질 절구질 두레박질을 체득하며 하늘 같은 서방님 품에서 해와 달의 운행에 따라 사는 삶이 봉숭아 꽃물 같은 고운 행복감에 젖어들게 할 것도 같았다.

할머니는 긴 담뱃대에 담배를 꾹꾹 눌러 담고 불을 붙여 깊이 빨아들였다가 푸우 연기를 내뿜었다. 할머니가 담배 피는 모습이 왠지 숙연해 보였다. 담배연기를 보자 오민주는 어린 시절의 한 장면이 떠올랐다. 몇 살 때였는지도, 왜 그런 생각을 했는지도 모르겠지만 할머니가 뿜어내는 담배연기에 홀렸던 기억은 생생했다. 허공에서 오묘하게 움직이는 연기가 살아있는 생명체 같았다. 그런데 살아있는 것 같은 움직임은 가뭇없이 사라져버렸다. 있다가 없어지는 담배연기의 율동을 지켜보다가 사라지기 전에 움켜쥐려고 얼마나 작은 손아귀를 오므렸던가.

연기를 뿜어낼 때 할머니는 넋두리도 함께 뿜어냈다. 그 시절 줄기차게 되풀이 들었던 탓인지 귀에 박힌 넋두리가 쟁쟁했다.

이응주나 내 아들 이응주나

모자간에 생이별이 웬말이냐

하늘두 무심허구 땅두 무심허다

이응주나 이응주나

에미 가심에 대못을 박어놓구 너는 맴이 펜허드냐

애시당초 내 곁에서 한 발짝두 못 떠나게 헐 걸

울며불며 매달릴 걸

무신 영화를 보겠다구 한양꺼정 멀리 보내

높은 굉부를 시켰더란 말이냐

해필이믄 빨개이 물이 들어버릴 줄을

어찌 알 수 있었더란 말이냐

어이구 내 아들 이응주나

담배연기가 '영준아'를 '이응주나'로 발음하는 그때의 할머니 넋두리를 그대로 풀어내고 있었다

"시상에 믿을 건 땅배끼 읎어 이것아. 이 뭐시긴가 허는 그눔아 너허굴랑 혼인만 허믄 핼미 땅이 몽조리 즈덜 차지가 될 거인디…. 더 무신 부귀영화를 누리겠다구 판금사에 목을 매누. 펄펄 헐 때 아들 쑥쑥 낳아 놓으믄 펭생 아모 걱정 읎이 호의호식허구 살 거구먼."

할머니에겐 대를 이을 아들과 땅을 통해 얻는 호의호식이 삶의 전부인 듯했다.

"할무이는 서울이 어떤 덴지 모르지? 여기하군 천지차이 다른 세상이야. 없는 게 없고 모든 게 편리해. 나 결혼하면 할무이 서

올 데려가서 호강시켜줄 거야."

"호강이구 요강이구 핼미는 대처가 싫다. 나넌 여그서 흙 밟구 살 게다. 행여 내 생전에 통일이래두 될작시믄 니 애비 이응주니가 이 에미를 찾어 여기부텀 올 게 아니냐. 내 우찌 여게를 떠날 수가 있단 말이냐."

오민주 입에서 한숨이 새나왔다.

반공을 국시의 제 일의로….

혁명공약이 스쳤다. 통일이라니…. 연기를 움켜쥐려는 것처럼이나 허망한 기대를 놓지 않는 할머니에게 오민주는 아무 할 말이 없었다.

그토록 아들 오영준을 가슴에 품고 손녀 오민주의 혼인을 채근하던 박순분은 첫서리 내린 날 아침 조반상을 차려온 어멈을 싸늘한 주검으로 맞았다.

"반공을 국시의 제 일의로 삼고 잘 살게 해주겠다는데…뭐가 문제야. 착착 구령에 발맞추지 않아도 그냥 자기 할일 하면 되는데…뭐가 문제야. 왜 비싼 등록금 내면서 공부는 안 하고 거리로 뛰쳐나가 악을 쓰며 주먹질을 해대는 거야."

데모행렬을 대할 때마다 그렇게 말하는 사람이 이기훈이었다. 오민주는 이기훈의 말에 고개를 끄덕이는 사람이었다. 이기훈의 말과 생각과 행동은 무조건 옳고 멋져보였다. 오민주는 이기훈의 말에 고개를 끄덕일 때마다 가족을 버리고 공산주의 신봉자가 된 아버지에 대한 반감을 살려내곤 했다.

만인 앞에서 초례청을 거치지 않았어도 오민주에게 이기훈은 처음부터 이미 배필이나 다름없었다.

***

이기훈을 처음 만난 건 대학 2학년 때였다.

오민주는 미팅 장소에 가기 위해 하숙집을 나섰다. 지독히 길눈 어두운 오민주에게 서울은 여전히 난해한 세상이었다. 처음엔 촌에서 태어나 자란 탓에 도시가 익숙하지 않아 그런 줄만 알았다. 행여 서울내기들에게 촌뜨기 취급을 당할까 강의실을 제대로 못 찾아 쩔쩔 매면서도 티를 내지 않았다. 그런데 그렇게 단순하게 생각할 일이 아니었다.

몇 달간이나 기거한 하숙집을 찾지 못해 땀범벅이 되도록 헤맨 적이 있었기 때문이다.

아치모시 고향집에 다녀오던 날이었다. 시야가 확 트인 시골에서 시야가 꽉 막힌 서울로의 이동은 우선 시신경부터 긴장시켰다. 턱, 눈앞을 가로막는 빽빽한 건물과 명멸하는 불빛들과 질주하는 차량과 사람 무리가 뒤범벅인, 여백이라곤 없는 풍경은 단박에 오민주의 방향감각을 교란시켰다. 처음 입학했을 무렵보다는 덜하지만 여전히 서울 거리는 어령칙했다. 밤이라서 더 그런 것 같았다.

버스에서 내려 하숙집 근처에 다다랐을 때는 10시쯤이었다. 배도 고프고 팔도 아팠다. 숄더백 외에 감자와 옥수수가 든 무거운 보따리까지 들고 있었다. 싫다는 데도 할머니는 굳이 시뻘건 나일론 보자기로 질끈 동인 보따리를 들고 동네 버스정류장까지 따라 나와 장황하게 늘어놓았다.

"이것아 그따우루다 인정머리 읎이 굴믄 못쓰는 벱이여. 하숙 치는 집이 뭬 그리 넉넉헐까부냐. 쥔네 갖다 줘봐라. 좋아라 헐 거구먼. 대처에선 귀헌 음석이잖여. 넉넉허게 담았으니깐 쪄서 네게두 노놔줄 게구. 무겁긴 허지만서두 차 타구 갈 거이까네 핼미 말대루 싫다말구 가주구 가 이것아. 여그서 먹을 때보담두 거그선 더 맛날 거구먼. 먹을 땐 잘 가주왔다 싶을 게야."

보따리를 왼손으로 옮겨 들었다. 오른팔이 뻐근했다. 빨리 하숙방에 들어가 쉬고 싶은 생각이 간절했다. 그런데 하숙집이 이쪽 골목인지 저쪽 골목인지 분간이 되지 않았다. 다시 큰길로 나가 확신이 드는 골목을 찬찬히 훑었다. 보따리가 너무 무거웠다. 몇 번이나 그 볼품없는 시뻘건 보따리를 버리고 싶었는지 모른다. 그럴 때마다 할머니 얼굴이 어른거렸다. 틀림없이 옥수수도 감자도 실한 놈으로 골라 담았을 것이다. 옥수수는 얇은 속껍질만 남기고 수염과 겉껍질은 일일이 다듬었을 것이다. 연한 색깔의 반투명 속껍질 속에서 은은히 고른 속살을 내비치고 있을 옥수수 알이 할머니 얼굴과 겹쳐졌다.

여고시절 학교 앞에서 하숙할 땐 텃밭에서 나온 것들을 고르고 손질해서 할머니가 직접 머리에 이고 왔다. 오민주는 할 수 없이 그때의 할머니처럼 보따리를 이기 위해 두 팔로 들어 머리에 얹었다. 놓여난 팔은 안 아파 좋은데 몸의 중심이 잘 안 잡혀 걸음이 휘청거렸다. 하지만 춤으로 단련한 좌우세로 몸에 균형을 이루며 그런대로 걸음을 옮길 수 있었다. 무거운 임을 머리에 이고 걷는 맛이 의외로 좋았다. 할머니가 본다면 눈이 둥그레지고 입이 벌어질 모습이었다. 자신이 대견스럽기까지 했다. 기분이 짜릿했다. 제풀에 실실 웃음까지 새나왔다. 쪽팔리긴 하지만 아는 사람 없는 서울이라 신경 쓸 필요가 없었다.

드디어 하숙집을 찾았다 싶었는데 또 아니었다. 무엇에 홀리지 않고서야 이럴 수가 있나. 아무래도 하숙집만 그 골목에서 사라진 상황이 현실이 아닌 꿈인 듯했다. 그러고 보니 자주 꿈에서 접하는, 길 찾아 헤매는 장면과 너무나도 흡사했다. 꿈이라면 어서 깨어나고 싶었다. 머리가 보따리에 짓눌려 견디기 힘들었다.

순간 날카로운 사이렌 소리가 밤공기를 찢었다. 오민주는 엉덩방아를 찧었다. 머리에 이었던 보따리가 땅바닥에 떨어지며 굴렀다. 사이렌 소리가 다 잦아들고 나서도 귀가 먹먹했다. 통금예비 사이렌이 울릴 시간일 줄은 짐작도 못 했다. 자빠진 몸을 일으키다가 골목을 비추는 가로등에 시선이 닿았다. 가로등이 흐물흐물 웃었다.

도대체 얼마나 골목에서 헤맨 것인가. 온몸에 땀이 축축했다. 어디선가 다급한 호루라기 소리가 들렸다. 곧 12시 통금사이렌이 울릴 것이다. 통금위반에 걸리면 경찰서에 끌려가야 했다. 오민주는 호루라기소리를 향해 뛰었다. 머리에 인 보따리가 떨어지지 않도록 꼭 붙잡고 뛰었다.

"저기요! 하숙집이 사라졌어요!"

다짜고짜 내지르는 오민주 말에 호루라기를 불던 두 명의 방범대원이 놀라 멈춰 섰다. 오민주는 울음이 터져 나오려는 걸 꾹꾹 눌렀다. 그들이 보따리를 받아들며 하숙집 주소를 물었다. 오민주는 어린애처럼 또박또박 주소를 읊었다. 그들이 따라오라며 성큼성큼 걸어갔다. 하숙집은 큰길 맞은편 뒷골목에 있었다.

미팅 장소는 종로2가에 있는 다방이었다. 오민주는 일부러 동대문에서 버스를 내렸다. 시간이 넉넉한 김에 걸어가며 서울 거리를 익혀두고 싶었기 때문이었다. 이어지는 차도와 인도와 상가는 계속 여기가 거기 같았다. 외국영화의 인물들 구분이 잘 안 돼 신경을 곤두세울 때처럼 간판만 바라보며 걸었다. 어느 순간 과대표가 지정한 다방 간판이 눈에 들어왔다.

미팅 분위기는 새내기 때처럼 들뜨지 않고 차분했다. 남녀 각각 7명씩, 이어붙인 긴 탁자를 사이에 두고 마주보고 앉았다. 여자 쪽은 무용과 특유의 활달함을 슬쩍 여미고 누가 더 조신한지 내기하는 듯 아무도 나대지 않았다. 그렇지만 누구라도 춤사위의 靜中動 원리를 모를 리 없었다. 靜 속의 動을 최대한 활용한다는 걸 서로서로 느낄 수 있었다. 시선 처리, 턱선 위치, 어깨 각도 들을 호흡으로 조절하며 최상의 자태를 연출할 줄 아는 한국무용 전공자들이었다.

남자 쪽은 학번이 위인 법대생들이었다. 군복무를 마친 복학생들도 있었다. 그들에게서 풍겨지는 묵직한 남성다움이 여대생들로 하여금 스스로 여성성을 뿜어내도록 작용하는 것 같았다. 그들은 과대표가 뚜쟁이를 자처하며 전략적으로 물색한 대상이기도 했다. 웬만하면 데이트상대가 아닌 결혼상대로 발전시키라며. 그 당시 여대생들에게 일류대 법대생은 결혼상대 우선순위였다.

자기 소개를 하는 순서였다. 남자 쪽에서 한 사람씩 일어났다. 모두들 태어난 년도부터 밝히고 시작했다. 익살스럽거나 무미건조하거나 과장되게 폼을 잡거나 유난히 긴장하거나 아무튼 잠깐의 언행에서 각각의 기질이 엿보였다. 그들 중 가장 잘 생겼으면서도 묵직해 보이는 남자는 군대 제대하고 복학한 지 얼마 안 됐다는 이기훈이었다. 그는 자기가 청춘들 틈에 잘 못 낀 것 같아 쑥스럽다며 씽긋 웃었다. 고른 치열이 엿보이는 입매까지 그는 압도적이었다.

남자 쪽 소개가 끝나고 여자 쪽 차례였다. 여자들 중 지방출신은 오민주뿐이었다. 그녀들은 서울내기답게 거침없이 취미 특기를 밝히며 세련되게 자신을 부각시켰다. 드디어 오민주 차례였다. 오민주는 몸을 일으켰다. 긴장감을 떨치기 위해 아침못을 떠올렸다. 눈앞에 아침못이 펼쳐졌다.

"저는 '아침못'이라는 큰 연못이 있는 동네에서 태어나 자랐어요. 마을 이름도 아치모시에요. 그런데 아침못은 꼭꼭 숨어있어 마을에선 보이지 않아요. 높이 쌓은 제방이 마을과 산줄기 사이에 못물을 숨기고 있거든요. 둑에 올라 엄청 넓은 못물을 처음 보는 사람은 누구나 한동안 말을 못해요. 어머나! 우와! 감탄사만 연발하지요."

그렇게 시작한 오민주는 자기소개를 아침못 소개로 대신했다.

길게 이어진 야산 줄기와 긴 둑 사이를 넓게 메운 못물에 아침 햇살과 저녁노을이 비칠 때는 그 깊은 물 속에 몸을 던지고 싶을 만큼 아름답다고 약간 뻥도 쳤다.

오민주가 자리에 앉자 박수 소리가 유난히 크게 났다. 그러곤 서로서로 얼굴을 마주보았다. 아침못? 못 이름도 특이해. 예쁜 이름이야. 저녁못도 어딘가에 있겠네. 가보고 싶다. 웅성거림이 잠시 아침못 파문처럼 일었다.

게임이 진행되는 동안 분위기는 생동감이 넘쳐났다.

오민주는 무게감 있으면서도 부드러운 표정의 이기훈과 제일 많이 눈이 마주쳤다고 느꼈다. 그러나 그와 눈이 마주친 상대가 자신뿐이 아님을 양옆의 기척을 통해 알 수 있었다. 거의가 이기훈과 짝이 되고 싶어 하는 눈치들이었다. 그와 짝이 될 확률은 공평하게 7분의1이었다. 짝을 정하는 순서는 맨 마지막이었다.

게임을 끝내고 자유로운 대화시간이었다. 화제가 궁했던지 아침못에 대한 질문이 쏟아졌다. 오민주는 뜻밖에 말을 많이 해야 했다. 서울에 와서 그렇게 말을 쏟아내기는 처음이었다. 옆자리의 과대표가 자연스럽게 화제를 전환시켰다. 웃음소리가 뒤엉키며 분위기가 고조되었다. 어느결에 'let it be'를 남녀가 한 소절씩 번갈아가며 불렀다. 그러다가 한 사람씩 일어나 노래실력을 뽐냈다.

오민주는 점점 그 자리가 불편해졌다. 노래를 잘 못 하는 탓이기도 했다. 자신이 백화점에 나란히 진열돼 비교 당하는 상품 같다는 생각이 문득 들었다. 노래 못하는 걸 대수롭지 않게 여겨왔는데 그 자리에선 열등감을 부풀렸다. 만약 이기훈과 짝이 된다면…. 그에게 여러 가지로 걸맞지 않아 미안할 것 같았다. 그렇다고 다른 누구와도 짝이 되고 싶은 상대는 없었다. 무엇보다 그따위 생각에 묶여있는 자신이 싫었다. 혼자만 겉도는 시간이 점점 신경을 조였다. 노래를 하지 않을 수도 없고, 한다면 그 개망신을 어찌해야 할지 공포감이 몰려왔다.

오민주는 소란스러운 틈을 타 핸드백을 챙겨 들고 그 자리를 벗어났다.

5월의 밤공기가 미니스커트 아래 종아리를 부드럽게 훑었지만 그 느낌을 즐길 여유가 없었다. 토요일 밤의 종로는 번잡했다. 휘황한 거리에서 오민주의 방향감각은 역시 또 헷갈렸다. 동대문이 분명 저쪽인줄 알고 가다보니 아니었다. 다시 방향을 틀었다. 걸음을 옮길수록 석연치 않은 느낌이 들었다. 도무지 갈피를 잡을 수 없는 상황에 또 처하게 된 것이다.

눈감고도 다닐 수 있는 아치모시 동네가 자꾸 떠올랐다. 아무래도 미팅 장소로 되돌아가 방향을 정확하게 인지해야 할 것 같았다. 그런데 그 미팅 장소가 어디쯤이었는지 가늠이 되지 않았다. 끊임없이 밀려오고 밀려가는 인파 속에서 거치적거리지 않기 위해서는 어느 방향으로든 함께 흘러가야 했다.

순간 오민주는 우뚝 멈춰 섰다.

"오민주 씨! 오민주 씨!"

분명했다. 누군가가 자신의 이름을 불렀다. 남자 목소리였다.

충격이었다. 아무 연고 없는 거대하고 위협적인 서울 한복판에서 도저히 일어날 수 없는 일이었다. 동명의 다른 사람을 부르는 소리 텐데 괜히 놀랐네. 그런 생각을 하고 있는데 누군가 불쑥 코앞으로 다가섰다. 헉! 오민주 입에서 신음이 새나왔다. 이기훈이었다.

"찾았다! 오민주 술래."

"네?"

"숨바꼭질 하는 기분 짜릿했어요."

"무슨 말인지…."

"술래 했잖아요."

"저 술래 한 거 아닌데…."

이기훈이 웃음을 터트렸다.

"너무 솔직하네요. 무안하게. 사실은 민주 씨와 짝하고 싶어서 허겁지겁 쫓아 나왔어요. 못 찾으면 어쩌나 하면서. 그런데 왜 먼저 나왔는지 물어봐도 돼요?"

"그냥…."

오민주는 말을 잇지 못했다. 가슴이 쿵쾅거리고 얼굴이 달아올랐다. 자신에게 벌어지고 있는 일이 현실 같지 않았다. 발이 바닥을 짚고 있는지 둥둥 떠 있는지 갈피를 잡을 수 없었다.

"우리 길에서 이럴 게 아니라 어디 편한 곳에 가서 얘기해요. 하고 싶은 말이 많아요."

인파 속을 뚫고 이기훈이 성큼성큼 걸어갔다. 하고 싶은 말을 빨리해야겠다는 듯이. 그런데 하고 싶은 말이 많다니. 오늘 처음

단체미팅에서 만났을 뿐인데. 오민주는 자석에 이끌리듯 이기훈을 따라갔다. 종로바닥을 그렇게 거침없이 걸어본 적은 없었다. 큰 제과점 앞에서 이기훈이 걸음을 멈췄다.

"찻집을 겸한 곳이에요. 괜찮아요?"

오민주는 고개를 끄덕였다.

"맘에 안 들면 다른 데 가요. 특별히 가고 싶은 데 있어요?"

"아니, 여기 괜찮아요."

실은 이기훈이 어두컴컴하고 시큼털털한 냄새가 배어있는 대폿집으로 데려가길 바라고 있었다. 오민주에겐 그런 곳이 시골집 부엌이나 툇마루처럼 푸근했다. 터놓고 얘기하기도 편할 것 같았다. 무엇보다 막걸리는 값이 쌌다. 하지만 다행이라고 생각했다. 처음 본 남자를 따라 선뜻 대폿집에 동행하는 여대생 이미지가 좋을 리 있겠는가.

처음 와 본, 천정이 높은 제과점은 으리으리했고 대낮보다 환했다. 환한 공기 속에 배어있는 강렬한 빵 냄새는 도발적이었다. 오민주는 달아오른 얼굴이 창피해 자꾸 고개가 숙여졌다.

"뭐 드실래요?"

오민주는 빵 냄새에 끌리면서도 아무것도 먹고 싶은 생각이 없었다. 메뉴를 선택하는 데 익숙하지도 않았다. 그렇다고 아무거나, 라고 대답할 순 없었다. 이기훈이 메뉴판을 오민주 앞으로 밀었다. 커피를 연거푸 마실 수도 없었다. 우유를 선택할까 생과일주스를 선택할까 망설이면서 선뜻 결정 못 하는 자신이 안타까웠다.

"저기…우유, 아니 과일주스요."

오민주는 등줄기로 식은땀이 흐르는 걸 느꼈다. 빨리 이 과정을 끝내고 이기훈이 하고 싶다는 말을 듣고 싶었다.

"여기 빵 유명해요. 빵도 주문할게요."

오민주는 할 말이 마땅치 않아 그냥 고개를 끄덕였다. 고개 끄덕이는 일이 그렇게 힘든 줄 몰랐다. 이기훈은 다 먹지도 못할 여러 종류의 빵과 우유 생과일주스 모두를 주문했다. 주문한 것들이 탁자에 놓이는 동안 오민주는 속으로 가격을 계산하고 있었다. 숫자 계산이 밝지 못한 탓에 머릿속이 복잡했다. 정확하진 않지만 아무튼 오민주에겐 부담스러운 금액이었다. 하긴 서울 부자인 학과동기들 씀씀이는 단위가 달랐다. 이기훈도 그런 부류에 속할 수 있었다.

"군대 있을 땐 이 집 빵이 참 그리웠는데 제대하니까 맘이 달라지데요. 사실 아까 대폿집에 가고 싶었어요. 군대서 막걸리 맛에 푹 빠졌었거든요."

"네? 대폿집?"

자신도 모르게 튀어나온 큰소리에 오민주는 당황했다. 이기훈이 웃음을 터트렸다.

"아, 그 대폿집의 대포는 무기가 아니라 큰 대, 바가지 포, 큰 바가지란 뜻이에요. 벌컥벌컥 마셔야 제 맛인 막걸리와 잘 어울리잖아요."

이기훈은 웃음이 가시지 않은 채 우유를 고개 젖혀가며 쭉 마셨다. 그러고는 포크로 푹 찍은 빵을 한 입 베어 물었다. 그 모습이 친근하게 느껴졌다. 막걸리 들이켜고 안주로 열무김치 얹은 두부 한 덩이 우적거리는 고향집 일꾼들 모습을 연상시켰다.

그런데 하고 싶다던 말은 언제 하려는 걸까. 뻥일 거야. 처음 만났는데 무슨 할 말이 있겠어. 날 꼬이려고 수작부린 건가. 오민주는 배시시 웃음이 비어져 나오려는 입으로 과일주스를 홀짝거렸다.

"그렇다고 처음 만난 민주 씨를 대폿집에 데려갈 순 없고. 그래서 여기로 온 거예요. 군대 있을 때 생각났던 빵집이기도 하고."

오민주는 아무 말도 못하고 있는 자신이 안타까웠다. 무슨 말인가를 해야만 할 것 같았다. 속으로 할 말을 생각하느라 숨이 가빠지고 목구멍이 답답했다. 더 시간이 지나면 정말 어떤 말도 못할 것 같았다. 용기를 내야 했다. 소리 죽여 목구멍을 가다듬었다.

"저…저기…. 저한테 하고 싶다던 말이…군대 있을 때 얘긴가요?"

"맞아요. 아까 민주 씨의 아침못 얘기 듣고 깜짝 놀랐어요. 나도 아침못 잘 알거든요."

"네에? 아침못을 어떻게?"

오민주 목소리가 또 크게 터져 나왔다. 처음 보는 서울 남자 입에서 '아침못'이 불리어지는 건 충격이었다. 이 남자와 아침못을 함께 공유할 수 있다니…. 오민주는 홧홧하게 달아오른 얼굴을 어쩌지 못해 쩔쩔맸다.

"겨울에 꽁꽁 언 아침못에 눈이 쌓이면 군단장 아들을 위한 스케이트장 만드느라 눈 치웠어요. 거기 아침못 끝자락 산에 있는 군단 본부에서 군대생활 했거든요."

"네에…."

오민주는 가슴이 벌렁거려 말을 잇지 못했다. 아침못이 이기훈을 자신에게 보내준 것만 같았다.

오민주는 그 자리에서 겨울이면 스케이트를 탔다. 가끔 군단본부에서 나온 군인 아저씨가 스케이트 끈을 조여주기도 했다. 쇠꼬챙이로 찍으며 눈썰매 지치는 또래들은 매끄러운 얼음판에 흠집 낸다는 이유로 쫓겨났다. 오민주는 깨끗이 닦인 링을 혼자 돌았다. 번번이 고꾸라지며 엉덩방아를 찧었다. 보는 이가 없어도 창피했다.

"전 운이 좋았어요. 제대하자마자 공비 김신조가 서울 한복판 청와대까지 접근했거든요. 며칠만 늦게 나타났더라면 제대가 미루어져 아침못을 몇 달 더 바라볼 뻔했지요. 그 아침못에 대한 얘기를 아까 그 자리에서 민주 씨 입을 통해 듣게 될 줄이야…."

오민주가 벌떡 일어났다.

"우리 대폿집 가요."

오민주 몸에 초고속 좌우세 춤사위가 스쳤다. 흥분이 극에 달했다는 증거였다. 자신의 입에서 튀어나온 '우리 대폿집 가요'는 놀라웠고 한편 통쾌했다. 벌어진 이기훈 눈에서 동공이 빛을 발했다.

***

서울 생활을 시작하고부터 오민주는 거의 매일 비슷한 꿈을 꾸었다.

꿈의 골격은 전쟁, 할머니, 아침못이었다. 꿈속 상황은 전시였으므로 어김없이 총을 든 군인들이 등장했다. 아침못을 에워싼 군인들은 아군이었다가 적군이었다가 그때그때 바뀌며 오민주로 하여금 생과 사의 경계를 넘나들게 했다. 함께 있던 할머니는 아침못을 사이에 두고 반대편에 있곤 했다. 우왕좌왕하는 피난민들 속에서 할머니 모습은 안타깝게 구름에 가려지는 달 같았다. 빨리 할머니가 있는 아침못 저쪽으로 가야 하는데, 총을 든 적군이 언제 어디서 튀어나올지 아슬아슬한데, 잡풀 뒤엉킨 길은 철조망에 가로막혀 있었다. 적군에게 절대로 발각되지 않게 또 다른 입구를 찾아 헤매야 했다.

그렇게 피 말리는 꿈에서 해방된 건 이기훈을 만나 물불 안 가리는 사랑에 빠지고부터였다. 오민주 의식은 꿈속까지도 이기훈이 메우게 되었다. 아무 때나 할머니와 아침못이 보고 싶어 목이 메고 눈물을 훌쩍거리던 때가 아주 멀게 느껴졌다. 갑자기 한꺼번에 세상이 달리 보였고 자신은 뭔가 풍성함으로 채워진 다른 존재로 탈바꿈된 듯싶었다.

"아침못 요정님. 오늘은 어디에 가고 싶으십니까?"

연극대사처럼 이기훈이 목소리를 높였다. '아침못 요정'을 들먹이는 건 기분이 좋다는 의미였다. 이기훈이 기분 좋은 건 시험 공부가 잘 됐다는 반증이었다. 만족할 만한 성과를 거두지 못했을 땐 굳은 표정이 풀리지 않았고 오민주에게 미안해하면서도 결국 도서관으로 다시 돌아갔다. 오민주는 이기훈의 그런 결단과 철저함에 감탄할 뿐이었다.

"며엉 동. 갑자기 명동에 가고 싶어졌어."

"갑자기 명동? 그러지 뭐."

이기훈은 네 살 위였지만 오민주에겐 한 세대 위 든든한 어른 같았다. 권위적이지 않은데 권위가 있었다. 할머니처럼 자상한데 할머니처럼 만만하진 않았다. 그런 이기훈과 있으면 오민주는 다른 인격체로 변모하려 했다. 오랜 왕조시대의 신분제도 인자가 녹아있었던 것일까. 문득문득 이기훈과 자신의 신분 차이를 느끼곤 했다. 주말 오후 명동거리는 젊은이들로 메워져있었다. 서울에 처음 왔을 때부터 이기훈을 만나기 전까지 오민주는 주말 명동 풍경에 압도되어 주눅이 들곤 했다. 자신만 빼놓고 모두 한통속으로 뭉쳐진 듯 보였다. 그러나 이기훈과 밀착되고부터 서울은 그냥 대도시일 뿐이었고 명동은 그냥 유행을 주도하는 땅값 비싼 동네로 여겨질 뿐이었다. 그리고 사람들은 누구나 익명의 개개인일 뿐이었다.

명동성당을 돌아 이 골목 저 골목 손을 잡고 걸어 다녔다. 어디나 첨단유행 옷차림의 여자들이 널려있었다.

"다리 안 아파?"

키가 훤칠한 이기훈이 오민주의 가는 허리를 받치며 물었다.

"좀 아파."

사실은 다리가 많이 아팠다.

"그렇게 굽 높은 구두를 신고 아침못 요정님이 너무 많이 걸었네. 우리 어디 들어가 좀 쉬자."

이기훈을 따라 들어간 곳은 일반다방과는 분위기가 달랐다. 혼자 무심코 들어갔더라면 주눅이 들어 냉큼 돌아나왔겠지만 이기훈이 곁에 있으므로 오민주는 의연할 수 있었다. 두 사람은 쿠션 좋은 의자에 마주 앉았다. 대부분의 시간을 도서관에서 보내는 이기훈이 짬을 낸 특별한 날 그와 마주보고 있는 순간은 황홀했다. 그렇다고 황홀감을 얼굴에 줄줄 흘리진 않았다.

주문한 커피가 탁자에 놓이는 동안 주변을 둘러보는 이기훈의 표정에 그늘이 지고 있었다. 영문을 알 수 없는 상황이었다. 당황스러워진 오민주는 슬그머니 일어나 화장실로 향했다. 지나치게 깔끔한 화장실 거울에 굳은 얼굴이 비쳤다. 단박에 표정을 바꿨다.

이럴 땐 어찌해야 하지? 거울 속 자신에게 물었다.

신경 좀 그만 써. 그거 절절 맨다는 증거야.

이기훈의 커피는 식어가고 있었다. 표정은 더 어두워 보였다. 오민주를 바라보는 시선도 겉돌았다.

"민주야. 우리 그만 나갈까?"

이기훈의 목소리는 낮고 부드러웠지만 오민주의 가슴에 먹구름을 드리웠다. 분위기 특이한 장소에서 달콤한 시간을 더 보내고 싶은데 그만 나가자니 오민주는 맥이 풀렸다.

그곳은 청춘들이 열기를 뿜어대는 요란한 음악다방과 달라 주변 사람들이 고스란히 눈에 들어왔다. 그러나 아무도 서로가 서로에게 노출되는 현상을 의식하지 않았다. 낮게 클래식음악이 깔리는 고즈넉한 분위기에 모두가 녹아있었다. 뭔가 뇌 연결망이 일반인들과는 급이 다른 사람들만 모아 놓은 듯했다.

　입체적인 벽과 천장은 베이지색 계열로 고급스럽게 장식돼 있었다. 좌석을 차지한 손님들은 한쪽 팔로 턱을 받치고 명상에 잠긴 듯 앉아있거나 고개를 약간 숙이고 신문을 보거나 눈을 감고 좌석에 푹 파묻혀있거나 담배를 피우며 낮은 소리로 대화했다. 나란히 앉거나 마주앉아 음악을 감상하다가 소곤대기도 하는 커플들은 선택받은 족속들 같았다. 그런 익숙하지 않은 모습들이 조성하는 특이한 공간은 오민주에게 또 다른 문화충격이었다. 프랑스영화 장면 속에 들어와 있는 것 같은 착각에 빠지게 했다.

　이기훈이 좌석에서 쑥 몸을 일으켰다. 조건반사처럼 오민주도 발딱 일어났다. 이기훈 찻잔엔 향이 좋은 커피가 그대로 남은 채였다. 일반다방의 커피 값보다 분명 비쌀 텐데 이기훈은 전혀 개의치 않는 표정이었다. 커피값이 신경 쓰이는 데에서도 오민주는 이기훈과의 차이를 실감했다.

　이기훈은 만날 때마다 드는 모든 비용을 당연한 일인 듯 혼자 감당했다. 어쩌다 오민주가 카운터에서 지갑을 열면 그건 어쭙잖게 주제넘은 짓이 되었다. 오민주는 자신이 계산할 때가 안 할 때보다 오히려 더 어색하고 불편했다. 이기훈의 눈에도 강원도 지방출신인 오민주가 어렵게 유학하는 가난한 여대생으로 비칠 것이었다. 더구나 아치모시 시골구석에서 부모도 없이 홀 할머니 손에 자란 처지가 아닌가.

그 당시 서울 사람들은 강원도를 두메산골로 여겼고 춘천은 도청소재지임에도 불구하고 전방 부근의 위안부들이 바글거리는 군사소도시로 여겼다. 틀린 건 아니었다. 시내에 미군부대가 있었으며 근방에 군단 본부와 또 다른 미군부대가 있었고 부근에 수많은 군부대가 포진해있었다. 물론 똥갈보 양갈보도 많았다. 오민주는 서울에 와서야 그런 사실을 실감하게 됐다.

밖으로 나온 이기훈은 성큼성큼 걸어갔다. 이기훈이 택시를 잡고 광화문, 이라고 외쳤다. 이기훈 집 근처 광화문은 두 사람이 자주 머문 익숙한 장소였다. 택시 안에서 오민주 어깨를 감싸 안으며 이기훈이 말했다.

"그 다방 분위기가 역겨워서 나온 거야."

순간 오민주는 뭉쳐있던 어깨가 풀렸다. 자신 탓이 아님이 밝혀졌기 때문이었다. 그런데 분위기가 역겨웠다니. 무엇이 역겨웠는지 오민주는 도무지 알 수가 없어 아무 말도 못했다. 궁금했지만 묻지 않았다. 섣불리 물었다가 밑천 드러나 이기훈에게 실망감을 줄까 두려웠다. 도대체 역겨웠던 게 뭘까. 함께 있었는데 그가 감지한 뭔가를 자신은 전혀 느끼지도 못했다는 사실이 신경 쓰였다. 그렇다고 어찌할 수 있는 건 아무것도 없었다.

광화문에서 택시를 내려 들어간 곳은 이기훈과 자주 드나든 다방이었다. 별 특색 없이 평범한 곳이었다. 손님의 대부분은 뭔가 분주해 보이는 중장년층 남자들이었고 숫자가 적은 여자 손님들도 직장인 냄새를 풍겼다. 이기훈은 또래 집단이 버글거리는 장소는 유치하다며 기피하는 편이었다.

"아까 그 다방 말이야. 어설프게 멜랑콜리한 분위기를 연출하고 있는 거, 그 꼴이 천박해서 역겨웠던 거야. 아무튼 명동은 천박한 외국문화 온상지라니까. 공비가 나타나 활개 치는 판인데."

오민주는 뜨끔했다. 이기훈처럼 천박함을 느끼기는커녕 그 분위기가 세련되고 고급스러워 위축되지 않으려 긴장했던 게 사실이었다. 그런 분위기에 혹했던 자신을 이기훈에게 들킬까봐 오민주는 또 긴장했다.

맞은편 좌석에 편안히 몸을 맡긴 이기훈이 더할 수 없이 늠름해보였다. 그 늠름한 모습을 오래 바라보고 있자니 명동 다방의 분위기가 그제야 천박함으로 이기훈과 대비되었다.

한에 찌든 할머니 손에서만 자란 탓일까. 오민주는 이기훈에게서 대들보 같은 든든함과 부성까지도 느끼는 터였다. 어쨌든 이기훈은 어머니 자궁에 여성성으로 잉태될 때 이미 짝으로 정해진 운명적 남자로 여겨졌다.

***

'운명적 남자'로 철석같이 믿고 있던 이기훈이었다.

그가 다른 여자와 선을 보고 약혼했다고 말해준 사람은 그의 어머니였다. 그 날이 정확히 언제였는지 오민주는 기억하지 못했다. 결혼할 수 없게 됐다는 말을 남기고 이기훈이 떠난 며칠 후였을 것이다. 오민주가 겨우 몸을 움직여 죽을 쑤어 먹으려던 참이었다. 쪽문을 두드리는 소리가 들렸다. 그 문을 두드릴 사람은 아무도 없었으므로 오민주는 숨을 멈추고 긴장했다. 그때까지 문 두드리는 소리를 들어본 적이 없었다. 이기훈은 열쇠를 지니고 있었으므로 문을 두드릴 필요가 없었다.

　혹시 열쇠를 잃어버린 건가.
　다시는 안 볼 작정으로 열쇠를 버린 건가.
　어쨌거나 다시 찾아온 거야.
　마음을 돌린 게 분명해.
　역시 운명적인 남자야.
　그 무엇도 운명적 사랑을 갈라놓을 수 없는 거야.

　갑자기 맥박이 빨라졌다. 심장 뛰는 소리가 쿵 쿵 들렸다. 몸이 부들부들 떨렸다. 몇 걸음 안 되는 쪽문이 그렇게 멀게 느껴지기는 처음이었다. 숨이 턱에 차 가슴이 터질 지경에 이르러 쪽문을 열었다. 눈에 들어온 사람은 백화점 고객 같은 중년 여자였다.
　"오민주 씨 맞지요? 나 이기훈 엄마예요."
　누구 엄마라고 굳이 밝히지 않아도 오민주는 이내 알아차렸다. 살결 고운 얼굴의 이목구비가 이기훈 모습을 확연히 드러내고 있었다. 그 얼굴에서 일렁거리는 햇빛이 갑자기 속을 울렁거리게 했다. 오민주는 구토가 일어날 것 같아 심호흡을 하고 이를 악물었다.

"할 말이 있어 왔는데 잠깐 들어갈까요?"

얼떨결에 물러섰던 오민주가 쪽문 밖으로 나섰다. 이기훈 어머니에게 방까지 침범당하고 싶진 않았다.

"무슨… 말씀을 하시려는지… 알고 있습…니다. 그러니까…."

그러니까 그냥 돌아가시라는 말까지 하려고 했는데 너무 기운이 없어 더 이상 말이 나오지 않았다. 오민주는 쓰러지지 않으려고 담에 기대는 수밖에 없었다. 그 다음엔 이기훈 어머니가 하는 말이 정확하게 귀에 들어오지 않았다. 인연이 아니니 어쩌고저쩌고, 아무튼 설득하려는 내용 같았다. 귀에 남은 말은 전부터 아는 집안의 여식과 이기훈이 선을 보고 나서 바로 약혼했다는 것뿐이었다.

이기훈 어머니가 핸드백을 열고 봉투를 꺼냈다. 그리고 담벼락을 짚고 기대있는 오민주 손에 재빨리 봉투를 꽂아 놓고 돌아서며 말했다.

"우리 기훈이와 깨끗이 헤어지는 조건으로 건네는 위자료예요."

졸지에 벌어진 일이었다. 오민주는 흔히 보았던, 부자 마나님이 아들의 여자를 떼어내기 위해 돈 봉투를 내미는 영화장면과 똑같은 상황에 처한 것이었다. 그러나 울고불고 매달리거나 돈 봉투를 밀어내고 표표히 돌아서거나, 상투적인 영화장면처럼 진행되지는 않았다.

이기훈 어머니가 손짓하자 검정색 승용차가 스르르 다가왔다. 뭘 어찌해볼 새도 없이 이기훈 어머니는 차와 함께 눈앞에서 사라지고 있었다. 오민주는 담벼락을 짚은 채 사라지는 차 꽁무니를 멍하니 바라보았다. 방금 일어난 일이 실제 같지 않았다. 새로운 영화 속 장면 같았다.

오민주는 간신히 방에 들어서자마자 쓰러졌다. 이기훈 어머니가 쥐어준 하얀 봉투도 방바닥에 나자빠졌다.

비가 올 듯 하늘이 점점 짙은 회색으로 변해가고 있었다. 길거리 음반가게에서 '비에 젖은 비둘기'란 번안노래가 흘러나오고 있었다.

~비에 젖은 비둘기가 서러웁게 우네요~

~자기 짝을 어디 두고 저리 슬피 울까요~

오민주는 핸드백의 봉투를 다시 확인했다. 이기훈 어머니가 했던 방식대로 이기훈에게 전달하기 위해 가는 길이었다. 이기훈 앞으로 속달우편을 보낸 건 며칠 전이었다. 물론 발신인의 주소와 이름은 조작이었다. 이기훈만 오민주가 보냈다는 걸 알 것이었다.

봉투 속 수표는 0을 한참 세어야 했다. 수표의 효용가치는 부류에 따라 각각일 것이다. 상류층과 하층민 사이의 갈래마다 천차만별로 갈라질 것이다. 대학등록금보다 큰돈을 써본 적 없는 오민주에게 그 수표는 엄청난 거액이었다. 그런 큰돈은 어디에 어떻게 쓰여야 하는지 한 번도 생각해보지 않았다. 오민주는 할머니를 떠올렸다. 할머니가 살아있었다면 어떻게 반응했을까. 할머니 모습과 목소리가 생생히 살아났다.

'이것아, 그따우 돈은 받는 게 아녀. 든적시럽구 츤헌 돈인 게야. 사램을 돈으루다 값을 매기러드는 그따우 종자덜허굴랑은 애시당초 상종을 말었어야 허는 거인데. 철읎는 거이 우찌 천지분간을 헐 수 있었을라구. 사램이 살다보믄 실수두 허능계구 억울헌 일두 당허는 게지. 당장이야 분허구 원통절통허겄지만서두 세월 가믄 다 잊어뿌리게 돼 있어, 이것아. 멀리 내다보믄 외려 잘된 일인 게야. 그런 것들허구 연을 끊게 된 건 잘된 일이구 말구.'

또 다른 할머니 모습과 목소리가 살아났다.

'어이구 내 새끼. 어차피 몸떼이 베린 거 돈이래두 챙게야 들 억울허지 벨 수 있남. 그러구 설라무네 그 돈이 워디 즉은 돈인감. 그누메 집구석이 행세계나 허긴 허는 모냥인가부네. 인자부텀은 그 이 뭐시깽인가 허는 눔은 깨끗이 잊어뿐져. 사내덜이란 죄다 거기서 거긴 게야. 츰에는 간이래두 빼줄 거처럼, 하늘에 별이래두 따줄 거처럼 굴지만서두 세월 가봐라 딴 지집헌테 눈독들이느라 밖으루다 나돌 궁리만 해쌌는 게 사내덜인 게야. 잘난 눔은 잘난 값 허니라 더 가관인 게구. 그러니깐두루 사내를 믿지 말구 재물을 믿어 이것아.'

오민주는 고개를 흔들었다.

할머니 박순분답지 않았다.

'사램이믄 똥인지 된장인지 구분헐 줄 알어야 허능 게여, 돈이라구 다 같은 돈인감. 냄새부텀 다를 터인디.'

할머니 박순분다운 목소리였다. 오민주 등골에 냉기가 느껴졌다. 자신의 마음속에 일어난 생각을 할머니 입을 빌리다니. 오민주는 몸을 부르르 떨었다. 수표를 노려보았다. 액수를 표시한, 줄줄이 이어진 '0'들이 기다란 벌레의 몸뚱이처럼 마디마디 꿈틀거렸다. 핸드백 속에 수표봉투를 처넣고 밖으로 나설 때, 오민주는 자신의 인생 한 겹이 접히고 있음을 느꼈다.

오민주와 이기훈은 숱하게 드나들었던 광화문 주변 다방 구석 자리에 마주 앉았다. 그 자리는 두 사람이 신랑신부로 굳혀져가는 세월 동안의, 그들만이 아는 사랑나이테가 새겨진 자리였다. 보이지 않고 만져지지 않는 그 3년 가까운 나이테의 의미는 이미 변질돼 버렸다.

"어쩔 수 없는 결정이었어."

이기훈이 말했다.

어쩔 수 없는….

오민주는 속으로 이기훈의 말을 되뇌었다. 어쩔 수 없었다는 이기훈을 이해할 것 같았다. 이기훈은 그럴 수밖에 없는, 출세가 최고의 가치인 집안에서 다져진 사람이므로.

"민주 니가 연좌제에 묶여있을 줄이야."

긴 침묵 끝에 이기훈이 한 말은 또 연좌제였다.

"나 떠나. 그러니까 걱정 말고…."

집안끼리 잘 어울리는 여자와 결혼해서 잘 살라는 말은 생략했다. 탁자 위의 식은 커피잔에 시선을 고정한 채 입을 다물었다. 맞은편 이기훈의 동공이 순간적으로 흔들렸다. 무슨 의미의 흔들림인지는 이기훈만 알 것이었다. 이기훈은 테이블 옆의 수족관을 향해 고개를 틀었다. 수족관 속에서는 울긋불긋한 열대어들이 수초 사이를 헤엄쳐 다녔다. 한참 후에 이기훈이 오민주를 바라보며 물었다.

"…춘천으로?"

오민주도 고개를 들어 이기훈을 바라보며 대답했다.

"응."

"아침못이 있는 동네 그 집으로?"

"응. 아침못이 있는….”

대대로 서울 광화문 근처에서만 살아왔다는 집안의 이기훈에겐 춘천이든 아치모시든 그냥 시골일 뿐이리라. 아침못에서 눈 치우던 기억도 춘천시내 대폿집에서 막걸리 마시던 기억도 그냥 군대시절의 한 조각일 뿐이리라.

오민주 시선이 강해졌다. 어떤 꾸밈도 목적도 없는, 썩어가는 찰진 두엄 냄새처럼 적나라한 시선이 이기훈에게 꽂혔다. 이기훈은 처음으로 대하는 오민주의 독한 시선을 지긋이 여유 있게 맞받았다. 서로 다른 의미의 기세가 충만한 두 사람의 눈빛이 한동안 얽혀있었다.

이기훈이 먼저 시선을 비꼈다. 오민주 눈에서도 힘이 풀렸다.

"거기 가서 어떻게 무얼 하며 살 건데?"

"거긴 평화로운 곳이니까 평화롭게 살 거야. 개구리 합창도 듣고 아침못에 뜬 달도 보고….”

이기훈의 눈이 뭔가를 회상하는 듯 가늘어졌다.

"시내에 무용학원을 낼 거야. 춤도 추며 살려고. 몸짓으로 내

감정을 녹여내다 보면….”

오민주는 입을 다물었다. 더 말해봤자 감성이 빈곤한 이기훈에 겐 스며들 수 없는 언어임을 잘 알기 때문이었다.

“무용…학원….”

이기훈이 낮게 중얼거렸다. 눈이 마주치는 순간 오민주는 다시 찻잔으로 시선을 피했다. 더 이상 이기훈의 눈을 마주 보고 있기 가 힘들었다. 어쩌다 이런 상황에 처하게 된 것일까. 그 순간 오 민주는 아버지 오영준을 의식했다. 아버지 역시 이 서울에서 누 군가와 눈빛도 교환할 수 없는 답답한 상황에 처했을 것만 같았 다. 좌우 이데올로기가 극명하게 대립했던 그 시대, 역사를 전공 한 아버지가 빠져든 이데올로기는 북쪽으로 ‘떠나’는 수밖에 길 이 없었으리라.

상류층 집안에서 자라 고시에 합격해 곧 판사나 검사가 될 이 기훈에게는 무용학원이나 노점상이나 그게 그거일 거라고 오민 주는 생각했다.

“무용학원 그거 서울에서 하면 안 될까? 아무래도 난 너를 못 보면 안 될 것 같아.”

개새끼.

오민주는 튀어나올 뻔한 소리를 목구멍으로 넘겼다.

“결혼은 법적인 제도일 뿐이야. 현실적으로 우린 그 결혼이란 제도가 어려운 것뿐이고.”

다방 안에는 카펜터즈의 음악이 조용히 흐르고 있었다. 창문 밖으로부터 데모 행렬의 구호소리가 점점 가까이 들려왔다. 사람이 낼 수 있는 최대한의 발성이 뭉쳐져 공기를 찢는 소리가 카펜터즈의 매끄럽고 달콤한 음색을 얼룩지게 했다.

이기훈이 미간을 찌푸렸다. 오민주에게는 익숙한 모습이었다. 데모행렬의 구호 소리와 경찰차의 사이렌소리가 허공을 울릴 때면 이기훈은 언제나 미간부터 찌푸리며 집시법 위반 어쩌고저쩌고 법조항을 들먹거렸다. 정부 요직에 있다는 아버지의 아들답게 이기훈은 운동권 학생들을 한심하고 딱한 부류로 여겼다.

차 쟁반을 들고 통로를 오가던 한복 마담과 미니스커트 레지가 급히 창문 쪽으로 달려가 열린 창문을 닫았다. 매캐한 최루탄가스는 이미 실내로 숨어들어 음악소리와 함께 퍼지고 있었다. 테이블 여기저기서 기침과 재채기를 해댔고 코를 풀었다. 레지 아가씨가 두루마리 화장지를 들고 다니며 둘둘 풀어 나눠줬다. 출입문이 자주 열리고 닫혔다. 코를 싸쥔 손님들이 들어올 때마다 최루탄가스도 함께 밀려들었다. 다방 안의 음악은 어느새 비틀즈로 바뀌어 있었다.

오민주는 자세를 곧추세우고 이기훈을 똑바로 바라봤다.

"왜 엄마까지 내게 보냈어?"

입 밖으로 내본 적 없는 '엄마'란 발음이 이물감으로 입안을 맴돌았다. 이기훈의 눈이 둥그레졌다.

"무슨 소리야?"

"자취방을 알려드렸으니까 찾아오셨겠지."

"뭐라구? 우리 엄마가 널 찾아가? 언제?"

"……."

"우리 엄마가 네게 어떻게 했는데?"

우리 엄마….

그래. 난 엄마도 없다. 운명적 관계이기는커녕 우리는 작은 인연도 가당치 않을 것이다. 오민주는 입술을 질끈 물었다.

"대단한 어머니께서 어떻게 했는지 대단한 아들께서 왜 모르실까."

왜 이러는 걸까. 봉투만 건네고 산뜻하게 돌아서나오기로 했으면서 이따위 너절한 말을 지껄이고 있다니.

오민주는 그러고 있는 자신이 답답해 속이 부글거렸다.

"오민주. 답답하다…."

"위자료 주셨어."

"뭐?"

"깨끗이 헤어지는 조건으로."

"……."

탁자 모서리를 향하고 있는 이기훈의 시선엔 초점이 없었다. 이기훈이 알았든 몰랐든 달라질 건 아무것도 없었다.

"내가 알려주지 않으니까, 우리 엄마가 운전기사에게 네 자취방을 알아내도록 했나봐. 어쩌면 엄마가 직접 날 미행했는지도 몰라. 자취방을 집 가까이 구하지 말 걸 그랬어. 많이 놀랐겠다."

오민주는 이기훈 어머니가 던지듯 손에 찔러준 봉투를 백에서 꺼내 이기훈 앞으로 획, 던졌다.

"이걸 어쩌라는 거야? 나보구 우리 엄마한테 전달하라는 거야? 이럴 거면 애초에 받질 말던가."

오민주가 발딱 일어섰다. 이기훈이 오민주를 올려다봤다. 두 사람은 부동의 자세로 상대에게 시선을 꽂았다. 팽팽하게 얽힌 시선을 오민주가 먼저 거두고 곧장 출입문을 향해 걸어갔다.

***

오민주는 짐을 정리하다가 손을 놓고 멍하니 하루하루를 흘려 보내곤 했다.

왜 안 떠나니.
내일은 꼭 떠날 거야.
내일내일, 그 놈의 내일이 얼마나 그냥 지나갔니.
알아. 알고 있어. 너무나 잘.
그럼 당장 실행해.
말처럼 쉬운 게 어디 있겠어. 답답해.
그래 답답해. 너무 답답해.
그냥 이대로 죽어지면 좋겠어.
죽어지면…죽어지면?
살아갈 의욕이 없어졌어.
네 속에 다른 세상을 채워 봐.
다 른 세 상….

오민주가 천천히 몸을 일으켰다.

아~~리~라앙~

아~~리~라앙~

아~~라~리이~요~~

오민주는 아리랑 가락을 입으로 흘리며 방안의 허공을 태극무 늬 춤사위로 채워나갔다. 아리랑 가락과 태극무늬 곡선은 시작 과 끝이 따로 없다. 끊어짐 없는 이어짐이다. 춤사위는 벽지의 이 방연속 당초무늬처럼 섬세한 곡선으로 박자가 빨라졌다.

오민주 의식은 벽을 타넘었다. 이방연속 당초무늬를 닮은 춤사 위는 아리랑 고개를 넘고 또 넘어 다른 세상으로 너울너울 이어 졌다.

오랜만에 몸을 실은 경춘선 열차가 정겨웠다. 할머니와 집과 아침못을 보기 위해 수없이 탔던 기차였다. 할머니가 세상을 떠 난 후론 거의 집에 가지 않았으니 정말 오랜만이었다. 기적소리 와 함께 덜커덩 기차가 움직였다. 차창 밖 풍경이 빠르게 지나갔 다. 이기훈이 있는 서울을 빠르게 벗어나고 있었다. 아무런 조짐 도 없이 눈물이 고였다.

후드득 눈물을 털어낸 오민주는 차창 밖을 향해 눈을 부릅 떴다.

스쳐 지나가는 눈앞의 풍경보다 서울생활의 단편적 풍경이 생 생하게 눈에 들어왔다. 거의 이기훈과 관련된 장면들이었다. 나 타났다가 사라지는 낯익은 풍경을 배경으로 이기훈은 차창에 고

정되어 있었다. 어린 시절 어느 한 때의 보름달처럼 이기훈은 줄곧 따라왔다.

어쩌다 비련의 주인공으로 전락해버린 것인가.
무엇 때문에.
무엇은 도대체 무엇인가.
이기훈이 좇는 출세인가.
내가 소속된 사회인가.
오영준을 지배한 사상인가.
뭐가 이리 거창해.
그냥 이기훈이 너 아닌 다른 여자를 선택한 거야.
이기훈에게 홀랑 빠졌던 건 오민주, 너 자신이야.
너는 운명 귀신에게 휘둘렸던 거야.
그런데 이기훈은 어떤 인물이었지?
그의 배경 지위를 빼고 그의 무엇을 알지?
생김새, 목소리, 체취 말고는?

언뜻 떠오른 장면이 있었다.
자취방에서 함께 라면을 먹는 중이었다. 오민주는 양은냄비 속 라면을 젓가락으로 집어 올려 이기훈 입에 넣으려다가 홀랑 제 입으로 가져가는 장난질을 계속하고 있었다. 이기훈도 오민주의 장난에 적극적으로 빠져들었다. 젓가락에 낀 라면발이 공중에서 획획 날았다. 낄낄 깔깔 한바탕 웃고 나서는 후루룩 후루룩 라면 빨아들이는 소리만 들렸다. 그러던 중 갑자기 이기훈이 벌떡 일어섰다.

"왜?"

오민주가 놀란 눈으로 올려다봤다.

"가봐야 돼."

이기훈은 대답을 하는 둥 마는 둥 벌써 문밖으로 나가 신발을 신고 있었다. 오민주가 급히 다가섰다.

"갑자기 어딜?"

"나중에 얘기해 줄게."

바람처럼 이기훈은 사라졌다. 오민주는 불어터진 라면에 꽂혀 있는 젓가락을 바라보며 나쁜 일이 아니기를 간절히 바랐다. 직접 라면을 사다가 자기 손으로 끓일 때만해도 이기훈은 오랜만에 여유로워 보였다. 시험 준비를 목표치 이상 달성했다는 말도 했고 라면 맛있게 끓이는 비법을 알아냈다는 말도 했다. 그랬던 그가 도대체 무슨 일 때문에 그렇게 직접 끓인 라면을 먹다 말고 급히 가야 했을까.

궁금함에 묶인 하루하루는 고통스러웠다. 이기훈이 찾아올 때까지 기다리고 있을 수가 없었다. 그를 찾아 나서기로 했다. 실상 그를 만날 방법은 막연했다. 집에 있는지 학교에 있는지. 학교에 있다면 강의실에 있는지 도서관에 있는지. 강의실은 또 얼마나 많고 도서관은 또 얼마나 넓은가. 함께 자주 가던 다방에 그가 혼자 갈 리도 없을 테고….

다방 입구 벽에 붙여진 메모꽂이가 문득 떠올랐다. 거기에 메모라도 남겼을지 몰라. 어쨌든 그 다방에 가서 그의 집으로 전화를 해보면 뭔가 꼬투리라도 잡을 수 있지 않을까. 목적지가 정해지자 마음이 급해졌다.

다방에 도착하자마자 먼저 메모꽂이로 눈길이 갔다. 저마다의 사연을 간직한, 여러 번 접고 오므려 양 끝을 야무지게 끼워놓은 메모 쪽지들이 작은 새들처럼 모여 있었다. 꽁지 부분엔 각자의 유일한 상대만이 알 수 있는 글자가 적혀있었다. 하나하나 보고 또 보아도 이기훈 필적은 없었다. 원하는 단 한 사람의 눈에 띄기 위해 무작정 매달려있는 그것들에게서는 각각의 간절한 숨소리가 나는 듯했다.

다방은 한산한 편이었다. 오민주는 커피를 시켜놓고 카운터로 갔다. 한복으로 풍성하게 몸을 감싸고 머리를 올려붙이고 입술을 새빨갛게 칠한 낯익은 마담이 눈으로 용건을 물었다. 오민주는 전화기를 가리키며 통화요금을 지불했다. 마담이 전화기를 밀어줬다. 오민주는 뜸을 들이며 다이얼을 돌리다 결국 멈췄다. 이기훈 집에 전화를 걸면 십중팔구 일하는 아줌마나 그의 어머니가 누구냐고 꼬치꼬치 캐물을 게 뻔했다. 이기훈이 집에 있어도 시험공부에 매달려있는 그를 바꿔줄 리가 없었다. 남자 목소리가 필요했다.

"저기…."

오민주는 마담을 향해 입을 열었지만 뒷말을 잇지 못하고 쭈뼛거렸다. 마담이 빨간 입술로 미소 지었다.

"남자 목소리 필요하죠?"

그러곤 대답도 듣기 전에 히피스타일의 디제이를 불러냈다. 그런 경우가 다반사였던 듯 찢어진 청바지에 장발의 디제이는 능숙하게 전화로 이기훈의 친구역할을 시작했다. 고개를 홱 젖혀 긴 머리를 훌렁 넘기며, 기훈이 친굽니다, 했다. 수화기를 의도적으로 귀에 붙이지 않은 듯 저쪽의 목소리가 고스란히 들렸다. 그 순간 오민주는 자신도 모르게 마담과 디제이와 함께 긴장의 눈빛을 교환했다. 그러고 나자 기분이 찝찝했다. 하찮은 사람들과 범죄를 공모하는 느낌이 들었다. 이기훈이 높은 곳에서 경멸의 눈길로 내려다보는 듯했다.

저쪽에선 선뜻 이기훈을 바꿔주지 않았다. 수화기로 새나오는, 어머니가 분명한 목소리는 깐깐했다. 친구 누구냐, 용건이 뭐냐, 지금 공부하는 중이다, 급한 일 아니면 학교에서 만나는 게 좋겠다. 디제이의 친구 역할은 급속도로 엉성해지고 있었다. 당황한 디제이가 허둥거리며 인사말을 남기는 도중 탁, 소리와 함께 전화가 끊겼다.

오민주는 마담과 디제이의 동정어린 눈빛을 외면했다.

어쨌든 이기훈이 집에서 공부하고 있다니 나쁜 일이 생긴 건 아닌 모양이었다. 집 앞에 가서 죽치고 있어볼까. 그의 집은 작은 돌멩이나 딱딱한 물건을 던져 신호를 보낼 수 있는 평범한 집이 아니었다. 그 집은 들여다보이는 집이 아닌 어마어마한 저택이었다.

그의 집 앞에 가본 적이 있었다. 하숙생활을 끝내고 이기훈이 구한 자취방으로 짐을 옮긴 날이었다. 하숙방과 달리 자취방은 이기훈이 아무 때나 자유롭게 드나들 수 있는 구조였다. 자취방에서 이기훈 집까지는 한 정거장 정도의 가까운 거리였다.

"내 방은 저기 이층 뒤쪽에 있어."

높은 담장과 정원수에 가려진 이층집은 지붕 일부만 겨우 보일뿐이었다. 이기훈의 손가락이 가리키는 방을 오민주는 가늠할 수 없었다.

"사법고시에 합격하면 널 부모님께 인사시키고 바로 결혼할 거야."

높은 담장 밑에서 이기훈이 오민주를 포옹하며 한 말이었다. 그날 두 사람은 이기훈 집에서 자취방으로 다시 이기훈 집으로, 다시 거기서 자취방으로 몇 차례를 오갔다.

청평역을 거쳐 기차는 산을 에두르며 달렸다. 산 밑으로 다문다문 모여 있는 집들이 가끔씩 나타났다가 뒤로 밀려나곤 했다. 초가지붕이었던 야트막한 집들은 하나같이 새빨갛거나 새파란 슬레이트 지붕을 이고 있었다. 무심한 눈길도 잡아끄는 선명한 색깔이었다. 새마을운동 바람이 철길 주변을 비껴갈 리 없었다. 빨갛고 파란 슬레이트 지붕은 산촌 배경과 어울리지 않게 튀었다. 무명 치마저고리를 입고 머리엔 빨간 댕기로 엮은 기생 트레머리를 얹었거나 파란 챙으로 두른 모자를 쓰고 있는 우스꽝스런 모습 같았다.

오민주는 차창에서 시선을 거뒀다. 눈을 감고 달리는 기차만이 낼 수 있는 단조로운 소리와 단조로운 진동에 몸을 맡겼다.

비련의 주인공 관점에서 벗어나려면 입장이 바뀌어야 한다. 버려진 입장에서 버린 입장으로. 그런데 서두르고 싶지 않았다. 할머니를 잃었을 때의 슬픔과는 또 다른 색깔의, 최초로 경험하는 생경한 슬픔을 뭉근하게 익히고 싶다는 생각도 들었다. 세상으로부터 내동댕이쳐졌다는 비참함 속에서 비밀스런 속삭임이 들려왔기 때문이었다. 그 속삭임은 버린 자가 아닌 버려진 자만이 들을 수 있는 특별한 소리였다. 세상을 다른 방향에서 바라볼 수 있도록 안내하는 그 속삭임은 묘한 희열을 느끼게 했다.

그 느낌은 달리는 기차의 제한된 공간이 부여하는 특수한 상황 때문일 수도 있었다. 목적지에 정차한 기차에서 내리는 순간 그 어떤 속삭임도 희열도 거품처럼 꺼져버릴지 모른다.

일정한 음향과 일정한 진동을 유지하며 기차는 계속 달리고 있었다.

영원히 멈춤 없이 기차가 달려갈 것 같은 착각에 오민주는 빠져들었다.

***

빈집 안채와 사랑채 어디에서든 할머니 환영이 나타났다.

댓돌에서 대청을 오르는 버선발. 안방 미닫이문을 빠져나가는 치마꼬리. 사랑채 누마루에서 멀리 내다보느라 이마에 챙을 만드는 손바닥. 툇마루에 앉아 장죽으로 뻐끔뻐끔 날리는 담배 연기.

마주치는 환영은 그때마다 되돌려진 시간 속으로 오민주를 데려갔다. 그 시간 속에는 할아버지도 어머니도 있었다.

긴 아침못 둑이 한눈에 들어오는 누마루다.

어린 오민주는 수염을 쓰다듬으며 천자문을 가르쳐주는 할아버지 앞에 앉아있다. 할아버지 윗몸이 시계불알처럼 좌우로 움직이며 소리를 낸다. 하느을~ 처언~ 따아~ 지이~. 할아버지가 붓으로 써놓은 글자와 마찬가지로 소리 역시 늘어지면서도 시원스럽다. 오민주도 할아버지처럼 소리에 가락을 넣는다. ~하느을 처언 따아 지이~. 영판 할아버지 소리와 다르다. 꼬불꼬불 제 손으로 그려놓은 글자를 닮은 소리다.

할머니가 소반을 들고 온다. 이쪽을 갸웃 바라본다. 오민주는 소반을 바라본다. 대접에서 찰랑거리는 건 할아버지가 늘 마시는 맑은 술이다. 시큼한 냄새가 나쁘지 않다. 너무 많이 먹어본 깨엿보다 호기심이 동한다. 할아버지의 천자문 읽는 소리가 좋은 건 맑은 술 때문인지도 모른다. 할머니는 언제나처럼 깨엿은 오민주 입에 물리고 술대접은 할아버지 앞에 내민다.

"천자문만 가리치딜 말구 즈 애비 이름자부텀 가리쳐유."

술대접을 받아든 할아버지가 할머니를 물끄러미 바라보는 순간 오민주는 재빠르게 술대접에 입을 댄다.

안채 대청마루다.

다듬잇돌을 사이에 두고 할머니와 어머니가 마주앉아 풀 먹인 이불호청을 방망이질한다. 방망이 네 개가 엄청 빠르게 오르내린다. 소리가 오묘하다. 신기하게도 네 개의 방망이는 서로 부딪치지 않는다. 이불호청이 점점 반들반들해진다. 할머니와 어머니는 입을 꼭 다물고 똑같이 팔만 흔들어댄다. 오민주는 방망이질 소리에 빨려든다. 자신의 손으로 방망이를 두드려보고 싶은 충동을 참을 수 없다. 할머니 방망이를 빼앗는다. 할머니가 벙싯거리며 물러앉는다. 반질거리는 방망이 손잡이를 양손에 꼭 쥐고 할머니처럼 해보지만 듣기 싫은 소리만 난다. 기를 쓰고 해봐도 안 된다. 할머니와 어머니가 한바탕 웃는다. 어머니 웃음소리가 참 듣기 좋다. 어머니 웃음소리에선 비 오기 시작할 때의 향긋한 흙 냄새 같은 게 묻어난다.

순간순간 오민주는 피난민들이 우글거리는 천막 속에도 있다가, 어깨가 심하게 오르내리는 어머니 등 뒤에도 있다가, 첫 생리 때 방문을 걸고 성기에서 흘러나온 피 냄새를 맡기도 했다. 할머니 환영은 잊고 있던 과거를 속속들이 들춰냈다. 생생하지만 오감으로 감각할 수 없는 과거의 순간들은 감당할 수 없는 안타까움과 그리움의 웅덩이를 파놓을 뿐이었다.

할머니 치마꼬리에 붙어있던 대여섯 살 적에서 이기훈과 관능의 변주곡에 몸을 떨었던 순간들로의 이동은 오민주의 영혼과 육체를 철저히 분리시켰다. 할머니 환영이 불러일으키는 반사작용은 오민주로 하여금 영혼의 소리에 귀 기울이게 했고 몸이 기억하는 이기훈은 육신의 관능적 욕구에 허덕이게 했다.

이기훈이 하룻밤 묵었던 사랑채 아랫방 벽장에는 그가 덮었던 이불이 개어져있었다. 그 이불 속에 함께 있던 장면이 생생했다. 할머니가 잠들기를 기다린 끝에 이루어진 알몸의 만남이었다. 그날 밤 두 사람은 단 한 번만의 발정기에 이른 야생의 어떤 생명체로 화한 듯 짝짓기에 몰두했다. 두 알몸의 반복적인 들썩거림과 몸부림에 이불은 벗겨져 버렸다. 창호지문으로 스민 달빛이 합쳐진 엉덩이의 율동을 은은하게 비췄다.

안채 안방은 창호지 바른 분합미닫이문이 벽을 거의 대신하고 있으므로 안과 밖의 차단이 완벽하지 않았다. 빛, 소리, 냄새 어느 것도 방안을 외면할 수 없었다. 대청과 면한 미닫이문보다 반대편 여닫이문은 달빛이 고스란히 스며들어 더 밝았다. 오민주는 잔기침이 날 것처럼 목이 간질거려 입을 틀어막고 침을 삼켰다. 침 넘어가는 소리도 할머니 잠을 깨울까봐 거슬렸다. 집에 올 때마다 빈방이 많은데도 할머니와 한 이불 덮고 자는 습관을 들인 게 후회스러웠다.

할머니는 언제나 그랬듯이 길게 뜸들이지 않고 잠들었다. 숨소리가 고르고 깊었다. 그렇다고 깊이 잠들었다고 단정할 수는 없었다. 코를 골다가도 개짓는 소리나 심지어 문창호지를 스치는 바람소리에도 벌떡 일어나, 이응주나! 외치곤 했다. 할머니의 잠은 언제나 살얼음 같았다. 작은 기척에도 눈을 떴다. 할머니는 꿈속에서 만난 아들 영준을 현실에서 오래오래 반추했다. 할머니의 꿈속과 현실은 아들로 인해 경계가 모호했다. 할머니가 빨리 잠드는 까닭도 아들을 만나기 위함일 터였다.

소리 죽여 할머니의 잠을 깨우지 않고 몸을 일으키는 일은 쉽지 않았다. 아주 천천히 조심조심 공을 들이고서야 자리에서 빠져나올 수 있었다. 할머니 눈앞에서 대놓고 이기훈 이불 속으로 기어들 수는 없는 일이었다.

미닫이문을 통과해 대청에서 안마당에 내려섰을 때 오민주는 긴 숨을 토해냈다. 그리고 어둠과 달빛이 혼합된, 낮과 다른 느낌의 마당을 가로질러 사랑채로 향했다. 자신의 키보다 훨씬 긴 그림자가 함께 움직였다. 총총 박힌 별들과 둥근달이 지배하는 하늘 아래 지상에서는 야생의 사생활이 한창 진행 중이었다. 수많은 서로 다른 풀벌레소리들이 야기 속에 울려 퍼졌다. 그 순간의 오민주는 짝을 부르는 풀벌레와 다름없었다.

짝을 부르는 기운의 서막은 아침못이었다.

그날의 동선은 앞뒤가 명료했다.

낮에 이기훈과 디딜방아를 찧을 땐 가슴이 답답했지만 아침못에 갈 땐 가슴이 벅찼다. 둑에 올랐을 때 땅거미기 지기 시작했다. 하늘이 짙은 숨결을 토하며 점점 가까이 내려앉았다. 하늘과 못물과 산줄기가 서서히 경계를 지우며 한통속이 되어갔다. 이기훈과 오민주는 손을 잡은 채 한동안 말없이 서있었다. 하늘을 받아들이고 있는 못물을 산줄기도 묵묵히 지켜보고 있었다.

어려서부터 수없이 보아온 아침못이었다. 물귀신이 다리를 잡아챌까 겁을 내는 또래들과 달리 줄기차게 멱 감던 아침못이었다. 그 아침못에 이기훈과 단둘이 있다는 사실이 너무 벅차 오민주는 아무 말도 할 수 없었다.

갑자기 이기훈이 오민주 팔을 잡아끌었다.

자취방에서 라면을 먹다가 사라지던 때처럼 아무런 전조 없이 돌발적이었다. 이기훈은 못물이 휘어진 방향, 군부대가 있는 쪽을 향해 다급하게 걸음을 옮겼다. 두 사람의 발소리에 놀란 듯 둑 주위 수풀에서 풀벌레 울음소리가 순간순간 멈췄다.

"저기야!"

우뚝 멈춰선 이기훈이 팔을 쭉 뻗었다.

"바로 저기 저곳이 내가 군대시절 눈 치우던 데야."

못물이 폭을 좁히다가 군단장 숙소가 있는 산자락에 가로막힌 지점을 향해 이기훈은 손가락을 흔들었다. 오직 그 자신만 알고 있는 특별한 장소인 것처럼. 아침못의 후미진 어느 지점이든 오민주에게 익숙하지 않은 곳은 없었다. 어느 가장자리엔 갈대가 많고 어디는 갑자기 발이 쑥 빠져드는 수렁이라는 것도.

이기훈의 숨결에서 한 번도 맡지 못했던 냄새가 훅 끼쳤다. 야생에서만 맡아지는 독특한 냄새였다. 오민주는 몸이 저릿해지며 후끈 달아오름을 느꼈다.

"그렇게 높이 쌓인 눈은 처음 보았어. 눈이 그렇게 무거운 줄도 처음 알았어. 눈 치울 때마다 엄청 땀을 흘렸거든. 군단장 아들이 스케이트를 씽씽 탈 수 있도록 겨우내 얼음판을 유리알처럼 깨끗이 유지해야 했어."

이기훈은 군대시절 얘기에 열을 올렸다. 서울에서의 말투가 아니었다. 말하다가 터트리곤 하는 웃음소리도 달랐다. 말투에서도 웃음소리에서도 날것의 냄새가 났다. 오민주는 그런 이기훈이 새로 발견한 특이한 생명체처럼 신기하게 느껴져 찬찬히 훑어보았다. 그 순간의 그는 그냥 수컷이었다.

하늘이 내려앉는 수면은 고요했지만 오민주의 심장은 요동쳤다. 군대시절로 돌아간 이기훈은 문득문득 오민주 허리를 조여 안으면서도 군대얘기를 중단하지 않았다. 오민주가 귀담아 듣지 않는 것도 눈치채지 못했다. 눈치, 어쩌고 라는 말은 이기훈과 어울리지 않았다. 그는 자신이 하고 싶은 것에 몰두하느라 주변을 살필 겨를이 없는 사람이었다.

그때도 그랬다.

며칠 동안 아침저녁으로 오민주는 담쟁이처럼 이기훈네 저택 담벼락 모퉁이에 붙어있었다. 학교 강의도 몇 차례나 빼먹었다. 어쩔 수 없었다. 그때는 이기훈만이 절대적 존재였고 가치였으니까.

젓가락이 꽂혀있던 불어터진 라면과, 전화로 친구역할을 해주던 히피스타일의 디제이가 문득문득 떠올랐다. '나중에 얘기해줄게'만 남기고 총총히 사라져버린 이기훈을 자취방에서 마냥 기다리고 있을 수가 없었다.

육중한 대문 여닫히는 소리가 날 때마다 담장에 붙어있던 오민주는 덩굴손처럼 목을 뺐다. 번번이 이기훈이 아니었다. 몸을 지탱하기조차 힘들었지만 오기는 점점 질겨졌다. 이기훈을 만날 때까지, 그 순간까지 담쟁이덩굴이 되리라.

드디어 이기훈이 나타나는 순간이 왔다. 어스름 녘이었다. 담 모퉁이에서 튀어나온 오민주를 보자 이기훈은 놀라움보다 의아함이 더 짙은 눈빛으로 훑어보았다. 이 여자가 누구? 오민주잖아. 그런데 왜 여기 있지? 그런 눈빛으로. 다음 순간 그는 재빨리 오민주를 치우듯이 이끌고 대문가를 벗어났다.

"왜? 왜? 무슨 일이야?"

숨을 헐떡이며 이기훈이 물었다. 바로 오민주가 묻고 싶은 말을 그가 하고 있었다.

"그때 왜 그렇게 가버렸어? 무슨 일이었어?"

"그때?…."

침묵은 짧았다.

"아! 라면 먹다가?"

"나중에 얘기해준다고 해놓고 여태…."

울컥 목이 메어 오민주는 말을 잇지 못했다.

"노트 때문이었어. 그걸 도서관에 두고 온 게 라면 먹다 생각났던 거야. 중요한 걸 필기해 놓은, 나한테는 아주아주 소중한 것이었거든."

***

해가 떠서 기울기까지의 낮 동안도 별이 쏟아질 듯 총총한 밤 동안도 오민주의 영혼과 육체는 각각의 방향으로 치달았다.

해가 뜨면 행랑채 식구들은 텃밭 바깥마당 부엌, 때론 먼 논에서 큰 개미와 작은 개미처럼 쉬지 않고 움직였다. 그들의 동작은 진양조 혹은 중모리 자진모리 춤사위를 연상시켰다. 빠른 자진모리 동작이어도 그들이 평화롭게 보이는 까닭은 배경 탓인 듯싶었다. 그들을 둘러싼 배경에 입체적인 것이라곤 빨갛고 파란 슬레이트 지붕의 야트막한 집들과 집안의 과수들과 마을을 내려다보며 길게 뻗은 아침못 둑이 전부였다. 가끔씩 그들 위로 새들이 빠르게 날아가곤 했다.

어쩌다 오민주는 행랑채 식구들 밥상머리에 끼어 앉았다. 그들 밥상은 때론 툇마루에 때론 멍석에 놓여졌다. 그들이 음식을 먹는 모습은 군침을 돌게 했다. 그들이 상추쌈이나 풋고추를 씹는 저작행위는 문명이나 문화가 접근할 수 없을 만큼 신성하게까지 느껴졌다. 할머니와 오랜 세월 함께해온 그 얼굴들에게서는 할머니 모습이 풋고추에 듬뿍 찍힌 고추장처럼 선명하게 비쳐졌다.

해가 지면 행랑채 식구들은 일찍 잠자리에 들었다. 반딧불이가 어둠 속을 떠다닐 때 불 꺼진 행랑채에선 간간이 풀벌레소리 비슷한 숨소리가 들려왔다.

오민주는 하루라도 빨리 아치모시를 떠나야겠다고 생각했다. 마을은 새마을운동 바람으로 들뜬 분위기였다. 공회당 스피커에서는 아침부터 새마을운동 노래가 쩽쩽하게 마을을 울렸다.

~새벽종이 울렸네~

~새아침이 밝았네~

~너도나도 일어나~

공회당 마당에 시멘트가 산더미처럼 쌓여있었다. 집집마다 할

당량을 받아가기 위해 리어카를 끌고 다니는 발걸음들이 분주했다. 점심 후에는 길을 넓히기 위해 부역에 동원된 마을사람들이 옥신각신했다. 서로 살가운 이웃이었던 그들의 거친 목소리가 스피커에서 흘러나오는 새마을운동 노래처럼 멀리까지 울렸다. 마을의 수호신인 길가의 서낭나무를 없애느냐 마느냐는 의견 충돌은 쉽게 결말이 나지 않는 모양이었다.

할머니도 없는 마을은 더 이상 평화스럽지 않았다.

시내에 무용학원을 빨리 내야 할 것 같았다. 할머니 환영과 이기훈 체취에서 벗어나려면 춤을 추는 일이 최선이었다. 춤은 영혼이 깃든 육체의 언어다. 춤으로 온전한 자아를 지켜야 한다. 그런데 '최선'은 의식 속에서 깃발처럼 펄럭이기만 했다. 내일부터 실행하리라. 쌓이는 각오는 해가 뜨면 여지없이 무너졌다. 아무도 보는 이 없는 늪에 빠져 허우적이는 꼴이었다. 오민주는 점점 무기력해졌다.

아버지는 어떻게 월북을 실행했을까.

어머니는 어떻게 자살을 실행했을까.

낡은 흑백사진 속 남자와 여자는 청춘이다. 여자는 의자에 앉아있고 남자는 여자의 뒤 사선에 서있다. 남자의 한 손이 여자의 어깨에 얹혀있다. 한 곳을 응시하는 두 사람 얼굴은 똑같이 무표정이다. 사진 아래쪽에 '約婚紀念'이라고 씌어있다.

1940년대 청춘남녀는 약혼 날 박제 같은 모습을 사진으로 남겼다.

　오민주는 오래도록 사진을 들여다보고 있었다. 그런데 이상한 일이 벌어졌다. 사진 속 두 얼굴에 표정이 나타나고 있었다. 오싹 소름이 끼쳤다. 웃는 듯 우는 듯 묘한 표정은 온갖 비극적 정서로 버무려져 생경한 슬픔을 뿜어냈다. 오민주는 급히 사진을 엎고 눈을 꽉 감았다.

　아버지와 어머니의 약혼사진은 오민주가 어렸을 때 다락방 구석에 쌓인 상자 밑에서 발견한 것이었다. 어머니 흔적을 깨끗이 없애던 할머니가 실수로 떨어트린 듯했다. 오민주는 할머니가 찾을 수 없는 곳에 그 사진을 꼭꼭 숨겨두었다. 할머니는 그 사진이 남아있는 사실을 전혀 모르고 있었다. 오민주가 어쩌다 어머니 사진얘기를 꺼내면 할머니는 갑자기 무서운 얼굴로 돌변하며 소리쳤다.

　"천하에 독허디 독헌 년 낯짝을 왜 볼라구 혀! 그 화상 박은 사진은 핼미가 몽조리 불질러뿐졌으이까네 입두 뻥긋 말어!"

　할머니에게 어머니는 새끼를 두고 대들보에 목을 매단 '독한 년' 일 뿐이었다. 숨겨두었던 그 사진을 오민주는 어느 때부턴가 잊고 있었다.

　아버지 어머니의 약혼사진을 들여다 본 다음날 아침 불가사의한 일이 벌어졌다.

　오민주가 대청을 서성거릴 때 아침못 둑 저편 산마루를 금빛으로 물들이며 해가 솟아오르고 있었다. 기둥에 기대어 선 오민주는 무심코 해를 바라보았다. 그런데 여느 때와 다름없는 해가 여느 때와 달리 보였다.

햇무리 속에서 햇살을 뿜어내고 있는 그것은 거대한 알이었다. 이글거리는 붉은 알에서 심장박동이 감지되었다. 태극무늬를 일으키는 심장박동이었다. 가슴이 뜨거워지는 순간, 오민주는 온몸을 묶었던 주술이 풀리는 느낌에 휩싸였다. 생의 새로운 장을 맞이한 기분이었다.

오민주는 아침못을 향해 발걸음을 옮겼다. 걸어서 10분 정도의 거리였지만 무언가가 끌어당기는 듯 걸음이 빨랐다. 땅을 밟는 게 아니라 허공을 가르듯 획획 앞으로 나갔다. 금세 아침못 둑에 올랐다. 해는 산마루에서 한 길쯤 솟아 있었다.

문득 오민주는 자신이 그 자리에 서있다는 게 기이하게 느껴졌다. 대청에서 아침못 둑으로의 이동과정이 불확실했다. 왜 그렇게 됐는지 불가사의할 뿐이었다. 이마와 등줄기에서 축축한 땀이 만져졌다. 뛰어왔다는 반증이었다.

해를 향해 'V'자로 팔을 치켜든 오민주는 들숨과 날숨의 간격을 한껏 길게 했다. 몸의 팽창과 수축이 느리게 반복됐다. 해로부터 몸속에 우주의 기운이 들어오는 만큼 묵은 기운이 빠져나갔다. 허공으로 솟구쳐오를 듯 몸이 가벼워졌다.

둑 이편에서 저편 휘어진 곳까지 오민주는 한 발 한 발 발자국을 새기듯 뒤꿈치부터 앞볼까지 꾸우욱 눌러 디뎠다. 자벌레처럼 더디고 더딘 이동이었다. 마침내 이기훈과 앉았던 못물 가장자리로 내려가 앉았다. 이기훈의 영상이 녹아내리는 눈사람처럼 잡혔다. 흔적 없이 녹아버린 형상의 증거물인 질펀한 액체는 서서히 증발을 통해 소멸해갈 것이다.

하늘도 못물도 내내 고요할 뿐이었다. 오민주는 시간을 느끼지 못했다. 해가 못 물 위에서 수직으로 햇살을 퍼트릴 때에야 몸을 일으켰다.

오민주는 신들린 듯 거처를 옮기는 일에 몰두했다.

토지를 팔고, 시내에 3층 건물을 사고, 건물의 아래층 점포 둘은 세를 주고, 2층은 거처로 꾸미고, 3층은 '오민주 무용학원'으로 시설을 갖추고 등록을 마치기까지, 오민주는 쉼 없이 해치웠다. 그동안 복덕방을 비롯해 법원 사법서사 세무서 교육청 그외 별별 업종의 사람들과 만나고 부대꼈다. 세상 속을 헤집고 다니며 그 모든 일을 자신이 혼자 해냈다는 사실이 뿌듯하고 놀라웠다.

법원에서 등기권리증을 챙겨 나올 때 걸음을 멈추고 법원 건물을 한참 바라보았다. 문득 육법전서를 끼고 살던 이기훈이 떠올랐기 때문이다. 헛구역질을 일으킬 때처럼 불쾌감이 동반했다. 몇 걸음 옮기는 동안까지만 오민주는 이기훈을 생각했다.

벽돌색 타일 벽이 반짝이는 신축 건물은 대견해보였다. 오민주는 드나들 적마다 멈춰 서서 바라보곤 했다. 3층 창문 칸칸에 씌어진 '오 민 주 무 용 학 원'과 층계 입구의 입간판이 자신의 분신인 듯 늘 건물을 지키고 있었다. 아래층 점포 둘은 각각 슈퍼마켓과 보신탕 간판을 내걸고 영업 중이어서 사람들 발길이 번다

했다. 건물 맞은편에는 저녁이면 포장마차가 불을 밝혔다.

오민주는 대부분의 시간을 학원에서 보냈다. 수강생이 없는 시간에도 땀 흘리며 춤을 출 때가 많았다. 춤을 추는 동안엔 영혼도 관능도 제각각 나대지 않았다. 그런데 춤이 몸에 실리지 않을 때도 있었다. 달거리 때는 그 탓이려니 하지만 까닭 모르게 그렇기도 했다. 그럴 때면 오민주는 또다시 늪에 빠진 듯 헤어나지 못하게 될까 두려워 둥둥둥둥 힘주어 북을 울려댔다.

통행금지가 폐지되고 몇 년 후였다.

신천지가 도래한 흥분 속에서 시민들은 차츰 밤 문화에 익숙해져갔다. 거리엔 새벽까지 영업하는 포장마차와 생맥주집이 난립했다. 오민주 건물 1층 슈퍼마켓도 벌써 생맥주 간판을 달며 업종을 바꾸었다. 밤도 낮의 연장선으로 누구에게나 자유롭게 활용된다는 현실을 통금에 길들여진 탓에 깜빡할 때도 있었다. 그럴 때마다 통금폐지의 의미는 더 새롭게 부각되었다.

저녁 9시는 통금 전과 달리 은연중에 초저녁으로 인식될 수밖에 없었다. 청소년들이 술에 취해 밤길을 배회하다가 싸우고 토하고 쓰러져 잠드는 일이 허다했다. 오민주 건물은 우범지대가 아닌데도 창문만 열면 취객들의 작태가 빈번히 눈에 들어왔다.

그렇게 억눌렸던 자유가 판치는 밤거리의 변화는 티브이 화면에 9시를 알리는 땡 소리와 함께 어김없이 등장하는 대통령 덕분이었다. 대통령 덕분은 그 외에도 많았다. 두발자유 교복자유는 청소년들의 기분을 들뜨게 했다. 검열규제를 풀어 창작의 자유로 탄생된 영화는 대중을 극장으로 끌어들였다. 프로야구 프로축구

경기를 위한 넓은 야구장과 축구장은 더 많은 대중을 열광시켰다. 영화 광 스포츠 광은 점점 확산돼갔다.

'꼼짝 마!' 총질로 권좌에 올랐으니 '군부독재'라는 강압적 이미지를 탈피하고 싶었을 것이다. 민주적인 대통령으로 인식되고 싶었을 것이다. 그러면서도 국민들의 의식이 깨어날까 영화와 스포츠와 밤거리의 자유에 푹 빠져있기만을 바랐을 것이다.

그 통치자 역시 이전 대통령처럼 작위적 표정과 목소리와 각 세운 자세로 부인을 뻔질나게 대동했다. 반들거리는 대머리 대통령과 눈동자를 희번덕이는 주걱턱 영부인의 조합은 오민주에겐 소화불량을 유발하는 주범이었다. 평화의 댐 어쩌고저쩌고 주절거리는 티브이 화면을 향해 오민주는 욕설을 내뱉었다.

"썅깔라!"

***

날마다 이산가족 상봉 방송으로 티브이가 눈물바람을 일으켰다. 상봉 순간의 감격적 울부짖음은 보는 이 모두의 가슴까지 무너뜨렸다. 세계에서 우리나라만 휩쓰는 눈물 태풍이었다.

몇 십분도 채 안 걸리는 곳에 사는 혈육을 30여 년 그리워했다는 건, 억장이 무너지는 일이었다. 늙수그레한 아들이 폭삭 늙은 노모를 부둥켜안고 오열하고 있었다. 오민주 얼굴근육이 실룩거렸다. 오민주는 눈물을 찍어내다가 엉엉 소리 내어 울었다. 부둥켜안은 두 사람을 할머니와 아버지로 상상하며 서러움을 폭발시켰다.

오민주는 날마다 이산가족 찾기 방송 때문에 눈이 붓도록 눈물을 쏟았다. 티브이를 보지 않으려 해도 그럴 수가 없었다. 학원 시간표까지 변경하며 티브이 앞에 앉았다. 행여 아버지가 월남해서 딸을 찾지 않을까. 너무나 막막한 기대지만 오민주는 저버릴 수가 없었다. 혹시 숨어서 간첩활동을 하는 건 아닐까. 그래서 나타날 수 없는 건 아닐까. 별의별 상상은 방송이 끝남과 동시에 날개가 꺾이곤 했다.

아버지가 살고 있을 휴전선 너머 저쪽이 몇 광년 지나야 도달할 수 있는 별처럼 아득하게 느껴졌다.

학원 마지막 시간을 막 끝냈다. 오민주는 피로감이 몰려와 잠시 멍하니 앉아 있었다. 피로감은 몸에서 기인하는 것이 아니었다. 아무리 알기 쉽게 좌우세 춤사위를 가르쳐도 먹혀들지 않는 무용과 지망생 때문이었다. 그 앤 자신의 좌우세가 얼마나 얼토당토않은지 깨닫지 못했다. 인위적임과 딱딱함에서 한 치도 벗어나지 못했다. 울화통이 터질 지경이었다. 딸을 데리러 온 그 애 엄마는 더 가관이었다.

"너무 애쓰지 않으셔도 돼요. 입시 임박해서 그 대학 교수한테 왕창 비싼 개인레슨 시킬 거니까요."

그러니까 너 따위가 걱정할 일이 아니라는 뜻이었다. 오민주는 쓴웃음 지을 일밖에 없었다.

그 애 엄마의 말이 자꾸 귀에 쟁쟁했다. 오물을 뒤집어쓴 듯 찝

찝했다. 어디든 나가서 누군가와 마구 지껄이며 술을 마시고 싶었다. 동창들이나 학원생 엄마들, 예전부터 아는 얼굴들을 모두 떠올려보았다. 그들 중 누구와도 가깝게 교류한 적이 없었다. '타인과 거리두기'를 좌우명으로 삼고 살아온 당연한 결과였다. 부담 없이 술친구 할 사람이 있을 리 없었다. 왜 이렇게 살았지? 계속 이렇게 살아야 하나? 오민주는 입술을 빨판처럼 삐죽 내밀어 콧구멍을 막았다 뗐다 맥적은 짓만 되풀이하고 있었다.

혼자는 밤거리가 두려웠다. 통금 때보다 인파가 많다보니 더 위험할 것 같았다. 이십대였다면 객기라도 부려보겠지만 어느 새 삼십대 중반을 넘어선 나이에 이르렀다. 발딱 일어선 오민주가 속사포처럼 중얼거렸다.

뭐가 문제야. 언제나 혼자 남았잖아. 부모 없이 유년의 세월도 살아냈잖아. 이십대엔 객기도 부려보지 못하고 망령되이 운명의 남자 환상에 홀렸다가 떨쳐졌어도 혼자 일어섰잖아. 이제 와서 친지 따위가 뭔 개뼈다귀야. 그리고 오지랖 넓게 남의 딸 진학까지 뭔 신경. 교수한테 받는 단기고액 개인레슨. 그거 어제오늘 얘기도 아니잖아. 돈지랄로 실력 없는 년이 대학에 들어가든 말든 뭔 상관. 그런 것들이 무용과에 어디 한둘이었어? 사회에 나와 유독 판치는 것들도 바로 그 부류잖아. 어우! 골 빈 것들.

어쨌든 술을 마셔야겠어.

혼자 마시는 술, 그게 진짜 술맛이야.

오민주가 즐겨 마시는 술은 소주와 맥주였다. 가끔은 막걸리
도 마시지만 종류도 다양하고 향도 다양하고 가격도 천차만별
인 양주나 와인은 그 맛에 길들여지지 않아서인지 거의 입에 대
지 않았다. 언제 누가 선물했는지 기억도 희미한 양주 와인 병들
이 주방 어딘가에 처박혀 있겠지만 마음이 동하지 않았다.

오민주는 1층 생맥주집과 보신탕집 둘 중 어디를 택할까 갈등
했다. 생맥주에 오징어? 소주에 보신탕? 자꾸 오락가락 선택이
쉽지 않았다. 하긴 선택의 기로에 묶여 사는 게 일상이었다. 샤워
를 아침에 할까 저녁에 할까. 김치찌개를 끓일까 순두부찌개를
끓일까. 화장을 연하게 할까 짙게 할까. 바지를 입을까 치마를
입을까.

먹고사는 데 급급해 허덕이는 사람들이 들으면 욕할 것이다.
개쌍년. 씨팔년. 가래침처럼 그런 욕도 뱉을 것이다. 시간은 돈과
직결됐고 몸은 돈을 벌기 위해 기계처럼 움직여야 하니까 말이
다. 그들은 안 보이는 먼 곳에서 자기네들을 조종하며 착취하고
있는 세력은 보지 못한다. 엉뚱하게 주변의 사소한 눈꼴사나움
에 즉각적인 적대감을 표출한다.

오민주는 아버지 오영준처럼 그들의 입장을 대변하고 싶진 않
았다.

꽃들은 크거나 작거나 화려하거나 소박하거나 그냥 나름대로
산다. 작은 풀꽃이 열등감을 알까. 장미가 우월감을 알까.

이럴까 저럴까. 할까 말까. 어쨌거나 선택과 결정 때문에 허비
되는 시간이 너무 많았다. 시간도 아깝지만 무엇보다 갈등에 묶

여있다는 자체가 싫었다. 자신에게 스스로 자의식 부재, 의지박약 진단을 내릴 때마다 오민주는 운명에 인생을 맡기던 할머니 시대를 동경했다.

오민주는 손가락으로 점을 치기 시작했다.

소주보다 생맥주를 마시는 게 낫다면 가운데 손가락에 짝짝 들러붙어라.

가운데 손가락이 아닌 약지에 엄지가 붙었다. 다시 '짝짝 들러붙어라'를 '짝짝짝 들러붙어라'로 한 음절 보태니까 가운데 손가락에 붙었다. 붙었다,가 아니라 붙였다,가 옳았다.

똑 똑. 똑똑똑.

난데없는 노크소리가 들렸다.

오민주는 숨을 죽였다. 한밤에 출입문에서 들려오는 노크소리는 불길했다. 10시가 넘은 시각이었다. 잘못 들었나 싶었다. 똑똑 똑똑똑. 분명한 노크소리가 또 들렸다. 그 시간에 사전 연락 없이 학원으로 찾아올 사람은 없었다. 개원한 이래 한 번도 없던 일이었다. 덜컥 겁이 났다.

마지막 고등부 시간을 끝내자마자 1층으로 내려가 바로 층계 셔터를 내리고 계단 출입구 잠그는 일을 게을리 한 게 후회되었다. 그러나 그 상황에서 후회 따윈 소용없었다. 평소에 전혀 관심 없던 강도, 불량배, 정신이상자, 변태 들이 스치며 심장이 오그라들었다. 침착하자, 침착하자. 오민주는 주문을 걸며 발소리를 죽이고 출입구로 다가가 안에서 문을 잠그는 데 성공했다. 그러고는 문 옆의 전기스위치를 모두 내렸다. 일시에 내부가 어둠에 잠겼다. 극도의 공포감에서 벗어나는 순간 깨달았다. 만약 강도나 불량배 정신이상자 변태였다면 노크를 하며 기다리진 않았으리란 것을. 공포감이 누그러지자 강한 호기심이 일었다.

누구세요? 물으려는 순간이었다. 문밖으로부터 목소리가 들려왔다.

"오민주…."

입에서 헉 소리가 났다. 주저앉을 뻔했다.

"누 누구세요?"

발음이 제대로 나오지 않았다. 턱이 덜덜 떨렸다.

"나…기훈이야. 이기훈."

"……."

오민주는 마른침을 겨우 삼켰다. 이 상황이 꿈인가 현실인가. 근 10년 만에 듣는 목소리였지만 이기훈이 분명했다. 이럴 땐 뭘 어찌해야 하는 건가. 오민주는 굳은 자세로 서있기만 할뿐이었다.

"놀라게 했나보군. 미안해. 이 건물 일층 생맥주집에서 학원 끝나기를 기다리고 있었어. 먼저 전화를 할까 하다가, 이렇게 극적으로 만나고 싶어서…."

다시 들려온 이기훈 목소리는 지극히 현실적이었다. 꿈이 아니었다. 오민주도 현실적으로 행동했다. 실내에 불부터 켰다. 그리고 문을 열었다. 이기훈이 안으로 들어섰다. 옅은 맥주냄새가 풍겼다. 문 안에 선 채로 두 사람은 마주보았다. 침묵이 한동안 이어졌다.

밤 12시가 돼가는 시간에 오민주가 집밖에 있는 일은 처음이었다. 통금폐지 혜택을 이기훈과 누리게 될 줄은 몰랐다. 집에서 가까운 카페는 한밤중답지 않게 활기가 넘쳤다. 어쩌다 낮 시간에 커피 마시러 오는 아담하고 조용하고 고풍스러운 카페였는데 탈바꿈을 한 듯 한밤의 분위기는 달랐다.

이기훈의 분위기도 달라져있었다. 약간 몸이 불어난 때문만은 아닌 듯했다. 뭔가 그에게서 내뿜기는 알 수 없는 기운이 표정과 몸짓에 배어있기 때문이리라.

"오민주…."

"……."

"참 신기하게도 변함이 없네. 그전 그대로야. 그 많은 시간이 오민주만 비껴갔나 봐. 매일 춤을 춰서 그런가?"

오민주는 비운 잔에 제 손으로 맥주를 따라 쭉 들이켰다. 탁자 위엔 빈병이 여럿이었다. 카페에 들어온 후 오민주는 거의 말을 하지 않았다. 집요한 이기훈 시선을 개의치 않고 맥주만 마셨다.

"말하기 싫음 안 해도 돼. 니가 내 앞에 있어주는 것만으로도 감지덕지야."

탁자 위엔 빈병뿐이었다. 오민주가 빈병 하나를 머리 위로 치켜들고 빙빙 돌리며 저기요! 크게 소리쳤다. 젊은 애들이나 할 법한 행위였다. 주변의 시선이 날아왔다. 이기훈은 빙긋 웃음을 물고 오민주를 지긋이 바라보고 있었다.

이기훈을 예전엔 왜 그렇게 대단한 존재로 생각했을까.

신분 차이, 수준 차이 따위를 왜 느꼈을까.

재색을 겸비한 짝이 돼야한다는 강박증에 왜 시달렸을까.

빈병들이 치워지고 차가운 물방울이 맺힌 맥주병 두 개가 새로 놓였다.

"나도 감지덕지야."

콸콸 맥주를 따르며 오민주가 처음으로 입을 열었다. 이기훈 눈이 둥그레졌다.

"아까 무쟈게 술이 땡겼거든. 누군가와 막 떠들면서 마시고 싶었어. 근데 함께 마실 인간이 아무리 머리를 쥐어짜도 하나도 없는 거야. 여기가 내 고향인데 말이야. 여길 떠나있던 시간은 불과 몇 년뿐인데. 그 몇 년이 나 오민주의 전후 시간을 완전히 갈라놓았나봐. 막 기분이 묘해지는 거야. 개똥철학자 같은 그런 기분 말이야. 그래서 막 혼자 아래층에 내려가서 소주든 맥주든 꼴리는 대로 마시려던 참인데 바로 그 순간에 이기훈이란 남자가 노크를 한 거지. 예전에 헤어졌는데 느닷없이 나타난 거야. 출세에 지장이 될까 그랬는지, 조건 좋은 혼처 때문인지, 나에 대한 한계효용가치 때문인지, 아무튼 연좌제를 들먹거리며 자기 엄마까지 끌어들여 날 걷어차 놓고 말이야. 어쨌든 뭐 불량배는 아닌 남자니까 누군가와 술 마시고 싶던 내 입장에선 감지덕지 할 수밖에."

"민주야. 오늘 뭐 특별히 힘든 일 있었어?"

맥주를 따라 주며 이기훈이 물었다. 오민주가 이기훈을 빤히

봤다.

"검사님인지 판사님인지 꽤나 한가하신가 보군요?"

이기훈이 담배를 물고 불을 붙였다. 빨아들인 연기를 오민주 얼굴에 천천히 내뿜었다. 예전에 자주 하던 짓이었다. 연기 속에서 오민주는 예전처럼 눈 맞추며 웃지 않았다.

"맞아. 요즘 검사들 한가해. 특히 나 같은 공안검사는 종일 책상머리에서 신문이나 뒤적여, 웬만한 형사사건이나 공안사건은 군인들이 다 맡아 처리하니까. 특히 눈에 불을 켜고 잡아들이는 게 공안사범이고. 심지어 집시법 긴급명령 위반한 학생들까지 잡아다가 즉결심판으로 처리하니 검사나 판사들은 팔짱끼고 구경하는…."

"그러니까!"

오민주가 소리쳤다.

"너무나 한가해서 심심풀이로 춘천 오신 거네?"

이기훈이 껄껄 웃었다.

"심심풀이는 아니고…. 대학선배도 만날 겸…. 선배가 중앙지검에 잘 있다가 군부 눈 밖에 나서 춘천지검으로 좌천됐거든. 어찌 지내는지 궁금하기도 하고, 옛날 군대생활 하던 시절도 생각나고, 뭐 겸사겸사 큰맘 먹고 내려온 거야."

"근데 볼일 끝냈음 돌아가지 왜 날 찾아왔어? 내 학원은 어떻게 알고?"

"솔직히 말하자면…. 오민주. 나, 너 만나러 왔다."

오민주가 픽 웃었다.

"학원 위치는 물론 전화번호도 벌써부터 알고 있었어. 그런 것쯤은 책상에 앉아서도 얼마든지 알 수 있거든. 네 앞에 나타나지만 않았지 너에 대해선 모르는 게 없다. 학원 시간표까지 알고 있으니까. 다른 뜻은 없어. 너에 대한 내 일방적 관심일 뿐이었어. 그런데⋯. 내내 독신으로 살 거야?"

"난 그쪽이 하나도 궁금하지 않으니까 나에 대해서도 궁금해하지 말았음 좋겠어."

솔직히 예전엔 새 가정을 꾸리고 새 인생을 시작하는 이기훈이 궁금했다. 아내는 어떤 여잔지, 아내와의 관계는 어떤지, 오민주를 얼마나 기억하고 있는지 시시콜콜 알고 싶은 적도 있었다. 그때의 그 '궁금'은 물리쳐야 할 최대의 적이었다. 아무런 무기도 없이 맞서야 하는.

이기훈은 속앓이를 하지 않고도 발품을 팔지 않고도 직위를 이용해 이쪽의 근황까지 속속들이 꿰고 있다. 혼자 살고 있는 것까지 알고 있다.

웬일인지 불쾌감이 일지 않았다. 오히려 이기훈의 관심권 밖으로 밀려나지 않았다는 사실이 오민주를 우쭐하게 만들었다. 속으로 웃음을 흘렸다. 그리고 '독 안의 쥐'를 떠올렸다.

그날 밤을 오민주는 호텔에서 이기훈과 함께 보냈다. 그리고 부부처럼 거리낌 없이 호텔 식당에서 아침식사를 했다.

***

세계화바람이 휩쓸던 1995년 가을은 오민주에게 특별하다.

살아온 세월 속에서 유일하게 투명한 시간이기 때문이다.

그러므로 그 시간은 언제나 현재 속에 존재한다.

그해 가을 오민주는 유종우를 처음 만났다. 그와 대면하기 전 이미 유종우란 존재는 신문지면을 통해 알고 있던 터였다. 오민주는 유종우의 글이 실리는 그 신문의 독자였다.

그 무렵 '문화도시 문화시민' 이란 깃발을 내걸고 창간된 그 신문은 빠르게 독자를 확보하며 지방도시의 유력한 언론매체로 성장했다. 적게는 십 주 이십 주에서 많게는 만여 주에 이르는 소액주주와 후원주주가 자본을 형성해 창간한 신문이었다. 새로운 신문의 탄생은 문민정부 출범으로 형성된 언론자유 문화향유의 확산에 힘입었기 때문에 가능한 일이었다.

그동안 얼마나 오랜 세월 언로가 막힌 암울함에 숨 막혔던가.

구악을 뿌리 뽑고 민생고를 해결하겠다며 군사쿠데타를 일으킨 박정희는 그 수하들과 함께 권부를 형성했다. 제왕적 권력을 장악하고 근 20년간이나 국민을 통치하던 그는 평소에 흔히 찾던 안가에서 부하가 겨눈 총을 맞고 쓰러졌다. 여자들을 불러들인 술자리였다.

피 흘리며 쓰러지는 사진이 실린 신문을 보았을 때 오민주는 이렇게 중얼거렸다.

총으로 시작해서 총으로 끝났네.

성경 말씀 같은 최후를 맞았네.

오민주의 목엔 군사정권이 부활시킨 연좌제 목걸이가 걸려있었다. 오민주의 청춘은 투명할 수 없었다. 무용교사직에도 몸담을 수 없었다. 아무리 억울해도 항거는커녕 찍소리도 낼 수 없는, 철벽이 가로막은 세상이었다.

반공을 국시의 제일의로 삼은 박정희가 사라진 후에도 군사독재는 죽 이어졌다. 또 총이 공신이었다. 대머리 벗겨진 전두환도 총질로 정권을 찬탈했으니까. 군인은 역시 총을 잘 활용하는 모양이었다. 박정희에서 전두환을 거쳐 노태우까지 어두운 군부 통치는 장장 30여년이나 이어졌다.

문민정부가 들어선 것은 이름 없는 민초들의 항쟁 덕분이었다.

문민정부의 대통령은 새로운 시대를 약속했다. 그는 빠른 속도로 새로운 시대의 틀을 짜고 정치 경제 사회 개혁을 추진했다. 풀뿌리 민주주의를 내건 지방의회가 구성되고 지방 살림을 그 지방에 맡기는 지방자치단체를 출범시켰다. 세상이 변하고 있었다.

사십 중반을 넘어선 오민주에게도 새 기운이 스멀거렸다. 글에 대한 욕구였다. 그 숱한 혼자만의 중얼거림을 문장으로 표현하고 싶었다. 습작을 하는 틈틈이 문학작품을 빨아들이듯 읽고 또 읽었다. 춤사위처럼 몇 마디 속에 의미를 함축하려는 시보다 시원하게 속속들이 풀어내면서 따로 결정체를 남겨놓는 소설에 더 끌렸다.

춤과는 어쩔 수 없이 틈이 벌어지고 있었다. 책상 위에는 소설에 관한 책들이 쌓여갔다. 춤 속에서도 문학을 맛보기는 했다. 한, 흥, 멋, 태가 어우러져 발효하는 한국무용에는 옛 사람들의 정서가 녹아있다. 오랜 왕조시대 농경사회 백성들은 삼라만상에 대한 외경을 유전인자로 이어 내려왔다. 바람 한 자락, 물결의 무늬, 불꽃의 형상에 갖가지 의미를 담아 몸으로 표현했을 뿐만 아니라 물고기가 꼬리치는 모습, 새싹 순이 자라는 모습, 새가 날아오르는 모습도 허투루 넘기지 않고 춤사위로 녹여냈다.

오민주는 춤을 통해 현재진행의 순간순간 먼 과거로부터 할머니 박순분에게까지 고스란히 맥이 닿아있는 공통적 정서와 교감할 수 있었다.

그러나 세상은 달라졌고 계속 새롭게 달라져가는 중이다. 어떤 제한도 없는 세계화는 예측 불가능한 결과를 몰고 올지도 모른다. 원인을 통해 결과를 예측할 수 있는 자연의 위험과는 다른 양상일 것이다.

자연은 이미 경외의 대상이 아닌 지 오래됐다. 물질문명에 편리하게 몸을 맡기면서부터 인간의 영혼이 기계를 닮아갔기 때문일 것이다. 매순간 빠르게 변해가는 세상의 톱니바퀴에 맞물려 돌아가다 보니 그렇게 변질됐을 것이다. 전통사회의 정서와 교감할 수 없는 복잡해진 현대인의 정서를 한국무용으로 표현하기는 힘들었다. 그런 까닭에 오민주는 소설에 부쩍 관심을 기울였다.

새 시대와 함께 창간된 신문이 창간 3주년이 되던 해 지역주민과 독자를 위한 사은행사를 열었다. 문화도시 문화시민의 마당을 마련한 것이다. 소리와 춤이 있고 시와 연극이 있는 그야말로 문화마당이었다. 그 행사에 신문사 문화부장이 오민주를 섭외했다. 춤꾼이 한둘이 아닌 도시에서 섭외 대상이 된 건, 신문에 실렸던 칼럼 덕분이라고 오민주는 생각했다.

그동안 신문사로 보낸 오민주 글은 가끔 오피니언 지면에 실렸다. 그러던 중 문화부장의 칼럼 청탁전화를 받았다. 가슴이 벌렁거렸다. 오민주는 침대에 누워 눈물이 나도록 소리 내어 웃었다.

흥분은 잠시, 이내 심각해졌다. 뭘 써야 하지? 머릿속에서 회오리바람이 일기 시작했다. 자리를 옮기며 일어나는 바람은 의식의 파편들을 마구마구 휘날려댔다. 오민주는 마음을 가라앉히고 차분히 기다렸다. 회오리바람도 잦아들었다.

의식의 파편들이 눈에 들어오기 시작했다. 뇌물. 전 대통령. 수천억 원. 검은 돈. 그것들이 괴물로 연결됐다. 오민주는 펜을 들었다. '괴물과 함께 사는 세상'. 제목을 정하고 나니까 문장이 그런대로 이어졌다.

그 날의 행사에서 오민주 무용단은 성공적인 공연을 했다. 문화부장이 사례비 봉투를 건네며 정중히 뒤풀이 참석을 권했다.

뒤풀이 장소는 고기구이 집이었다. 건배를 하고 난 사장은 좌중을 둘러보며 오민주 단장님 덕분에 행사가 빛났다고 치하했다. 모두의 눈이 오민주를 향했다. 문화부장과 몇몇 기자 말고는 모두 낯선 얼굴들이었다. 사장은 낯선 얼굴들을 소개했다. 전무 누구, 논설위원 누구, 총무국장 누구, 무슨 부 부장 누구…. 오민주는 자세를 가다듬고 명함을 건네받으며 일일이 고개를 숙였다. 그들도 치하의 말을 한마디씩 보탰다.

"오늘 행사는 누가 뭐래도 춤이 압권이었습니다."

"아! 정말 대단했어요."

"전 부채춤이 그렇게 아름다운 줄 처음 알았습니다. 양손의 부채를 일사불란하게 찰나에 접고 펼 때의 시각적 현란함과 청각적 마찰음은 넋이 나갈 만큼 황홀했습니다."

"저는 어깨끈으로 날렵하게 북을 메고 신명나게 두드리며 춤추는 진도북춤에 홀딱 반했습니다."

실제로 화려한 부채춤과 신명나는 진도북춤은 오민주를 포함한 숙련된 단원들의 실력으로 객석을 숨죽이게 했고 박수갈채를 받아냈다.

"춤뿐 아니고 필력도 대단하시더군요. 우리 신문에 얼마 전 칼럼 쓰신 거 유심히 봤습니다. 문화부에서 앞으로 각별히 신경 써서 모셔야겠어요."

사장이 문화부장을 바라봤다. 사십 초반의 야무지게 생긴 문화부장은 남자 같은 짧은 머리를 출렁 숙이며 넵! 소리쳤다.

"저도 그 칼럼 읽고 감탄했습니다. 솔직히 웬만한 문인들 글보다 좋았습니다."

논설위원이라고 소개받은 유종우였다. 오민주는 순간 온몸의 피가 확 뜨거워짐을 느꼈다. 춤보다 글에 대한 그의 칭찬이 감격스러웠다. 인사치례로 가볍게 던지는 말은 아닌 것 같았다.

신문 사설과 칼럼을 통해 유종우의 글은 익숙한 터였다. 그의 글은 칼럼뿐 아니라 사설까지도 잘 읽혔다. 그의 깔끔한 문장과 독특한 문체에 반해 오민주는 멍해지는 순간이 많았다.

유종우는 오민주 맞은편 2시 방향에 앉아있었다.

"소설가 유위원도 그렇게 느끼셨군. 허허허."

소설가? 귀가 확 뚫리는 소리였다. 그가 소설가, 소설가였다니…. 가슴이 마구 뛰기 시작했다. 뒤에 이어지는 사장의 너털웃음은 멀리서 들리는 듯 귀에 닿지 않았다.

"왜 그러십니까, 사장님. 소설 못 쓰는 지가 언젠데. 민망스럽게."

'소설가 논설위원 유종우'를 오민주는 똑바로 바라볼 수가 없었다. 그래도 그쪽으로만 눈길이 갔다. 그 공간에 유종우와 자신밖에 없는 것 같았다. 끊임없이 슬쩍슬쩍 바라보는 동안 유종우가 소나무 형상과 겹쳐졌다. 그는 단단하게 휘어지며 가지를 뻗은 토종 소나무 이미지를 풍겼다.

"한 잔 올리겠습니다."

퍼뜩 놀란 오민주가 정신을 가다듬었다. 무릎으로 몸을 세운 유종우가 팔을 뻗어 오민주에게 잔을 건네고 있었다. 꼿꼿한 솔잎 같은 자세였다. 오민주도 냉큼 무릎으로 몸을 세우고 잔을 받았다. 소나무 향이 물씬 풍기는 듯했다. 오민주는 숨을 깊이 들이마시고 나서 비운 술잔을 되돌렸다.

술은 오랜 동안 오민주에게 동반자 역할을 해왔다. 학원에서 춤 가르치는 일을 끝내면 서둘러 술안주를 만들었다. 언젠가부터 수강생들 앞에서 추는 춤은 돈벌이였고 노동에 불과했다. 성취감도 희열도 없는 의무였다. 의무를 끝내고 나면 해방감은 잠깐이었고 금세 허탈해졌다. 허탈감을 달래기 위해 술을 마시다보니 습관이 되었다. 때론 예술인 모임에서 만난 이런저런 사람들과 어울려 마시기도 했지만 뒤끝엔 감정의 찌꺼기가 따라왔고 가슴속엔 여전히 허탈감이 도사리고 있었다. 차라리 혼자가 좋았다.

도마질 소리에 이어 끓는 소리와 음식 냄새가 진동하면 술병은 애인처럼 오민주를 마주보았다. 술기운은 서서히 오민주를 다른 세상으로 인도했다. 다른 세상에서 오민주는 소설을 쓰고 있었다. 남과 어울려야 공연할 수 있는 무용과 달리 오로지 혼자 아무 때나 쓸 수 있는 소설에 점점 매료되었다.

사장이 먼저 자리를 뜨느라 주위가 잠깐 부산스러웠다. 사장이 사라지자 술자리는 갑자기 시끌벅적해졌다. 술잔이 빠르게 오갔다. 오민주는 모든 사람으로부터 술잔을 받았고 되돌렸다. 사방에서 동시다발로 쏟아지는 목소리들이 벌떼처럼 잉잉거리며 좌석을 옮겨 다녔다. 오민주는 이제 자리에서 일어날 때라고 생각했다. 아니 벌써 일어났어야 했다. 아무리 자세를 허물어트리지 않는다 해도 취한 표정까지 다잡을 순 없을 터였다. 오민주가 슬며시 몸을 일으키려는데 유종우가 상체를 곧추세우며 입을 열었다.

"오늘, 이렇게 만나 뵙게 돼서, 참으로, 진심으로, 기쁩니다."

오민주가 하고 싶은 말을 유종우가 했다. 분명하게 발음하기 위해 애쓰는, 낮지만 솔잎처럼 꼿꼿한 목소리였다. 오민주는 가슴속이 빛으로 환해지는 걸 느꼈다. 유종우가 오민주 손에 빈 잔을 쥐어주고 술을 따랐다. 두 사람의 눈길이 마주쳤다. 술잔이 넘쳐났지만 둘 다 모르고 있었다. 쏟아진 술이 상 밑으로 흘러내렸다. 오민주가 무릎에 올려놓은 트렌치코트가 흠뻑 젖었다.

***

행거에 걸렸던 옷가지들이 팽개쳐진 트렌치코트 위에 엉망으로 쌓이기 시작한다. 휘두르는 오민주 오른 팔에 힘이 잔뜩 들어가 있다. 화가 뻗친 작태다. 왼손에 들렸던 휴대폰이 떨어져 옷 속에 파묻힌다. 휴대폰을 찾아내려는 손길이 옷가지들을 더 난잡하게 흐트러트린다. 가까스로 찾아낸 휴대폰을 브래지어 가슴골에 집어넣은 오민주가 헐렁한 겉옷을 훌렁 벗어던진다.

티브이 앞에 오도카니 앉아있던 새봄이 무슨 낌새를 눈치 챘는지 하얀 털실뭉치 굴러가듯 옷방 앞으로 달려가 문 앞에서 뱅뱅 돈다. 왈왈 아르릉 아르릉. 소리를 내지르며 안절부절못하는 몸짓을 한다.

한 옆에 주방을 겸한 거실은 가구가 없어 더 넓어 보인다. 넓은 공간이 공연 없는 무대처럼 휑하니 비어있다. 벽에 등을 댄 오디오와 작은 수납장, 창턱에 올라앉은 화분 몇 개가 방해물 없이 한눈에 들어온다. 베란다 쪽 전면 투명유리는 수십 리 밖 풍경부터 지척까지 한가득 담고 있다. 풍경은 위로부터, 끝이 없는 하늘과 병풍 같은 산줄기와 지상의 복잡한 인간세상, 그렇게 대충 삼등분으로 구분돼 있다. 딱정벌레만한 자동차들, 상자 같은 건물들, 난쟁이 같은 사람들이 하늘의 구름과 먼 산과 한 무리인양 자리 잡고 있다.

회색으로 낮아졌던 하늘이 파란 빛깔로 높아지기까지, 경계가 두루뭉수리인 채 웅크리고 있던 산들이 또렷한 제 모습을 당당히 드러내기까지, 그 과정은 시시각각 변화무쌍했다.

간헐적으로 베란다 유리문이 몸을 떨며 괴이한 소리를 낸다. 먼 남쪽의 태풍이 보내는 기척이다. 바람 탓인 듯 미세먼지가 없어 하늘은 맑고 산의 능선과 골격도 선명하다. 이곳은 태풍권 밖인 모양이다. 비가 올 기미는 없어 보인다. 멀리 보이는 산들은 산세가 그악스럽지 않아 첩첩 겹쳐있어도 느슨한 여유가 우러난다.

측면 벽 절반가량을 차지한 대형거울은 반대편 벽의 그림 몇 점과 춤추는 오민주 사진들을 담고 있다. 태풍장면을 방영하는 티브이와 10시 35분을 가리키는 벽시계는 거울 양옆에 붙어있다. 이 아파트로 이사 올 때 유종우가 장만해준 것들이다.

옷방 문이 열리고 퉁겨지듯 오민주가 거실로 나온다. 묘한 차림새다. 새봄이 납작 엎드려 겁먹은 눈으로 주인을 관찰한다. 새봄은 오민주의 그런 옷차림을 한 번도 본 적이 없다.

휴대폰은 다시 오민주의 오른손에 들려있다. 급정거하는 자동차처럼 몸이 거울 앞에서 우뚝 멈춰 선다. 놀란 새봄이 휙 곤두박질로 도망친다. 휴대폰을 꽉 움켜쥐는 오민주 손등에서 힘줄이 불룩거린다. 젖가슴과 허리에 찰싹 붙은 검정 티셔츠와 신축성이 좋은 검정 레깅스가 온몸의 굴곡을 여지없이 드러내고 있다. 군살 없는, 곡선이 매끄러운 몸매다. 보편적인 70대 여자 몸과는 거리가 멀다. 움켜쥔 휴대폰을 패대기치기 직전 오민주는 팔을 뻗쳐든 거울 속 자신과 시선이 닿는다.

무너지듯 주저앉은 오민주가 한숨을 내뿜는다. 쪼르르 다가와 날름 무릎에 올라앉은 새봄이 꼬리를 살랑, 고개를 갸웃, 주인 눈치를 살핀다. 먼 데 어딘가를 바라보던 오민주 시선이 새봄의 눈을 잠깐 스치고 휴대폰으로 옮겨간다. 새봄의 꼬리가 한차례 요동을 치다가 잠잠해진다.

휴대폰을 바라보는 오민주 표정이 침통하다. '타인과 거리두기'라고 적힌 견출지 붙은 뚜껑을 열고 몇 차례 뜸을 들이며 전화연결을 시도한다. 무릎에 앉아있던 새봄이 지루했는지 슬그머니 물러난다. 오민주 손가락은 끝내 통화버튼을 누르지 않는다. 울음을 참아내려는 듯 얼굴 근육이 실룩거린다.

하얀 버선발. 뒤로 빤빤히 묶인 머리. 굴곡을 드러낸 까만 옷. 일그러진 표정. 오민주 모습은 특이한 행위예술에 열중한 배우 같기도 하다. 뭔가 결심을 굳혀야 할 결기가 묻어나는 차림새 같다. 아침의 모습과는 딴판이다.

아침에 오민주는 흐느적이는 걸음으로 거실에 나타났다. 헐렁하고 치렁치렁한 잠옷에 긴 머리는 산발이었다. 오민주는 거실을 오랫동안 서성거렸다. 팔짱을 끼고 한참씩 멈춰 서있기도 했다. 그러다가 주방으로 향했다. 발길에 채일 듯 알짱대던 새봄은 제 풀에 멀찍이 떨어져서 슬쩍슬쩍 주인을 관찰했다. 휴대폰을 식탁에 올려놓은 오민주는 싱크대 앞에서 또 한동안 묵념하는 자세로 서있었다.

돌연 오민주 행동이 민첩해졌다.

냉장고 문을 열어 우유팩을 꺼내고, 가스레인지에 우유를 데우고, 김이 나는 우유에 커피를 타고, 긴 티스푼으로 휘저어 머그잔에 붓고, 리모컨으로 티브이를 켰다. 식탁에 앉은 오민주는 그때부터 미동도 하지 않았다. 팔짱을 낀 채 휴대폰만 노려보았다. 티브이 화면엔 눈길도 주지 않았다. 머그잔에 가득 담긴 갈색 커피우유는 식어가고 있었다.

오민주가 신고 있는 버선은 속칭 '황진이버선'이다. 버선코가 도발적으로 발끈 섰다. 솔기와 버선목 곡선 언저리에는 새빨간 꽃잎이 자잘하게 수 놓였다. 길이가 짧고 앞이 트여 목련처럼 벌어진 버선목은 고리로 여미게 돼있다. 가느다란 천을 꼬아 오톨도톨 젖꼭지 모양으로 만든 단추가 고리와 맞물리는 위치에 도톰하게 붙어있다. 소매 폭이 좁고 도련이 짧은 저고리와 허리선을 내려 조이고 엉덩이 부분을 부풀린 폭 넓은 치마, 교방무 의상에 어울리는 버선이다.

검정 레깅스를 받치고 있는 하얀 버선발이 침실로 향한다. 문 밖에서 오민주가 힘껏 던진 휴대폰이 침대 위로 날아간다. 잽싸게 뒤따라간 새봄이 왈왈 짖어댄다. 새봄이까지 방으로 몰아넣고 냉큼 문을 닫은 오민주는 식탁에 놓여있는 식은 커피우유를 단숨에 들이켠다. 그러고는 입을 앙다물고 리모컨볼륨버튼을 꾹꾹 누른다. 볼륨이 한껏 높아진다. 무슨 말인지 연결이 불분명할 만큼 왕왕 울리지만 '미투' 어쩌고 하는 소리는 또렷이 들린다.

태풍관련 장면은 이미 사라졌다. 티브이 화면엔 미투와 관련된 원로 연극연출가 원로 시인의 얼굴이 확대되었다가 다시 미투를 폭로하는 여자들이 등장한다.

오민주가 양팔을 벌리고 거실을 휘젓기 시작한다. 아무렇게나 팔을 휘두르는 것 같지만 균형 잡힌 춤사위다. 점점 동작이 빨라진다. 격정이 극에 달한 듯 휘모리장단 춤사위로 발 디딤이 현란해진다. 순간 오민주가 동작을 멈춘다. 곧바로 티브이 전원을 끈다. 단박에 조용해진 거실. 그러나 정적은 잠깐이다.

와 ~ 라 와라 어 ~ 서 와라 태~ 풍~ 아~

거실 중앙에 털퍼덕 주저앉은 오민주가 목청껏 소리를 내지른다.

휩쓸어 버려 멋대로 네 멋대로 깡그리.
솔릭 태풍인지 미투 태풍인지 이름이 대수냐.
자연이 일으키는 태풍이든 인간이 일으키는 태풍이든.
태풍이면 태풍다워야 하잖아.

잠시 잠잠하던 바람이 베란다 창을 울린다. 불세출의 소리꾼이 혼신을 다해 내는 귀곡성 같은 소리가 창 틈새를 결사적으로 비집는다. 바깥에선 가로수들이 몸부림을 친다. 바람의 거친 호흡에 따라 가로수의 춤사위는 정중동을 숨 가쁘게 표현하고 있다.

고층이라 바람의 위세가 대단하다. 5~8라인 20층 아파트 한 동에서 8라인만 24층까지 올라갔다. 오민주 아파트는 8라인 22층으로 단독인 탑층에 속해있다. 처음 입주했을 무렵엔 전망 좋은 고층이 가슴을 설레게 했다. 유종우와 바깥풍경을 바라보며 술 마시는 시간이 잦았던 때다. 두 사람이 풍경을 바라보았다기보다 풍경이 그들을 바라보았다고 해야 타당하다. 두 사람은 서로의 눈을 바라보는 것 말고는 보아도 본 것이 아니었으니까. 오줌 누는 시간도 떨어져있기 싫어 함께 화장실에 들어가 해결했다.

왈왈 왈 와알 왈.

새봄이 짖어대는 소리가 침실에서 새나온다. 배변욕구 때문에 짖는 소리가 아니다. 그간의 동거를 통해 오민주는 새봄이 짖는 소리를 읽을 수 있게 됐다. 지금의 저 짖음은 전화벨이 울리고 있음을 안타까이 알리는 소리다. 오민주의 등이 곧추선다.

새봄은 문에 매달려 짖어대고 휴대폰은 빈 침대 위에서 오랜만에야 소리를 내지르고 있다. 휴대폰 액정화면을 확인하는 손이 부들부들 떤다. 볼을 타고 눈물이 흘러내린다. 눈물이 번들거리는 얼굴에 웃음이 번진다. 휴대폰 벨소리는 오민주의 손에서 끈질기게 울리다 제풀에 멈춘다. 그때까지도 오민주 얼굴은 울며 웃고 있다. 손등으로 거칠게 눈물을 훔치고 거실로 나온 오민주가 빠르게 중얼거리기 시작한다.

잘했어 잘한 거야.

전화 안 받길 아주 잘했어.

감지덕지 허겁지겁 매달리는 꼴.

드러내지 않길 천만다행이야.

그 무렵에만 당신은 태풍 같았어.

날 속속들이 휩쓸었으니까.

이십여 년이 지나는 동안 이렇게 지금의 내가 만들어졌어.

당신 곁에서 빙빙 돌며 떠날 수 없게 개조돼 버렸어.

이제 당신은 태풍은커녕 미풍도 못 되는데.

사랑이 변한 건 아닌가 봐.

늙었거나 진화했거나 그런 건가 봐.

오민주의 혼잣말은 몸에 밴 오랜 습성이다. 말귀를 알아듣지 못할 때부터 오민주는 아리랑 가락에 실린 할머니의 혼잣말을 줄기차게 들어야 했다. 할머니의 혼잣말은 때론 서러운 넋두리였고, 때론 노여운 저주였다. 할머니 치마폭을 놓지 못했던 어린 시절에 들은 그 많은 혼잣말들은 오민주 영혼 속에 속속들이 배어들었다. 성장하면서 아직 겪어보지 않은 인생의 깊은 恨을 오민주는 할머니의 혼잣말을 통해 일찍이 터득해버렸다.

한이 녹아있는 한국무용에 중학생인 오민주가 빠져버린 것도 아리랑가락에 실린 할머니의 한 서린 혼잣말 탓일지도 모른다. 한의 가락에서 전해지는 처연함은 사춘기 소녀의 정신세계에 소쩍새 울음 같은 물을 들여놓았다.

오민주는 자신도 모르는 사이 혼잣말에 길들여졌다. 순간순간 포착되는 싱싱한 날감정이 저절로 줄줄 새나왔다. 감정에 따라 구성지거나 담담하거나 경쾌하거나, 색다른 정조로. 오민주는 자신의 혼잣말을 들으며 난 이런 사람이구나, 자신의 정체를 확인할 수 있었다.

요즘 들어 입에서 저절로 흘러나오는 소리에 소스라치게 놀라 가슴이 먹먹해지곤 했다. 그 옛날 할머니가 웅얼거리던, 할머니 목소리를 닮은 소리가 느닷없이 자신의 입에서 새나오고 있었다.

세월아 네월아 야속허구두 야속허다.
오뉴월에도 옆구리 시린 이내 신세.
전생에 무신 죄를 하 많이 지었기에.
스 발 막대 휘둘러도 걸릴 거이 읎네.

할머니 꿈을 꾼 날이면 오민주는 새삼 자신의 나이를 헤아리게 된다. 할머니가 세상을 떠난 나이에 이르러있는 현실이 혹 꿈속은 아닐까, 황당한 생각에 빠져있기도 한다.

할머니 박순분에겐 풀 한 포기 바람 한 줄기도 경전이었다. 1898년생인 박순분은 평생 짙은 샤머니즘의 그늘 속에 머물러 사는 전근대적 백성이었다. 박순분에겐 자연에 대한 외경처럼 지아비도 물론 지엄한 존재였다.

아침못이 있어 '아치모시'로 불리는 마을. 먹을 것이 많다 하여 '머글터'로도 불리는 마을로 박순분은 가마 타고 시집왔다.

전실 자식 없는 재취자리였다. 열여섯 살 신부보다 신랑은 17년이나 위인 서른세 살이었고 지주 집안 삼대독자였다.

아침못 둑에 오르면 넓은 샘밭 벌을 거쳐 춘천시내에 솟아있는 봉의산 봉우리까지 한눈에 내려다보였다. 너른 벌을 바라보면서도 박순분은 가슴이 답답했다. 자신도 지아비의 혈육을 생산하지 못한 전처처럼 시름시름 앓다가 죽는 신세가 될지도 몰랐다. 시집온 지 7,8년이 지나도록 지아비의 혈육을 잉태하지 못했으니 자신도 전처와 마찬가지로 죄인이었다. 삼신할미의 노여움을 풀기 위해 숱하게 되풀이한 굿도 치성도 효험이 없었다. 용하다는 의원이 처방한 별의별 한약도 소용없었다. 그렇다고 손놓고 있을 수는 없었다. 집안에선 더 늦기 전에 첩실을 물색하기 위해 서두르는 눈치였다.

박순분은 풍문으로 듣던 암자를 떠올렸다. 그곳에서 백일기도를 드리고 득남을 했다는 소문이 마지막 희망이었다. 그렇지만 아녀자 혼자 몸으로 깊은 산골짜기에 있다는 암자에서 백일이나 머물 수는 없었다. 집안 어른들이 허락할지도 문제지만 지아비 없는 백일은 너무 긴 시간이었다. 그 사이 첩실을 들여 수태라도 해버리면 자신은 쪽박신세로 곤두박질칠 게 뻔했다. 박순분은 간절히 남편에게 읍소했다.

그 당시 박순분 내외가 암자로 떠나던 날의 정경은 오랜 세월 동네 사람들 입에 오르내렸다. 보지도 못한 그 정경을 떠올릴 만큼 오민주는 자라면서 그 행차를 숱하게 듣고 또 들었다. 아낙네들은 그 얘기를 할 때면 이해할 수 없는 눈짓 손짓을 주고받았고 비밀스럽게 키득거리기도 했다. 예닐곱 살 무렵의 오민주는 아낙네들이 무슨 얘기를 하려는지 눈치가 빤했다. 낌새를 알고 슬그머니 자리를 피하기도 했지만 때론 아낙네들을 쏘아보기도 했다.

우마차 가득 실린 짐과 일꾼들의 지게 짐이 동네를 빠져나가는 모습과 구경꾼들 모습이 눈앞에 그려지면 뒤따라 꿈속에서 본 암자가 떠올랐다. 암자도 배경도 두루뭉수리로 불투명하지만 목탁 두드리는 스님과 젊은 박순분의 모습은 어렴풋이 그려졌다. 그런 광경을 떠올리고 나면 할머니가 낯설게 보였고 목구멍에서 신트림이 올라왔다. 세상이 온통 햇빛 안 드는 음침한 광 속 같이 느껴졌다. 아낙네들의 이해할 수 없는 눈짓 손짓과 키득거림은 음침한 광 속의 거미줄처럼 오민주 의식에 엉겨 붙었다.

***

유종우 전화는 타들어가는 땅에 단비처럼 감격스러웠다. 하지만 오민주의 감격은 순간에 사라져버렸다.

마른땅과 빗물의 관계는 단순하다. 마른 땅은 빗물을 거부하지 못한다. 아무리 오랜만에 찾아오는 비라도. 땅은 노여움 분함 그런 따위 감정을 모른다. 만약 땅이 진화하여 인간의 감정을 흉내 낼 수도 있다면…. 오민주의 상상은 가지를 뻗는다. 유종우가 진화할 수 없는 목마른 땅이 되고 자신은 비가 되는.

오민주는 한숨 끝에 허탈한 웃음을 흘린다.

지난 시간이 그리울 뿐이야.

정신을 차릴 수 없었던 그때가.

당신은 난생 처음 겪는 태풍이었어.

그것도 특별한 태풍.

거친 듯 부드럽게 심오한 듯 유쾌하게.

조화로운 좌우세로 날 단련시켰어.

그런 당신은 경이로운 존재였어.

당신의 눈짓 몸짓은 마법이었어.

당신은 '타인과 거리두기'를 무너트리게 한 유일한 남자였어.

유일한 남자?….

처음 겪는?….

아니잖아.

간교한 혓바닥 같으니….

휴대폰 뚜껑에 붙여놓은 견출지의 일곱 글자 '타인과 거리두기'에 오민주 시선이 머문다. 고였던 눈물방울이 견출지에 떨어진다. 일곱 글자 중 '거리' 두 글자에 물기가 번진다. 유종우와 벌어진 거리. 그 사이에 허정숙이 있음을 받아들여야 한다고 오민주는 자신에게 이른다. 이제는 어쩔 수가 없다고.

오민주의 시선이 베란다 밖 멀리로 이동한다. 입술이 달싹인다.

타인과 거리두기. 두기 두기 거리두기.

타인과 거리두기는 타인과 친해질 수 없는 자신을 스스로 위안
코자 함이었다. '여우의 신포도'처럼.

학창시절 내내 오민주는 무리 속에 원만히 섞이지 못했다. 의
식적으로 어울리려 노력하지도 않았다. 일대일 밀착관계에는 어
느 정도 관심이 쏠렸다. 그러나 일대일 관계는 언제나 짧게 끝났
고 상처만 남겼다. 상대는 누구나 관계의 그물망이 다각도로 뻗
어 있었다. 다수에 힘입어 오민주는 내쳐졌다. 언제나 소외될 수밖
에 없었다. 원인은 오민주의 '처지'로 귀결됐다.

쟤네 아버지가 어쩌고저쩌고 했대.

쟤네 엄마는 이러고저러고 했대.

어머나! 어머머!

오민주는 이기훈을 통해 확실히 깨달았다. 누구든 어디든 오민
주 앞에 금을 그을 것이라는 사실을. 차라리 홀로가 편해. 오민
주는 자신을 단련시켰다, 그리고 더욱 혼잣말에 길들여졌다. 그
런데…. 유종우에게 빨려들게 되었다.

조홧속 같은 세상이었어.

시간 가는 줄 몰랐어.

이십여 년이란 세월이 소리도 없이 흘러갔어.

이담에 우리 늙으면 어쩌고저쩌고.

그 '이담'이 코앞에 왔어.

마흔 여덟에 만나 장장 스물세 해.

한 생명이 성년이 되고도 남는 세월.

당신의 입김에 따라 들썩거리고 철썩거렸어.

들썩 철썩 철썩 들썩.

휘둘림도 짜릿했어.

긴 세월 속에서 나는 개조 되었어.

당신에 의해 인공지능처럼.

오민주의 버선발도 장단 맞춰 움직인다.

엄밀히 따지고 보면 개조가 아니야.

오랜 세월 숨겼던 내 속의 나를.

당신이 들춰내 준 거야.

숨죽였던 감성은 독특함으로 인정받고 사랑 받았어.

당신은 마음껏 나다움을 누릴 수 있는 세상을 펼쳐줬어.

도발적으로 솟아있는 황진이버선코. 두 개의 버선코가 거실을 누빈다. 다다닥. 다다닥. 다다다다닥. 겹디딤 잦은디딤이 앞 사선으로 빠지는가 싶다가 뒷 사선으로 물러나기를 거듭한다. 오민주는 춤추는 거울 속의 자신을 향해 목청을 돋운다.

덩더러러 태풍아!

어서 와라 쿵딱!

쿵딱,을 끝으로 입을 다문 오민주는 양팔을 번갈아 꺾으며 제

자리에서 양 발로 짚고 돌기를 이어간다. 점차 빠르게 돌아가는 몸. 얼굴과 뒤통수가 순식간에 바뀌기를 되풀이한다. 오민주의 이마와 목덜미에 땀이 번들거린다. 오민주는 이제 팽이처럼 변해 저절로 돌아간다. 새봄은 그런 오민주 모습이 낯선 듯 현관 가까이에 있는 제 집에 들어가 꼼짝 않고 엎드려있다.

거리인지 들판인지 아무튼 여기가 아닌 이 세상 어디다. 무엇이건 날아가고 쓰러지고 휩쓸리는 곳이다. 몸은 짚고돌기 태풍이 일으키는 회오리 속에서 더 빨리 돌아갈 뿐이다. 아무것도 생각할 수 없는, 생각나지 않는 순간순간들. 황토색으로 넘실거리는 강물. 뿌리가 뽑혀 쓰러지는 가로수들. 번쩍이는 번갯불, 천지를 뒤흔드는 천둥소리. 초현실의 상황. 중력이 작용하지 않는 듯 붕 떠오르는 몸. 급기야 강물의 소용돌이에 휘말리는 아찔한 순간….

오민주가 거실 바닥에 널브러진다.

지척에서 울리는 전화벨 소리에 움찔 놀란 오민주가 화면에 뜬 번호를 확인한다. 다시 유종우다. 전화를 받을까 말까. 오민주의 갈등은 팽팽하면서도 다급하다. 숨 한 번 쉬는 사이 선택의 기회는 끝나버릴지도 모른다. 손가락이 통화버튼을 누르고야 만다.

"아까는 샤워 중이어서 전화 못 받았어."

오민주 목소리는 밝고 높은 톤이다. 왜 그런 말이 그런 목소리로 튀어나왔는지 당황스럽다. 그러나 이미 뱉어진 말이다. 자신이 경멸스런 순간이다. 역시 유종우 말은 귀담아듣지 않아도 될,

뻔한 소리의 되풀이다.

"그동안 전화 못 해서 미안하다. 사는 게 지겹고 맘이 편치 않아 그렇게 됐다. 죽을 때가 돼서 그런지 식욕도 없고 의욕도 없고…".

유종우가 시답잖은 말을 시답잖은 음색으로 말하는 동안 오민주는 별 대꾸 없이 계속 버선 속 발가락을 꼼지락거린다. 버선코와 솔기의 자잘한 꽃무늬가 발가락 장단에 따라 춤을 춘다. 오민주는 점괘를 고르는 무당의 눈빛으로 꽃무늬 움직임을 면밀히 살핀다. 꽃무늬 하나가 유난스럽게 돌출한다. 오민주는 유종우의 본론이 궁금하다.

만나겠다는 걸까. 말겠다는 걸까.

"기분전환이라도 할겸 승방골에 갈까 하는데…."

"승방골?"

미처 유종우 말이 끝나기도 전에 끼어들고 말았다. 덥석 미끼를 문 느낌이다. 오민주 미간에 주름이 잡힌다.

"날씨가 갰잖아. 미세먼지도 없고."

유종우는 꼭 승방골에 갈 것 같다.

"그렇네. 날씨가 좋아졌네."

"내키지 않음 가지 마. 혼자 갔다 오지 뭐."

오민주는 속으로 코웃음 친다. 그래 혼자 갔다 와. 그렇게 내질러버릴까 하다가 참는다.

승방골은 예전에 스님이 머물던 곳이라 하여 붙여진 명칭이다. 그곳에 유종우의 작은 농장이 있다. 그리고 그의 아내 허정숙의 흔적이 남아있는 컨테이너원룸이 있다. 그리고…. 그 승방골은 할머니 박순분이 백일기도를 드렸던 장소,라는 확신이 드는 곳이기도 하다. 왜냐하면 아치모시 동네에서 사방 이십 리에 있던 암자는 그 당시 그곳뿐이었으니까.

백일기도.

암자.

이십 리 길.

그 세 마디는 한 묶음으로 오민주 머릿속에 박혀있다.

"그렇잖아도 거기 가고 싶었는데 내가 운전을 못 하니 어쩌겠어. 따라가야지."

오민주는 자동차운전 못 하는 사실을 유종우에게 새삼 일깨운다.

"운전뿐이면 괜찮지."

유종우 목소리가 약간 밝다.

"그래. 나 원시인이야. 어쩌라고."

"그러니까 기사가 모시러 가겠다잖아."

오민주는 아직도 여전히 커피자판기나 현금자동인출기도 활용하지 못한다. 진화는커녕 고칠 수도 없는 지독한 기계치다. 거기에 둔한 방향감각까지 변함이 없다. 동네를 벗어나면 우선 동서남북의 인식부터 무너진다. 그때부터 초긴장 상태에 갇혀버린다. 목적지는 고사하고 집으로 돌아가는 방향도 가늠하지 못해 헤맨 적이 평생 수도 없이 많다.

기계치 방향치 무슨 상관.

이제 곧 세상을 떠날 건데.

창밖 가로수들이 춤을 멈췄다. 먼 산 골격에 햇살이 밝다. 골격을 드러낸 저 높은 산을 넘고 거기서 시오리쯤 들어가면 승방골이다. 벽시계는 11시 30분을 향하고 있다. 점심은 가다가 식당에서 해결하거나 농장에 가서 밥을 해먹거나 할 것이다. 우선 새봄을 제 자리에 데려다 놓고 간식과 물을 넉넉히 챙긴다. 놀이기구와 배변 깔개도 넉넉히 펼쳐놓는다. 주인의 외출을 눈치 챈 새봄이 졸졸 따라붙으며 왈왈 짖어댄다. 오민주는 새봄을 안고 한동안 눈을 맞춘다. 농장에 데려갈까 하다가 포기한다. 딱 한번 함께 간 적이 있었는데 너무 애를 먹었다. 새봄이 유종우에게 막무가내로 공격적이었다. 작은 생명체의 질투심이 오민주의 가슴을 아리게 했다.

새봄아. 나 죽을 때 널 어쩌면 좋겠니.

새봄의 몸짓언어가 다채롭다. 온몸을 동원한다. 눈동자 귀 꼬리 발로 필사적인 의사전달을 한다. 몸짓으로 감정을 표현하는 애절한 춤사위다. 궁극에 이르러 왼쪽 뒷다리를 들고 꼬리를 흔들어댄다. 새봄의 가장 절절한 감정 표현이다. 세상의 무수한 생명 중 어쩌다 이 작은 생명체와 서로의 증인으로 살아가야 하는 인연이 맺어진 것일까. 오민주는 다시 새봄을 안아 올린다.

아직은 더 살아야 할까 봐.

외출 준비는 거울 앞에서 단박좌우세 춤사위로 마침표를 찍는다. 단박에 이루어내는 여러 번의 빠른 좌우세는 춤사위의 백미다. 오민주 몸속에 활기가 살아있다는 증거다.

승방골은 오민주로 하여금 할머니 박순분뿐만 아니라 북으로 간 아버지 오영준도 떠올리게 한다.

백일기도. 득남.

박순분의 백일기도 덕에 세상에 태어났다는 아버지를 오민주는 기억하지 못한다. 흑백사진으로만 기억할 뿐이다.

할머니에게 목숨보다 귀중한 아버지는 육이오동란 직전 월북했다. 오민주가 첫돌을 겨우 지났을 때다. 그래도 어머니에 대한 기억은 어렴풋이 윤곽이 잡힌다. 얼굴 모습은 희미하지만 벽을 향해 앉아있던 모습은 그래도 선명하다. 그만큼 어머니의 그런 자세를 많이 보았기 때문일 것이다. 어린 오민주에겐 거북하고 무섭기까지 했을 그 어머니의 형상은 둘로 나뉜다.

어깨가 마구 떨리던 모습과 어깨가 너무 천천히 오르내리던 모습으로.

***

아파트 동 입구에 유종우의 에스유브이 차량이 대기하고 있다. 산골짜기 험한 길을 다니기에 적합한 자동차란다. 오민주가 가까이 다가갈 때까지 차에선 기척이 없다. 이미 오래 전부터 익숙해진 일이다. 오민주 스스로 차문을 열고 승차하는 것도 익숙해진 일이다.

일반 승용차보다 높은 조수석에 가뿐이 올라타기 위해서는 균형 잡힌 동작을 취해야 한다. 타이트스커트를 입었을 땐 도움 없이 올라타기가 수월치 않지만 그래도 어찌어찌 해냈다.

조수석에 올라앉은 오민주는 운전석의 유종우와 짧게 눈인사를 하고 시선을 정면으로 돌린다. 이내 차가 출발한다. 짧은 일별이었지만 유종우의 숱 없는 허연 머리털과 쪼글쪼글 패인 주름과 생기 없는 눈동자가 눈앞을 가로막는다.

유종우는 최근 갑자기 늙었고 빠르게 늙음이 진행되고 있다. 자연스러운 노화가 아니라 스스로 자초하는 현상이다. 원래 입이 짧아 소식하는 편이지만 요즘은 음식 자체를 거부하는 지경에 이르렀다. 오민주가 몇 시간 공들여 만든 반찬들 대부분은 유종우네 냉장고 안에 처박혀 있다가 결국 버려지게 된다는 걸 눈치 챌 수 있었다. 그 사실을 알고부터 오민주는 유종우가 먹든 말든 신경 쓰지 않기로 했다. 그런데 자꾸 신경이 쓰였다. 식재료 살 때나 조리 할 때는 잘 먹지 않는 유종우 생각을 더 하게 되고 그러면 맥이 빠졌고 식욕도 사라졌다.

오민주는 고개를 돌려 유종우 옆얼굴을 찬찬히 관찰한다. 이마 눈두덩 뺨 목덜미를 싸고 있는 살갗엔 늙은 세포들이 점점이 나자빠져 가쁜 숨을 헐떡거리고 있는 듯하다. 참혹한 몰골이다. 세월의 풍상은 한 인간을 저다지도 급속도로 망가트리지는 않는다. 서서히 진행된다. 그것이 모든 생명체가 겪는 자연스런 노화 현상이다.

꼿꼿하고 단단했던 유종우다. 차돌, 대추나무방망이로 비유되던 그는 항상 나이보다 훨씬 젊은 체력을 유지해왔다. 축지법을 쓰는 사람처럼 걸음은 날아가듯 빨랐다. 함께 걸을 땐 계속 뛰지 않고는 보조를 맞출 수 없었다. 오민주는 유종우와 나란히 여유롭게 걷지 못하는 게 불만이었지만 어쩔 수 없었다. 그는 천천히 걸을 줄 모르는 사람이었다.

빠른 게 걸음걸이뿐이 아니었다. 글을 읽고 쓰는 속도도 빨랐고 농사일도 신들린 듯 빨랐다. 빠를 뿐만 아니라 완벽할 만큼 정확했다. 손댄 일은 아무리 힘에 부쳐도 마무리까지 깔끔히 마치고야 손을 털었다.

그런 유종우에게 지금 일어나고 있는 고속변화는 자연스런 현상이 아니다. 그 원인은 아내 허정숙이다. 허정숙에 대한 가슴앓이가 너무나도 절절한 탓이다.

껍데기.

넌 속 빈 호두알이야.

내가 왜 이 인간을 따라나선 거야.

차 세워.

혼잣말은 다행히 입 안에 갇힌 상태였다. 오민주는 안도의 한숨을 내쉰다. 차 세워! 그렇게 호기롭게 외치고 차 밖으로 나가면 어쩔 텐가. 유종우가 쩔쩔매며 달래주던 건 이미 지난 세월의 일이다. 언제인가처럼 차를 몰고 당장 눈앞에서 사라질지도 모른다. 한두 번도 아니고 그동안 너무 여러 번 '차 세워'를 번복해왔다. 무엇이든 번복되면 한계효용체감의 법칙이 작용하기 마련이다.

언제부턴가 유종우는 자동차 문을 열고 오민주가 조수석에 안전하게 올라앉도록 엉덩이를 받쳐주지 않았다. 골똘히 지난 시간을 더듬느라 고개를 기울인 오민주의 입술이 달싹거린다.

정확히 언제부터였더라.

"뭐라구?"

유종우가 힐끗 오민주를 바라본다.

"아냐. 아무 의미 없는 혼잣말이야."

"아까부터 중얼중얼, 뭐 의미 있는 말 같은데?"

"의미 없어!"

"뭐가 또 못마땅한 거야. 내가 뭐 잘못한 거 있어?"

"없어, 없어."

신호대기 중 담뱃불을 붙인 유종우가 한숨처럼 연기를 내뿜으며 중얼거린다.

"뭐 하나 못마땅하지 않은 게 있을 까닭이 없지. 추하게 늙은 몰골 하며…. 내 처지 하며…."

오민주는 입을 꼭 다물고 조수석 창 쪽으로 고개를 튼다. 이제 곧 유종우가 무슨 말을 뇌까릴지 뻔히 안다. 스멀거리는 눈에 힘을 준다. 그런데도 벌써부터 눈에 핑 물기가 어린다.

"미안해…."

그럼 그렇지. 눈을 감은 오민주의 눈꺼풀이 바르르 떨린다. 유종우의 '미안해'는 무슨 까닭인지 거듭거듭 되풀이 들어도 한계효용체감의 법칙이 적용되지 않는다. 그 짧은 토막말은 언제나 가슴을 파고들었다. 시간이 지난 후에도 묵직한 여운을 남겼다.

목적지 승방골까지는 차로 40분 내외의 거리다. 시내를 벗어나 한적한 도로를 30여 분 달려왔다. 강을 따라 산을 에두르며 차는 시원하게 내달린다. 산자락에 하얀 요양원 건물이 나타난다. 그 요양원은 목적지에 근접했음을 알리는 이정표나 다름없다. 오민주의 시선이 빠르게 유종우를 훑는다.

"날마다 저기 갔었어?"

말을 뱉어내고 나서 오민주는 고개를 휘젓는다.

"아냐. 안 물어봤어. 그냥 혼잣말이었어."

유종우는 굳은 얼굴로 아무런 대꾸도 하지 않는다. 차창 뒤로 멀어지는 요양원을 오민주는 고개를 돌려가며 끝까지 바라본다. 그곳에 유종우의 아내 허정숙이 있다.

재작년 봄 허정숙은 요양원에 맡겨졌다.

"못하겠대."

쓰레기봉지처럼 툭 던지는 유종우 목소리에 생기라곤 없었다. 일주일 만에 단골집에서 만나 반주로 소주 한잔 걸치며 점심 먹는 중이었다. 오민주는 소주잔을 들다말고 유종우 표정을 살폈다. 무슨 소린지 더 안 들어도 알 수 있었다. 유종우는 비운 술잔을 손에 든 채 고개를 숙이고 있었다. 손도 안 댄 곰탕그릇에서 피어오르는 김이 이마에 흐트러진 희끗한 머리카락 사이를 맴돌았다. 또 간병인이 그만 두겠다고 한 모양이었다.

"이번 간병인은 좀 견디려나 싶었는데…."

역시 그 소리였다. 벌써 간병인 바뀌는 게 몇 번짼가. 계약조건이 박한 건 아니다. 주 3일의 간병시간에 비해 후한 비용을 지불했다. 원래 치매환자 정부지원 간병은 주 2회 3시간씩이다. 거기에 1회 연장 5시간은 특별계약인 셈이다. 그 특별계약 시간을 빼내 유종우는 오민주와 함께 보냈다. 날씨 좋을 땐 농장에 갔다. 그 시간을 숨통 트이는 시간이라고 유종우는 말했다. 간혹 주말 일박이일 동안 자녀들이 허정숙을 돌봐줄 땐 여유 있게 오민주와 함께 보낼 수도 있었다.

평일 간병인이 안 오는 날은 유종우가 허정숙을 차에 태우고 농장으로 갔다. 밭일도 할 수 있고 환자 돌보기도 집보다 수월한 탓이라 했다. 어쨌든 농장엔 오민주보다 허정숙이 훨씬 더 많이 가는 셈이었다. 그런 날들은 오민주에게 하루가 너무 길었다.

"돈을 더 주겠다는데도 싫대."

오민주는 다짜고짜 유종우 손에 숟가락을 쥐어 곰탕그릇에 푹 찔러 넣었다.

"좀! 먹으세요. 먹으시면서 말씀하세요."

"알았어. 처먹으면서 지껄일 게."

두 사람은 눈을 마주한 채 각각 허탈한 웃음과 쓴웃음을 흘렸다. 그 부조화의 웃음 끝에 오민주의 눈빛이 강해지자 슬그머니 눈길을 피한 유종우가 자신의 빈 잔에 술을 채웠다.

허정숙은 당뇨와의 싸움으로 평생을 보냈다.

젊은 시절에 교사직도 접고 병원을 수시로 드나들어야 했다. 그럼에도 병세는 서서히 악화되어 각종 합병증으로 이어졌다. 급기야 유종우도 사표를 내고 아내의 보호자 역할을 해야 했다. 유종우의 어머니는 허정숙만 보면 끌끌 혀를 찼고 눈을 흘겼다.

몇 년 전부터 허정숙의 피폐해진 육신에 치매까지 덮쳤다. 치매는 빠른 속도로 의식체계를 무너트렸다. 정신이 온전치 않은 환자의 폭력성과 발광은 날이 갈수록 심해졌다. 출가한 아들딸이 교대로 찾아왔지만 집에서는 그 누구도 어찌해볼 도리가 없는 상태에 이르렀다. 간병인을 들일 수밖에 없었다. 그러나 간병인들은 하나같이 한두 달을 버티기 힘겨워했다.

"애들이 즈 엄마 요양원 보낼 수밖에 없다고 수속을 끝냈어. 모레 떠나."

잘한 일이야. 진작 그럴 것이지.

그렇게 말하고 싶은 걸 오민주는 안 했다. 왜 발설하지 말아야 하는가에 대한 답은 쉽지 않았다. 오민주는 빤히 유종우를 바라봤다. 흔들리는 유종우 눈동자에서 감지되는 건 꺼져가는 불씨가 몰고 오는 오슬오슬한 한기뿐이었다.

허정숙을 요양원에 보내고 나서 유종우는 급작스럽게 변하기 시작했다.

얼굴과 정강이에 피멍 자국이 가실 날이 별로 없었다. 엎어지고 자빠지고 부딪치는 일이 잦다는 반증이었다. 술을 좋아해서 늘 마시는 편이고 폭음을 할 때도 많지만 유종우의 언행이 흐트러진 적은 없었다. 소문대로 그는 항상 꼿꼿한 애주가였다. 그런 사람이 어떻게 저렇게 달라질 수 있는지 오민주는 그저 참담할 뿐이었다.

유종우의 시각과 청각이 가끔 제 구실을 못한다는 걸 깨달은 건 한참 후였다. 그런 순간 그는 허깨비나 다름없었다. 함께 있는 오민주를 대하는 태도도 허술하기 짝이 없었다. 소리쳐 의식을 일깨우기 전에는 전혀 오민주를 인지하지 못하기도 했고 심지어 오민주를 허정숙으로 착각하기도 했다.

함께 오민주 침대에서 밤을 보낸 새벽이었다. 밤늦도록 마신 술기운이 아직 완전히 가시지 않은 상태였다. 미명 속에서 짝짓기가 이루어졌다. 지난밤을 그냥 보낸 것이 억울한 양 두 사람 모두 그 어느 때보다 몸짓이 격렬했다. 교성도 요란했다. 탈진한 두 사람의 몸이 아직 분리되기 전, 거친 숨결도 잦아들기 전이었다.

"사랑해 정숙아."

걸쭉한 숨결과 함께 토해진 유종우의 축축한 목소리가 미명을 가르며 오민주 귓속을 쑥 파고들었다.

사랑해 정숙아.

이게 지금 무슨 소리지?

뇌와 연결된 오민주의 신경회로에 오류가 발생했다. 숨통이 턱 막혔다. 오민주는 한동안 숨이 멎은 상태로 있어야 했다. 젖무덤이 유종우 가슴에 눌린 채였다.

숨이 트이는 순간 쇠붙이를 부딪칠 때 나는 냄새 같기도 하고 철철 흐르는 생피 냄새 같기도 한 것이 훅 끼쳤다.

"쌍깔라!"

욕설과 함께 오민주 알몸은 침대 위로 퉁겨졌고 유종우 알몸은 침대 밑으로 굴러 떨어졌다.

잠시 후 유종우가 부스럭 소리를 내며 옷을 찾아 입고 있었다. 마지막으로 양말을 신을 때 유종우 입에서 또 한 마디가 흘러나왔다.

"미안하다 허정숙."

오민주가 벽력같이 소리쳤다.

"당장! 꺼져어어어!"

오민주는 성난 맹수로 돌변했다. 그제야 사태파악을 한 유종우가 발광하는 오민주를 저지하기 위해 쩔쩔맸다. 가까스로 뒤에서 결박하듯 오민주를 조여 안을 수 있었다. 유종우 손등과 오민주 손톱 밑에서 피가 배어 나왔다. 구겨진 침대시트는 여기저기 물어뜯기고 찢겨져있었다.

***

오민주는 귓속에서 재생되는 유종우 목소리를 끊임없이 들어야 했다.

사랑해정숙아미안하다허정숙사랑해정숙아미안하다허정숙….

극단적 결심을 한 오민주는 침대에 누워 구체적인 방법을 생각했다. 수면제, 독극물, 면도칼, 질긴 끈 들이 시선이 닿는 천장과 벽에 어른어른 형체를 드러냈다. 무엇을 선택할까. 무엇이 가장 적합할까. 수면제와 독극물은 구하기가 쉽지 않다. 면도칼은 다루기가 끔찍하다. 질긴 끈이 가장 무난하다.

질긴 끈으로 먼저 유종우 목을….

한 번도 본 적 없는 죽어가는 유종우 얼굴이 확대되었다. 전율이 일었다. 눈을 꽉 감고 머리를 흔드는데…목을 매단 엄마 모습이 언뜻 스쳤다.

엄마엄마 어머니어머니.

당신은 어떻게 그 끔찍한 일을 하셨습니까.

오직 한 가지 생각에 골몰한 오민주의 밤들은 후딱후딱 지나갔다. 가끔 휴대폰이 울렸다가 제풀에 잠잠해졌다. 밤마다 유종우가 죽었고 오민주도 죽었다. 얼마 후 더 이상의 죽임도 죽음도 일어나지 않는 밤이 이어졌다. 집안은 낮이나 밤이나 고요했다. 휴대폰 벨소리도 더 이상 들리지 않았다. 싱크대와 식탁엔 설거지 안 한 그릇들과 먹던 반찬그릇들이 점점 난잡하게 쌓여갔다.

오민주가 잠드는 시간과 잠을 깨는 시간은 낮밤이 없었다. 잠에서 깼을 때 오민주 걸음걸이는 유령 같았다. 허공을 딛는 듯했다. 그 이상한 걸음은 장애물에 부딪히고야 끝났다. 여기저기 부어오르거나 피가 맺힐 때도 있었다. 오민주는 불거진 이마와 피 맺힌 무릎을 신기한 듯 만지고 또 만지며 낄낄거렸다.

어느 날 오민주는 침대에서 스윽 일어났다. 눈에 힘을 주고 뭔가를 찾는 듯 두리번거렸다.

할머니~
어디로 간 거야~
완자창 미닫이에 낀 치맛자락을 금세 보았는데~
대청마루에서도 마당에서도 사라지고~

고개를 돌려가며 방안을 훑어보는 오민주의 얼굴에서 오므라드는 나팔꽃처럼 차츰 생기가 사라져갔다. 방금 전까지 할머니와 함께했던 생시 같은 꿈에서 현실에 내동댕이처진 오민주의 시선이 화장대 위에 놓인 휴대폰에 꽂혔다. 그런 물건이 생겨나리라곤 상상도 못했던 할머니세상과 시방세상 사이가 초고속으로 벌어졌다.

그래 저 물건이 소리를 냈어.
한두 번도 아니고 여러 번을.
저놈의 소리를 듣고 나면.
분기탱천 더 살기가 뻗쳤어.

인터폰이 울렸다. 인터폰소리와 동시에 심장도 쿵쿵 울렸다. 유종우다! 몸속의 피가 의식보다 먼저 반응했다. 오민주는 확 달아오른 얼굴을 손바닥으로 감싸며 심호흡을 했다. 세 발 막대 휘둘러도 걸릴 것이 없는 혈혈단신 자신을 찾아올 사람은 현재 유종우 뿐이다. 그런데 순간적으로 이기훈이 스쳤다. 지금 이 상황에 이기훈이라니…. 불가역성 시간이 직진해온 세월이 얼만데….

그는 인연이 끊긴 사람이야.
맺었다가 끊겼다가 이어졌다가 또 끊겼지.
먼저 끊은 건 그지만 나중에 끊은 건 나야.
그러니까 서로서로 공평해.
지금 나에겐 단 하나의 인연, 유종우뿐이야.

단 하나의 '인연'이 그 순간 빛을 발했다. 살기가 소진되면서 남긴 舍利가 뿜어내는 빛이라고 오민주는 생각했다. 살기는 낮밤을 구분 짓지 못하고 수많은 시간을 마비시켰다. 그렇게 불붙었던 살기는 오직 하나뿐인 인연에 대한 상실감을 주체할 수 없었음일 것이다.

현관문 밖에 서 있는 사람은 유종우가 아니었다. 거의 마주할 일이 없는 우편배달부였다. 뜻밖의 방문객을 대하는 순간 애타게 아버지 소식을 기다리던 할머니가 스쳤다. 한 세월 할머니는 줄기차게 '우체부'만 기다렸다. 자전거를 탄 우체부는 이틀마다 마을에 나타났다. 할머니는 마을 진입로인 신작로 옆댕이에 주저앉아 장죽을 입에 물고 담배연기를 풀풀 날리며 줄곧 한 곳만을 바라봤다. 할머니에게 아무것도 전해줄 것이 없는 우체부는 까닭 없이 죄인처럼 어쩔 줄 몰라 했다.

　우편배달부에게서 오민주는 등기로 부친 편지봉투를 건네받았다. 유종우가 보낸 것이었다. 그의 필체를 보는 순간 눈물샘이 뜨거워졌다. 선이 힘차면서도 부드럽고 자음과 모음 사이의 여백이 넉넉한 특유의 필체는 그 순간 유종우 분신이었다. 오민주는 현관 입구에 주저앉아 떨리는 손으로 봉투를 열었다.

　오민주.

　당신이 얼마나 앙분해있을 지 알아.

　당신에게 어떤 말도 소용없다는 것도 알아.

　또한 어떤 말로도 내 마음을 고스란히 전달할 수 없다는 것도 알아.

　그럼에도 이렇게 편지글을 쓰는 까닭은 전화도 안 받는 당신이 너무나 걱정스러워 도저히 견딜 수가 없기 때문이야.

　무심코 튀어나온 그 두 마디 말이 당신의 정신세계를 어떻게 유린했는가를 충분히 헤아릴 수 있으니까.

　오민주.

　나는 당신의 감성을 잘 알아.

　20여년을 훌쩍 넘긴 긴 세월 동안 우리는 빈틈이라곤 없이 밀착돼 있었어. 내가 당신 속을 들여다볼 수 있듯이 당신도 그랬으면 좋겠어.

오민주.

제발 당신 감정대로만 확대해석하진 말아줘.

결과적으로 당신에게 상처를 입힌 점.

진심으로 미안해.

유종우

오민주는 유종우 편지를 읽고 또 읽었다. '읽었다' 가 아니라 '바라보았다' 고 해야 맞다. 문장이 전달하는 내용은 오민주에게 별 의미가 없었다. 얼마든지 진실을 조작할 수 있고 감출 수 있는 어휘조합은 보여주기 위한 표정과 같을 뿐이다.

오민주는 유종우가 손으로 쓴 글자 하나하나를 뚫어지게 응시했다. 글자 하나하나가 춤사위였다. 획마다 감정의 율동이 흐르고 숨결이 배어났다.

오민주는 현관입구에 주저앉은 자세로 굳어버린 듯 꼼짝도 하지 않았다. 창문을 통해 비치던 햇빛이 저만큼 비껴가있을 때 오민주가 느린 호흡을 하며 몸을 꿈틀거렸다. 고치 속에 번데기로 틀어박혔다가 마침내 고치를 뚫고 부화하려는 나방이의 몸짓이었다.

아픈 아내를 떼어놓고 어찌 멀쩡할 수 있겠어.

그러길 바란다는 건 너무나 비인간적인 일이야.

그렇게 비정한 유종우라면 그 또한 소름끼쳤을 거야.

살기로 가득 찬 터널이었어. 눈이 뒤집혔어. 자아를 잃어버렸어. 영혼도 잃어버렸어. 아무것도 안 보였어. 살기가 내 속으로 들어왔어. 내 몸에 불이 붙었어. 불길이 살기를 태우고 있었어. 살기가 소멸하고 있었어. 터널 입구가 보였어. 당신도 보였어. 당신 영혼이 양 갈래로 뻗어있었어. 방아다리처럼.

더 많은 날이 가고 달이 가는 동안, 유종우를 향한 애정 농도는 옅음과 짙음을 번복했다. 아침에 일어나 창문을 열 때, 불을 끄고 잠자리에 들 때, 짙음이 옅음으로 또 그 반대로 바뀌곤 했다. 일관적이지 않은 변화는 오민주 정신을 황폐하게 몰아갔다.

완전히 지쳐있을 때 서서히 평온이 깃들었다.

고요한 아침못의 잔잔한 수면이 눈앞에 펼쳐지곤 했다.

***

오민주는 병원 응급실에서 걸려온 전화를 받았다.

멀리 있는 자식들 대신 유종우 보호자로 불려가게 된 것이다. 가슴통증과 호흡곤란으로 힘들어하던 유종우였다. 전화를 받는 순간 어깨부터 내려앉았다. 그러고는 손끝까지 힘이 빠져 휴대폰을 떨어트릴 뻔했다.

산소마스크를 쓰고 있는 유종우가 비현실적 인물로 느껴졌다. 그 실체가 자신이 알고 있는 유종우가 아닌 듯했다. 아니면 얼마나 좋을까만 눈앞의 중환자는 유종우가 분명했다. 임종을 지켜보는 상황이 곧 현실이 될 수도 있었다.

다행히 유종우는 산소마스크를 떼고 응급실에서 입원실로 옮겨졌다. 며칠에 걸쳐 세부적인 각종 검사가 진행됐다. 병원에서 시간을 보내는 동안 오민주는 감정이 무력해짐을 느꼈다. 스치는 사람 모두가 사물과 매한가지로 비쳐졌다. 유종우는 병상 하나를 차지한 일반 환자가 되었고 오민주는 역할을 기계적으로 수행하는 보호자가 되었다.

퇴원할 때 의사는 정신적 충격으로 인한 신경계통의 교란과 흉부압박 어쩌고, 귀담아 들어도 잘 이해할 수 없는 설명을 했다. 결론은 충분한 영양섭취와 절대안정이었다.

병원을 나온 다음 오민주는 몸이 차가워짐을 느꼈다. 햇빛 속에서도 이불 속에서도 추웠다. 찜질방 출입이 잦아졌다. 찜질을 하고 나면 그래도 얼마간은 몸이 풀렸다. 뜨거운 찻잔을 어루만지는 게 습관처럼 되었다. 얼굴에선 땀이 나지만 몸속에서 뿜어지는 냉기는 속수무책이었다. 그러다가 어느 순간엔 몸이 갑자기 더워지곤 했다. 시도 때도 없이 번열이 났다. 갱년기 증상과 비슷했지만 비교할 수 없이 강도가 높았다. 이상증세까지 겹쳤다. 전혀 책도 읽지 않고 눈을 혹사하는 일도 없는데 눈알이 충혈되고 아팠다. 눈을 깜빡이는 것도 고통스러웠다.

왜 그런 증상이 일어나는 것인지 처음엔 분간이 안 됐지만 어느 시점에서 오민주는 아 그거였구나, 알아차렸다.

어둠 속에서 드러난 건 유종우가 감춰왔던, 유종우 정체의 알맹이였다. 의식뿐만 아니라 영혼까지 온통 허정숙에게 묶여있음을 들켜버린 그 유종우가, 오직 오민주에게 탐닉하던 지난 세월의 그 유종우를 덮어버렸다. 죽을 것 같았다가 살아난 유종우는 다시 새롭게 오민주 마음을 교란시키기 시작했다.

그동안 유종우와 허정숙의 부부관계는 마지못해 이어가고 있는 껍데기에 불과한 줄로만 알고 있었다. 그것도 장장 이십여 년씩이나. 어떻게 그렇게 의혹의 작은 틈새조차 없이 확고할 수 있었을까.

속은 건가. 속인 건가.
그렇게 철저히 속임을 당할 수도 있는 건가.
그렇게 철저히 속일 수도 있는 건가.

오민주는 유종우와의 지난 세월을 되짚고 또 되짚으며 찬찬히 현재의 유종우를 관찰했다. 배신감과 허탈감이 덮쳤다. 두 감정이 마음을 태우고 있었다. 몸이 차가워질 수밖에 없었다. 마음의 화기와 몸의 냉기가 지속적으로 충돌하며 일으키는 현상이었던 것이다. 화기를 다스리면 냉기도 물러날 터이지만 마음을 다스리는 일, 그것처럼 어려운 게 또 있을까. 다스려야 한다는 생각, 그 생각 자체를 끊어야 가능할 일인데 유종우를 향한 '생각'은 멈춰주지 않았다.

어젯밤 단념의 맹세는 잠에서 깨는 순간 흔들렸다. 의식을 깨운 건 다른 무엇이 아닌 유종우였다. 단념! 단념! 오민주는 속으로 되뇌었다. 아침 해가 떠오르고 세상이 밝아지자 더 이상 버틸 수 없는 단념은 또 허튼 맹세가 돼버렸다.

스스로 변화하는 수밖에 없었다.

허정숙을 향해 참회와 회한으로 애달프게 덩굴손을 뻗어가는 유종우를, 그의 앞에 나서지도 말고 멀리서 마음으로 감싸 안아야 한다. 그럴 수 있어야 그에 대한 사랑이 진정했다고 할 수 있을 것이다. 오민주는 그렇게 변화하여 다시 평온한 경지에 머무르고 싶은데 지속되지 않았다. 배신감의 불씨는 사그라지다가 다시 불꽃을 피워 올리곤 했다.

그 무렵 생후 5개월 된 말티즈 종 강아지를 분양받았다. 순전히 순간적 선택이었다. 반려견에 대해 아무런 지식도 정보도 없는 상태였다.

동네 찜질방을 다녀오는 길이었다.

교차로 주변 인도에 한 무리의 여자들이 늘어서 있었다. 애견센터 앞이었다. 여자들은 몸에 '엄마부대'라는 띠를 두르고 원색적인 구호를 외치며 태극기를 흔들어댔다. 주말이면 서울 광화문 광장을 메우는 촛불에 맞서기 위해 태극기 들고 몰려가는 여자들이었다.

"함께 애국하세요."

한 여자가 오민주 앞으로 태극기를 쑥 내밀었다. 당황한 오민주는 죄송합니다, 웅얼거리며 고개를 숙이고 도망치듯 멀어졌다. 뜻 모르게 다리가 후들거렸다.

저들의 투쟁적 행태를 순수하고 정직한 나라 사랑의 발로라고 할 수 있을까. 길을 점령한 저들은 당당한데 가야할 길을 가는 사람은 왜 죄송해야 했을까. 왜 하필이면 엄마부대일까. 저들의 엄마 역할은 완벽한 것일까.

'엄마'를 싸잡는 명칭이 오민주는 거슬렸다. 엄마 없이 자라고 엄마가 돼보지 못한 오민주에게 '엄마'는 잠재의식 속에서 사금 파리처럼 신경을 건드리는 예리한 그 무엇이었다.

길바닥 엄마부대 무리 손에서 휘둘리는 태극기는 품격을 잃은 모습으로 오민주에게 비쳐졌다. 태극기의 태극문양이 수치심으로 두 눈 꽉 감고 버티고 있는 것 같았다. 국기의 존엄성과 그 문양의 심오한 의미가 먼지 날리며 달려가는 차량들 바퀴바람에 속수무책 말려들고 있었다.

애견센터 통유리 안에서는 작은 강아지들이 창밖을 향해 일제히 짖어대고 있었다. 귀를 기울여야 들릴 만큼 짖는 소리는 미미하게 새나왔지만 생김새가 각각인 강아지들의 항거 몸짓과 표정은 결사적이었다. 펄럭이는 태극기를 위협적인 적으로 느낀 모양이었다. 앞발로 유리창을 긁어대며 맹렬히 저항하는 작은 생명체들의 절규가 오민주 발길을 멈추게 했다.

유독 오민주 시선을 잡아끄는 강아지가 있었다. 암컷이었다. 강아지의 눈빛과 몸짓이 오민주의 잠자던 모성에 불을 붙였다. 품에 안은 강아지의 체온이 가슴속으로 스며들었다. 오민주는 눈을 감고 다른 생명체의 체온을 받아들이며 중얼거렸다.

이제 내가 네 엄마야.

그 봄 내내 유종우는 병원을 드나들었고 오민주는 '새봄'이라고 이름 지은 강아지의 엄마 역할에 열중했다.

***

백합을 연상케 하던 허정숙이 눈앞에 어른거렸다.

중고등학교 1년 선배였던 그 허정숙이 바로 유종우의 아내, 라는 사실을 알았을 때의 충격도 되살아났다.

오민주는 고교시절 허정숙이 풍기는 백합 이미지에 주눅 들곤 했다. 자신에겐 가당치않은 이미지임을 잘 알기 때문이었다. 만약 예술제나 행사공연에 함께 참여하는 일이 없었다면 선후배였어도 서로의 존재를 모르고 같은 교문을 6년씩 드나들었을 것이다.

C여자중고교는 붙어있어서 교문도 운동장도 함께 썼다. 운동장 한가운데엔 순결을 상징하는 유서 깊은 목백합이 버티고 있었고 배지도 중, 고, 글자만 다를 뿐 똑같은 백합 문양이었다. 월요일 운동장 조회는 중 고 전교생이 함께 애국가 봉창을 했고 교장선생님 훈화를 들었고 혁명공약을 복창했다.

애국가를 부를 때면 허정숙이 단상에 올라가 지휘를 했다. 무리 속에서 걸어 나와 단상으로 올라가는 허정숙의 뒷모습을 지켜보는 눈동자는 많았다. 여중 480명 여고 240명의 시선이 침묵 속에서 허정숙을 향했다. 크지도 작지도 않은 허정숙은 호리호리하고 가냘팠다. 그 당시 어른들 눈에는 바람 불면 날아갈 것처럼 병약하다며 며느릿감으로 못마땅해 할 몸매였다. 그러나 대다수의 앙바틈한 여학생들에게 허정숙은 선망의 대상이었다.

교문 앞은 등하교 시간 풍경이 달랐지만 공통점도 있었다.

하교할 때, 특히 주말엔 교문을 빠져나오는 여학생들 말투를 거칠게 만드는 풍경이 펼쳐져 있었다.

"어! 뭐야! 군대 같잖아!"

늘어서 있는 지프차들과 검은 안경을 쓴 군인들이 교문을 에두르고 있었다. 그들의 얼룩무늬 군복과 모자엔 계급장이 붙어 있었다. 모두 장교 계급장이었다. 춘천은 주변에 군대가 포진해 있는 지역이므로 군인들 모습이 생소한 건 아니었다. 하지만 여학교 교문 앞에 진을 치고 있는 지프차와 군인들은 여학생들 눈을 긴장시켰다.

"얘들아, 저 밥풀떼기 두 개 있잖니."

"알아, 알아. 라콤파루시타 덮치."

"와! 야성미 끝내준다."

"라콤파루시타 말이야. 꼴에 남자 보는 눈은 있나봐."

'라콤파루시타'는 모두가 밥맛없어하는 가사선생 별명이었다. 가사선생의 고갯짓은 특이했다. 어린애들이 노래 부를 때 박자 맞추려고 고개를 좌우로 까딱거리는 모습과 같았다. 난 예뻐, 그런 의미의 그 오글거리는 고갯짓이 절름발이를 떠올리게 했으므로 붙여진 별명이었다.

군부통치 시절 군인 장교는 미혼 여자들에게 인기가 좋았다. 기가 팍 살아있는 군복 어깨와 군화 걸음걸이는 남성미를 한껏 돈보이게 했다. 여중고 미혼 여선생들 대부분이 군인 장교의 애인이거나 약혼녀였다. 여선생뿐 아니라 여학생도 포함돼있었다. 허정숙 이름도 들먹거려졌다.

"글쎄, 허정숙 선배 말이야."

"규율부? 피아노 치는?"

"얌전한 개가 부뚜막에 먼저 올라간다더니."

"어머. 너 뭐 아는구나? 봤니?"

"보진 못하고 어디서 들은 건데, 글쎄 남자 있대."

"인물값 하는 거지 뭐. 근데 군인이야?"

"확실한 건 나도 몰라. 대학생이란 말도 있고."

"야 그거 진짜면 규율부 완장 차지 말아야지."

등교시간 풍경은 군인 없이도 위화감을 조성했다.

호루라기를 목에 걸고 회초리를 든 학생과장과 완장을 찬 규율부원들이 교문을 장악하고 있었다. 완장들은 단발 길이와 치마 길이와 빳빳하게 풀 먹인 새하얀 목깃의 파임과 곡선에 신경을 곤두세웠다. 그들은 기준에 어긋난 불량 용모를 색출해내기 위해 매의 눈이 되어 호루라기를 불어댔다, 군대 못지않게 엄격했다.

규율부원들은 대체로 공부 좀 하고 품행이 방정한 모범생들이긴 하지만 대부분 못생긴 편이었다. 그들 중에 군계일학처럼 용모 수려한 허정숙이 끼어있었다.

오민주는 긴 머리채를 찰랑거리며 유유히 교문을 통과했다. 긴 머리가 허용됐던 까닭은 오민주가 무용특기생이었기도 하지만 임매자 선생의 입김 때문이기도 했다.

그 당시 오민주는 무용가 임매자의 문하생으로 무용단에 속해있었다. 임매자 무용단은 춘천시가 주관하는 행사에 공연하는 일이 종종 있었다. 행사공연뿐이 아니었다. 미군부대인 캠프페이지와 캠프에이지에도 공연하러 갔고 전방 군인부대 위문공연도 갔다. 그때마다 당연한 일인 듯 수업은 빠졌다. 수업시간에 불참해도 아무 문제가 없긴 했지만 상위권 성적을 고수하기 위해선 때로 밤새워 공부해야 했다.

임매자는 춘천에서 유명인사로 눈길을 끌었을 뿐만 아니라 배우 뺨치는 외모와 패션 감각으로도 눈길을 끌었다.

오민주가 갓 여고생이 된 초봄이었다. 바뀐 짝꿍과 담임이 서먹할 때였다. 국어 담당인 담임의 수업시간이었다. 조용한 교실 출입문에서 노크 소리가 들렸다. 담임이 출입문으로 향하는 동안 60여 명 여학생들이 가득한 교실엔 느닷없는 바람처럼 소요가 일었다. 조그만 변화에도 상상을 초월한 반응을 보이는 소녀들이었다. 벌떡 일어서기도 하고 자리를 박차기도 하며 모두들 출입문 쪽 복도를 내다봤다. 사환이 키 큰 담임을 올려다보며 무슨 말인가를 하고 있었다.

담임이 문을 열고 들어오는 동안 교실은 우당탕탕 소란을 일으켰지만 이내 감쪽같이 원상태로 돌아갔다. 담임은 그런 여학생들의 행태에 이골이 난 듯 씩 웃기만 하고 교탁 앞에 섰다.

"오민주."

갑작스런 호명에 오민주는 깜짝 놀랐다.

"지금 교장실에 가봐."

담임 목소리는 부드러웠고 눈빛도 부드러웠다. 나쁜 일은 아닌 것 같은데 도대체 무엇 때문인지 감을 잡을 수 없었다. 급우들의 호기심 가득한 시선을 받으며 교실을 빠져나왔다. 모든 교실이 수업중이라 복도는 텅 비어있었다. 교장실을 찾아 발끝으로 소리 없이 걸었다.

뜻밖의 교장실 풍경에 오민주는 당황했다. 교장과 학생과장과 임매자가 찻잔이 놓인 탁자에 둘러앉아있었다. 시선을 어디다 둬야할지 허둥거리는데 그들을 내려다보고 있는, 벽에 걸린 커다란 액자가 눈에 들어왔다. 액자는 세 개였다. 박정희 대통령 얼굴과 태극기와 혁명공약이 각각의 액자에 담겨있었다.

임매자는 큰 꽃바구니처럼 화사했다. 타고난 미모에 대범한 화장과 화려한 색상의 특이한 옷차림은 늘 보았던 익숙한 모습인데 그 공간에서는 너무 튀었다. 근엄하던 교장실이 다방 같은 분위기를 풍기고 있었다. 다방 같은 분위기와 세 개의 액자 '대통령 태극기 혁명공약'은 조화롭지 않았다. 어색하기 짝이 없었다. 액자 속 대통령 얼굴이 더 굳어지는 듯했다.

"얜 이 학교 학생이기도 하지만 예술활동을 하고 있는 제 문하생이기도 해요. 어쨌든 얜 머리를 길러야 해요. 짧은 단발머리론 공연하기 곤란해요. 특별대우를 해주셔야 합니다, 교장선생님."

오민주는 그날의 교장과 학생과장 표정을 생생히 기억한다. 벌겋게 달아오른 목덜미와 허둥거리던 눈빛과 긴장한 웃음으로 평소와 전혀 달랐던 두 선생님의 그 이상한 표정을.

오민주가 교장실을 나올 때 매끄러운 다리를 꼬고 앉은 임매자가 한쪽 눈을 찡긋 감았다가 떴다. 자신만만함을 전달하는 은밀한 신호였다.

임매자는 오민주를 다방에 데려갈 때도 특유의 그 눈짓을 했다.

공연을 마치면 단원들은 우선 무용연구소로 배달된 중국요리로 배를 채웠다. 그러곤 일부러 분장을 살짝만 지우고 사복으로 멋을 낸 다음 임매자를 둘러싸고 클래식음악다방으로 몰려갔다. 소양극장 옆댕이에 있는 연구소에서 다방까지는 몇 십미터 정도의 거리였다. 시청 앞에 위치한 방송국 정문을 지나면 바로 그곳이었다. 학사출신이며 방송국 누구의 세컨드라는 그곳 마담은 임매자와는 다른 이미지로 고상하게 예뻤다.

다방에 들어설 때면 오민주는 할머니 생각을 했다.

그 당시 오민주는 학교 근처에서 하숙을 하고 있었다. 버스가 일찍 끊기는 아치모시 동네에서 통학하기가 힘들기 때문이었다. 저녁에 공연이 있을 때나 밤늦게 끝나는 영화를 볼 때마다 연구소나 단원 집에서 자는 것도 불편했다. 자취할 방을 구해야겠다는 오민주 말에 할머니는 조석 끓이는 일은 힘에 부칠 테니 밥해다 바치는 하숙을 하라 했다. 돈은 얼마가 들어가도 괘념치 말라며 덧붙여 말했다.

"왜정 때 왜눔들헌티 뺏기긴 혔지만서두 내 땅만 밟구 살맨치 넉넉허구먼. 펭생 호의호식 허구 살어두 땅은 그대루 남을 거인디 무신 걱정. 애비가 읎으니 핼미 죽으믄 그거이 다 네 땅이 되는 게야."

할머니는 오민주의 요구는 다 들어주었다. 나랏님과 순사를 거스르지 않는 요구이므로 무조건이었다.

"민주야. 널랑은 지발 느 애비마냥 나랏님허구 순사 거스르는 일은 절대루 해서는 안 되는 게야."

아버지의 월북을 역적질로 여기는, 삼강오륜에 묶여 사는 할머니는 남자 여자 어른들이 붙어 앉아 부둥켜안기도 하는 다방을 알 리 없었다. 할머니 목소리가 귀에 쟁쟁했다.

"사내덜은 여차허믄 짐승으루다 벤허는 수가 있어. 지 몸떼이는 지가 잘 간수해야 허는 것이여. 해 떨어지믄 밖에 나돌아댕기지 말구 문단속 잘허구 있으야 혀."

다방 앞에서 망설이는 오민주에게 임매자는 찡끗 눈짓했다. 임매자의 그 눈짓은 권력을 상징했다. 나만 믿어. 내가 누군데. 그런 의미였다. 그건 빨려들게 만드는 힘이었다. 특권의식까지 불어넣었다. 미성년자 출입이 엄격히 금지된 곳을 당당하게 드나들 수 있다는, 임매자가 부여한 특권은 주체할 수 없이 황홀했다. 무용하길 잘했다는 생각을 굳히는 순간이기도 했다.

그곳은 춘천의 하이클래스들에게 아지트 역할을 하는 특별한 다방이라고 했다. 임매자는 그곳에서 여왕 같았다. 여기저기 좌석에서 일어난 남자들이 허리를 굽혔고 쫓아와서 악수를 했다. 임매자 문하생들도 덩달아 우쭐해졌다. 오민주는 임매자와 동일시되는 느낌에 사로잡혔다.

그런 순간 오민주는 허정숙을 떠올렸다. 그 다방에서 떠올리는 허정숙의 백합 이미지는 촌스러울 뿐이었다.

시간이 지나면서 다방 분위기는 불편해져갔다. 붉은 조명과 클래식음악 속에 가득한 남자 여자들. 여백이라곤 없는 답답한 공간의 난잡한 소음. 그 속에 자신이 속해 있음이 할머니에 대한 죄의식을 불러일으켰다. 일행들이 떠들며 웃는 모습도 죄의식을 부풀렸다. 고즈넉한 아치모시 동네와 허리띠 동인 할머니와 우람한 대들보가 대청마루를 내려다보고 있는 집이 눈에 아른거렸다. 당장 그곳으로 가고 싶었다.

허정숙을 촌스럽게 느꼈던 감정도 부끄러워졌다.

언젠가도 그랬던 적이 있었다.

고교예술제를 공보관에서 할 때였다. 공보관은 무대도 넓고 객석도 많았다. 무대 뒤 대기실은 출연하는 남녀 학생들로 붐볐다. 피아노 연주를 하는 허정숙도 있었다. 분장하지 않아도 되는 허정숙과 달리 쪽을 찐 머리에 무대화장과 무용의상을 갖춰야 하는 오민주는 부산스러울 수밖에 없었다. 남학생들은 분장한 오민주 주변에서 얼쩡거렸다. 허정숙은 있는 듯 없는 듯 자리를 지키고 있었다. 남학생들의 시선은 오민주에게 쏠려있었다. 학교에선 기품 있어 보이던 허정숙이 공연장 대기실에선 비 맞은 암탉처럼 초라해 보였다.

어쩌면 기를 쓰고 허정숙을 초라하다고 느끼고 싶었던 것인지도 모른다. 잠시라도 허정숙보다 월등하게 우월해지고 싶었기 때문일 것이다.

오민주는 엉뚱한 상상을 했다.

허정숙과 오민주 둘 중 누가 더 예쁜지 전교생이 투표를 한다면 어떤 결과가 나올까. 허정숙에게 표가 몰릴 것 같았다. 그 까닭은 오로지 순결을 상징하는 백합이미지 때문이라고 오민주는 단정했다. 만약 남고 전교생이 투표한다면 반대 결과가 나올 것이라고 확신했다.

공연이 끝나고 다시 대기실로 돌아와 무대의상과 분장허물을 벗었을 때 악보를 챙기던 허정숙과 눈이 마주쳤다. 허정숙이 생긋 웃었다. 티 없이 맑은 웃음이었다. 그 순간 울컥 목울대를 치받는 부끄러움에 오민주는 급히 그 자리를 빠져나왔다.

같은 단발머리 같은 교복 같은 하얀 목깃이라도 교묘하게 변형시켜야 직성이 풀리는 부류들이 있었다. 그런 축들은 키를 낮춘 사뿐한 걸음으로 무리 속에 몸을 숨기는 위장술에 능해야 교문을 무사히 통과할 수 있었다. '후레빠'로 불리던 그들 중엔 규율부 완장을 찬 허정숙에게 배짱 좋게 윙크를 보내는 치도 있었다.

60년대 그 시절엔 여고생을 다 큰 처녀로 여겼고 여학생에게 순결은 생명이나 다름없음을 각인시켰다. 종교영화나 역사영화가 아니면 극장 앞에 '학생입장불가' 팻말이 세워졌다. 학교에서는 입장불가 영화에 대해 엄격히 단속했다. 만일 극장에서 학생과장에게 잡힐 경우 가차 없이 범법자 취급을 당했다. 초범인지

상습범인지 남자와 동행 했는지에 따라 반성문쓰기, 유기정학, 무기정학 처분을 받았다. 다 큰 처녀로 여기면서 성인영화는 보지 말라니 어처구니없는 일이었다.

미모의 영화배우 리즈테일러와 캐네디대통령 미망인 재클린이 수없이 염문을 퍼트리고 이혼 재혼을 거듭하며 세계적으로 유명세를 떨치던 때였다. 과감히 노출한 옷차림의 그녀들은 신문 잡지에서 날마다 당당한 포즈로 웃고 있었다.

학생과장이 아무리 형사노릇을 해도 입장불가 영화를 죽어도 보고 싶은 충동을 억제할 수 없을 때가 있다. 걸리지만 않으면 되었다. 걸리지 않을 비법은 꾼들이 끊임없이 연구해냈다.

오민주가 긴 머리 덕에 아무도 모르게 혼자 성공적으로 입장불가 영화를 보고 온 다음날이었다. 목백합 주변에서 허정숙과 눈이 마주쳤다. 그 순간 오민주는 얼굴이 달아올랐다. 선생님도 아닌 허정숙에게 부끄러움을 느끼다니. 오민주는 자존심이 상했고 화가 치밀었다. 왜 자신이 그런 치욕적인 감정에 덜미를 잡혀야 하는지 오민주는 잘 알았다. 그것은 오직 순결한 백합 올가미 때문이었다.

교실에서 공부할 때, 무용연구소에서 춤출 때, 극장에서 몰래 영화 볼 때, 오민주는 각각 다른 인격체로 변모하는 자신을 느꼈다. 그런 자신이 혼란스럽기도 했지만 한편 자신이 지닌 다중성에 대한 비밀스런 만족감도 있었다. 아무튼 자신은 순결 이미지완 거리가 멀었다.

오민주의 학업성적은 항상 상위권이었다. 죽어라 등수에 집착

하며 오로지 공부만 하는 축에게 뒤지지 않았다. 무용 패거리 속에서도 독보적이었다. 넌 타고 났어. 무용가로 성공할 재목이야. 임매자도 인정했다.

오민주는 몰래하는 극장출입도 스스로 합리화 했다. 자신의 비행은 저질들이 저지르는 비행과 동류항이 될 수 없음을. 공부는 제쳐놓고 짝다리 흔들며 껌 씹어대는 천박한 후레빠들의 사고체계와는 엄연히 다르므로.

그런데 허정숙 앞에서는 무너졌다.

허정숙은 수려한 외모에 공부도 잘했고 조신한 행동거지로 가만히 있어도 돋보이는 존재였다. 오민주는 허정숙을 훔쳐보곤 했다. 들킬까 불안하면서도 자석에 이끌리듯 눈길이 먼저 갔다. 허정숙은 부인할 수 없는 백합이었다. 흰색의 순결함으로 고결한 향기를 지닌.

무용반 음악반 통틀어 모두들 허정숙을 좋아했다. 단순히 좋아하는 감정이 아니라 존경이 깔린 호감이었다. 누구나 허정숙과 눈을 맞추거나 말 한마디라도 나누면 괜히 우쭐해했다.

***

콜록콜록! 캑! 캑!

담배 피우며 운전하던 유종우가 기침을 한다. 기침을 달고 살면서도 담배는 여전히 피운다. 오민주 역시 담배 골초이므로 금연 따윈 아예 권할 생각을 접었다. 유종우가 갓길에 차를 세운

다. 얼굴이 시뻘게지고 눈물이 그렁그렁 맺히는데도 기침은 지속된다. 오민주 얼굴에 그늘이 드리운다. 기침소리가 다른 때보다 질기다. 차 문을 열고 고꾸라지듯 밖으로 나간 유종우가 가슴을 움켜쥐고 주저앉는다. 따라 내린 오민주가 유종우 등을 쓸어내린다.

"걱정 하지 마. 가 갑자기 사 사례가 들려서 그런 거니까."

유종우 목소리는 불안정하다. 불안정한 목소리는 투명한 공기를 칙칙하게 채색한다.

"걱정 안 해!"

오민주가 소리치는 바람에 놀란 산새가 가까운 풀숲에서 푸드득 날아간다. 새가 떠난 자리에 공허가 배어든다. 오민주 시선이 유종우 등판으로 옮겨간다. 기침 멎은 고요한 등판도 새 떠난 자리처럼 공허하다. 또 생이 마감되는 순간의 느낌이 엄습한다. 근래 유종우를 만날 때 퍼뜩 떠올리게 되는 느낌이다. 죽음…. 다시 되돌릴 수 없는 끝….

유종우가 없는 세상이 현실이 된다면 어째야 하나.

지금은 유종우가 눈앞에 있다.

오민주는 유종우 등을 껴안고 얼굴을 비빈다.

"거기 심, 방, 골, 꼭 가야 해?"

승방골이 아닌 심방골에 익숙해지고 싶은 까닭에 오민주는 세 음절을 또박또박 끊어서 발음한다. 거기 가면 유종우는 또 밭일에 매달릴 것 같다. 사지육신이 아직은 그런대로 멀쩡한 듯 보이지만 이미 삭았다. 머지않아 부서질 것이다. 시간이 아깝다.

땡볕에 엎드려 김맬 때의 유종우는 구도자처럼 진지하고 경건하다. 그의 손에 들린 호미의 동작까지도 진지하고 경건하다. 호미와 혼연일체가 돼있음이다. 무게를 지닌 사물로서의 호미가 아니다. 그럴 땐 곁에 바짝 다가가 지켜보고 있어도 유종우는 알아채지 못한다. 호미가 손인지 손이 호민지, 호미 끝까지 감각이 살아있다. 땀범벅인 얼굴은 가히 해탈의 경지다.

흙을 파헤치며 잡초를 뽑아내고 농작물에 북을 주기까지 한 장단씩 반복하며 전진하는 모습을 오민주는 멀거니 바라보곤 했다. 그러다가 소스라치게 놀라 유종우 손에서 호미를 낚아채며 울먹였다. 그제야 유종우도 탈진해 죽을지 모르는 지경에 이르러 있음을 자각했다.

그런 모습을 오민주는 또 지켜보고 싶지 않다.

유종우 등은 꿈쩍도 하지 않는다. 오민주는 아무 데도 가고 싶지 않다. 몸도 마음도 수분 결핍 화초처럼 늘어진다. 뜨거운 햇빛도 맥 빠진다. 세상만사 무관심한 유종우와 함께 있는 이런 상황도 맥 빠진다. 그냥 아무 데나 그늘 밑에 가서 자고 싶다. 영원히 깨지 말고 자고 싶다. 마땅한 그늘이 있나 둘러본다. 둘러보는 것도 귀찮다. 유종우 등판을 흘겨본다. 의식이 다른 데 가있을 그의 등은 사물화 된 정물이다. 두 주먹으로 두들겨 패고 싶다. 오민주는 숨을 몰아쉬다가 푸우 한꺼번에 뿜어낸다.

"심방골 가서, 오늘 꼭, 해야 할 일이라도 있는 거야?"

산이 울리도록 크게 소리친다. 심술 난 목청이다. 유종우가 피식 웃음을 물고 돌아본다.

"개울에서 술 마시는 일이 있습지요."

유종우 답변은 수양버들가지처럼 척척 늘어진다. 두 사람 시선이 닿는다. 오민주가 냅다 내지른다.

"얼씨구! 조오타!"

유종우가 맞장구 친다.

"절씨구! 조오타!"

"좋냐?"

"그래 좋다."

그렇게 주고받은 두 사람은 서로를 바라보며 픽픽 웃는다.

"유치해."

"유치한 게 진실한 거야."

오민주는 유종우 반응을 가상하게 받아들인다. 노력하는 그가 안쓰럽기도 하다.

"약속해. 오늘은 밭일 안 하고 개울에서 첨벙거리며 놀기만 하겠다고."

"알았어. 약속할 게. 애초에 승방골에 터를 잡은 건 농사보다 술 마시며 쉬는 게 목적이었는데 뭘."

"심, 방, 골. 승방골이 아니라 우리 둘만의 심방골."

"아 참 그랬지. 여기서 향기를 찾겠다는 의미로 심방골로 바꿔 부르기로 했지."

"그렇게 정해놓고는 왜 여전히 승방골이래?"

유종우가 갑자기 크크크 웃는다.

"승방골 심방골 헷갈리니까 보지골로 통일하면 되겠네."

'보지골'이란 소리를 오민주는 마을 노파들에게서 처음 들었다. 승방골 가려면 어느 쪽으로 가야 하느냐는 오민주 물음에 밭고랑에 앉아 있던 노파들의 쭈그러진 얼굴에 흐물흐물 뜻 모를 웃음이 번졌다.

"여게 사람덜은 저그 저 골짜구니를 승방골이라 안 허구 부르는 이름이 따루 있다우."

명칭이 따로 있다니. 유종우는 분명 승방골이라고 했다. 예전에 스님이 머물렀던 골짜기라서 붙여진 명칭이라고. 그러면서 승방골이야말로 일 년여를 헤매고 나서야 찾아낸 명당이라며 환하게 웃었다.

유종우의 말을 듣는 순간 오민주는 가슴이 쿵 울렸다. 그곳이 바로 할머니로 하여금 아버지를 낳을 수 있게 만든 그곳 같았기 때문이었다. 암자와 목탁과 스님과, 반복적으로 절을 하는 박순분의 모습이 산골짜기를 배경으로 그려졌다.

"예전에 스님이 살던 골짜기라서 승방골이라 부른다고 하던데…."

"중이 살긴 살았다구 헙디다. 애 밸라구 치성 드리러 찾아온 아녀자에게 씨 심궈 준 중이."

노란 햇살이 노파들의 쭈글쭈글한 얼굴에서 자글거렸다. 오민주는 노파들을 노려보았다. 그네들은 흐물흐물한 웃음을 저희끼리 주고받고 있었다.

촌구석의 무료함을 달래려고 아무렇게나 재미삼아 지껄이는 늙은이들 헛말에 휘둘리다니. 아버지도 저런 근거 없는 소문에 시달리며 탄생의 비밀을 부풀렸던 것은 아닐까. 그래서 돌아올 수 없는 북으로 가버린 것은 아닐까.

"승방골은 무신. 보지골이지."

오민주는 상스러운 말을 함부로 지껄이는 노파의 조글조글한 입에 침을 뱉고 싶었다. 굽은 허리를 펴지도 못하는 한 노파가 구부정하게 일어서더니 골짜기 방향을 향해 마주서며 말했다.

"여그 서서 잘 보시우. 그라믄 저 골짜구니가 왜서 보지골이 됐는지 알게유."

노파들의 웃음소리가 뭉글뭉글 번졌다.

"저 보지골엔 사시사철 물마를 날이 읊다우."

"암만. 그 덕에 이날입때껏 가뭄 걱정 읎이 농사 지어 먹구 살 었지."

벌써 오래 전의 일이다.

유종우가 승방골에 터를 잡은 무렵 그의 걸음걸이는 더 날래 졌고 탄력이 넘쳤다. 땅을 파고 파종을 하고 나무를 심는 일이 그렇게 신날 수가 없다며 눈동자를 반짝였다.

"할일이 너무 많아. 뭐부터 해야 할지 맘이 급해. 우선 초막도 지어야 하고 찻길도 내야 하고 과수도 심어야 하고. 하루가 너무 짧아. 그래도 당신은 만나야 해. 오민주가 내 에너지원이니까."

날이 갈수록 유종우에게선 야생의 냄새가 짙어지고 있었다. 원 래 그에겐 문명 이전의 야생성이 살아있었다. 그것이 오민주를 사로잡은 페로몬 역할을 했는지도 모른다. 오민주가 춤에 심취할 때 느끼는 원초적 냄새 같은 그런….

나 언제 거기 데리고 갈 거냐는 오민주 물음에, 찻길 내면 바로 모시겠다고 유종우는 허리를 반으로 접었다. 그러면서 아직은 승방골 가려면 윗말에서 인적 끊긴 좁은 비탈길을 오리 넘게 걸어가야 하는데 길도 아닌 길이 워낙 험해 고운 사람을 걷게 하는 건 죄짓는 일이라고 했다.

"그럼…거기 갈 때마다 어떻게…갔는데?"

"어떻게 가긴. 윗말에서부터 걸어갔지."

"그럼…둘이 갈 땐 업고 갔어?"

아내와 함께 가지 않았냐는 물음이었다. 오민주는 호젓한 산골짜기에서 유종우가 그의 아내와 단둘이 있는 그림을 상상했다. 문명 속에서 관계의 그물망에 연결돼있는 집과 야생의 숨결만 가득 찬 산골은 느낌이 다르다. 상상만으로도 질투를 느꼈다. 유종우는 대답 대신 오민주 뺨을 살짝 쥐었다 놓으며 어이없다는 듯 껄껄 웃었다. 하긴 병치레한다는 그의 아내와 동행할 수는 없었을 것이라고 오민주는 생각했다.

유종우에게 알리지도 않고 초행길을 나선 건 할머니와 연관이 있을 것 같은 그곳과 그곳의 유종우를 기습적으로 대하고 싶은 강렬한 충동을 더는 누를 수 없었기 때문이었다. 낯선 산골짜기에서 느닷없이 만나는 순간의 유종우 표정을 상상하는 것만으로도 몸속의 모든 세포들이 짜릿하게 반응했다.

골짜기가 험하면 얼마나 험하겠어.

아니 험하면 험할수록 좋아.

만나는 순간 더할 수 없이 황홀할 테니까.

오민주에게 산길은 수월했다. 어려서부터 산나물 뜯는 할머니를 따라 산등성이를 많이 오르내렸다. 다람쥐 같다며 할머니는 놀라워했다. 그리고 오랜 세월 춤으로 단련된 유연한 몸이다. 오민주는 승방골이 있는 방면의 버스노선부터 먹을거리 등산복까지 철저히 챙기고 부푼 마음으로 집을 나왔다.

원시림으로 들어가는 듯했다.

하늘지붕. 산울타리. 하늘 아래 산뿐이었다. 눕거나 뻗은 산 뒤로도 첩첩 산. 골짜기는 비밀 통로 같았다. 사람 자취라곤 없었다. 골짜기 입구는 산 능선이 양 갈래로 멀찍이 벌어진 덕에 활짝 열린 대문처럼 훤히 뚫렸다. 뚫린 허공을 반대편 먼 곳에서 역시 양 갈래로 벌어지며 뻗어온 산줄기가 에워싸고 있었다.

숨결마다 유종우가 매달렸다. 당장 그가 보고 싶었다.

사랑에 빠졌을 때의 갈망은 채울수록 허기졌다.

"우리 또 언제 만나?"

오민주가 유종우 허리를 뒤에서 안으며 물었다. 흐트러진 침대 시트를 손질하던 유종우가 목청을 높였다.

"어이구 공주님 제가 더 애가 탑니다요."

"지금 나 진지하게 묻는 거야."

"걱정 마. 내가 다 알아서 잘하잖아. 하루라도 앞당겨 시간 낼 거야."

몸을 돌린 유종우가 오민주를 부둥켜안았다.

"오민주. 우리 이모작 할까?"

눈을 흘기면서도 오민주는 가슴을 찰싹 붙였다. 부둥켜안은
두 사람은 다시 침대 위로 쓰러졌다.

그 무렵 유종우와 오민주는 헤어지면 바로 다시 만날 궁리를
했다. 시간을 만드는 건 유종우 몫이었다. 그 무엇에도 매이지
않은 오민주와 달리 유종우는 직장과 아내에 대한 의무부터 완
수해야하는 입장이었음이다. 다음 만남의 한계는 일주일이었다.
유종우가 출장을 갔을 때 외엔 일주일을 넘긴 적이 없었다. 시간
을 쪼개 이리저리 교묘히 붙여 온전히 빈 시간을 빼내는 일에 유
종우가 적극적인 만큼 오민주는 유종우를 생각하며 소설 쓰기에
적극적이었다. 운 좋으면 사나흘 만에 만날 수도 있었다. 오민주
는 유종우에게 보일 소설원고를 한 단락이라도 더 쓰기 위해 고
심했다. 그런 순간마다 유종우가 진짜 운명의 남자로 뿌리를 내
렸다.

두 번째 소설의 모델은 바로 유종우였다.

유종우의 어린 시절부터 지금까지 살아온 궤적을 오민주는 꼼
꼼이 파고들었다. 그와 헤어져 집에 돌아오면 옷도 갈아입지 않
고 그에게서 들은 내용을 메모했다. 그의 인생역정은 찰스디킨스
의 소설 데이빗카퍼필드를 떠올리게 할 만큼 고난과의 사투였다.

오민주는 유종우에 대해 알면 알수록 갈증을 느꼈다. 그의 아
내는 어떤 여자인지. 그가 아내를 어떻게 대하는지. 그를 통해 들

은 단편적인 정보는 갈증을 부풀릴 뿐이었다. 그가 아내에 대해서만은 '의무' 두 음절 외에 극히 꺼렸으므로 함부로 캐물을 수가 없었다.

이기훈도 아내와의 관계를 의무로 일축했다. 두 사람의 같은 언어 '의무'는 묘하게도 다른 의미로 오민주에게 받아들여졌다. 이기훈의 의무에서는 법이 연상됐고 유종우의 의무에서는 도리가 연상됐다. 법의 냉정함과 도리의 끈끈함은 거리가 멀었다. 유종우의 끈끈한 도리는 오민주에게 지워지지 않는 흔적을 남겼다.

유종우가 아내에 대해 한 말이라곤 '어쩌다 만난 첫 여자'라는 것과 '만난 지 1년 후인 1968년 이성에 대해 무지했던 시절에 결혼했다'는 것뿐이었다.

***

유종우의 집은 조용한 주택가에 있었다.

그의 집이 그 근방이라는 것만 알았으므로 쉽게 찾으리란 기대는 하지 않았다. 그러나 이 골목 저 골목 훑을 필요가 없었다. 비슷비슷한 슬라브 이층집들 사이에서 흰 쌀밥의 뉘처럼 한옥구조를 고수한 집이 딱 한 채 있었기 때문이었다. 그 집을 보는 순간 유종우의 집일 것이라고 오민주는 단정했다. 언젠가 유종우가 했던 말이 떠올랐기 때문이다.

"결혼하고 셋방살이 몇 년 후에 장만한 오래된 한옥인데 지금껏 내처 살고 있어요. 어린 시절과 아버지에 대한 기억이 배어있는 그 동네를 떠나기도 싫고요. 이리저리 이사하는 것으로 재산을 불리는 사람들은 나를 한심하게 여기지만 난 그 집이 그냥 좋아요. 내부를 조금 개조하니까 생활하는 데 전혀 불편함이 없어요."

아내분도 그렇게 생각해요? 그때 오민주는 그렇게 물었던 것 같았다. 유종우가 뭐라고 말했는지는 기억나지 않았다. 아마 짤막하게 대충 얼버무렸을 것이다. 그는 아내에 대한 얘기는 의도적으로 피했으니까. 오민주가 독신임을 의식하기 때문이기도 하겠지만 자기 아내에 대한 존중이 강하게 느껴지기도 했다.

문패에 새겨진 '유 종 우'를 보는 순간 오민주는 반가움에 자신도 모르게 소리 내어 웃었다. 웃다가 놀라 황급히 주변을 살피며 모자를 눌러 얼굴을 가렸다. 50세 오민주의 차림새는 완벽한 변장이었다. 20대 애들 같은 캐주얼한 복장에 야구모자까지 써 전혀 다른 인물로 변신했다. 검정 쫄쫄이바지에 흑갈색 헐렁한 체크무늬남방 그리고 검정 야구모자로 어둠 속에서는 남의 눈에 띄지 않는 색깔들이었다.

오민주는 대면하지 않았을 때의 유종우가 항상 궁금했다. 속속들이 자신의 눈으로 확인하고 싶은 욕구를 제어할 수 없었다. 모험을 실행하기로 결심하고 철저히 준비했다. 만일의 경우 담장을 넘기 위한 접이식 의자까지 갖췄다. 다행스럽게도 그의 집 담은 다른 집들과 달리 안이 들여다보일 만큼 낮았고 유리 조각이 박혀있지도 않았다. 집보다 뜰이 넓었고 크고 작은 나무들이 조화를 이루고 있었다. 오민주는 무엇보다 몸을 숨길 수 있는 나무가 반가웠다.

유종우와의 대화를 통해 알아낸 유익한 정보는 세 가지나 되었다. 개가 없다는 것과 현재 어머니와 아내 세 식구가 살고 있다는 것과 대문단속을 잘 하지 않는다는 것이었다. 유종우는 어떤 동물도 집에 둔 적이 없다고 했다. 싫어서가 아니라 잘 보살필 자신이 없기 때문이라고. 그리고 아들 딸 두 자녀는 각각 군대와 대학공부 때문에 집에 없고 대문은 어머니가 수시로 들락거려 낮에는 늘 열려있다고 했다. 오민주가 몰래 잠입하리라곤 상상도 못하고 한 말이었을 것이다.

"우리 어머이는 집안 참견뿐 아니라 동네 참견까지 심해서 출퇴근 때 동네 사람들 만날 때마다 난처한 경우가 많아요."

유종우는 어머니 얘기를 할 때면 언제나 표정이 굳어졌다. 어머니 역시 그에게는 아내와 마찬가지로 애정 없는 의무적 존재 같았다. 유종우의 '의무'엔 이상하게 그 누구보다도 절대적 울림이 있었다. 의무로 사는 거지. 아픈 아내에 대한 남편으로서의 의무일 뿐이야. 유종우가 그렇게 말하면 오민주는 입을 닫을 수밖에 없었다.

골목을 오락가락하며 오민주는 땅거미가 지기를 기다렸다. 6월의 저녁 공기는 쾌적했다. 담요까지 들어있는 배낭이 조금 무거웠다. 골목 입구의 포장마차가 막 불을 밝혔다. 오민주는 개시 손님인 만큼 소주 한 병에 안주를 여럿 주문했다. 든든히 먹어둘 요량이기도 했다. 잠시 후 꼼장어 닭똥집 어묵탕이 푸짐하게 앞에 놓였다. 오민주가 담뱃불을 붙이고 한 모금 빨아들일 때 포장마차 틈새가 벌어지며 머리가 하얗게 센 작달막한 할머니가 얼굴을 디밀었다.

"무슨 일로 또 오셨어요?"

어묵을 대꼬챙이에 꽂던 주인남자가 할머니를 향해 물었다. 할머니는 포장마차 안으로 턱 들어섰다.

"아~니 사램이 그만치 말했으문 알아들어야지. 저~짝으루 옮기라구 내가 몇 번이나 말했구만. 도무지 밤새두룩 시끄러워서 잠을 잘 수가 있어야지."

주인남자는 아무 대꾸도 하지 않고 뜨끈한 어묵탕을 할머니 앞에 놓았다. 할머니는 오민주와 대각선 자리에 주저앉아 어묵 국물을 홀홀 불며 담배를 손가락에 끼우고 있는 오민주를 흘겨보았다. 할머니 시선을 의식한 오민주는 다 피우지도 못한 담배를 발로 눌러 껐다. 국물까지 말끔히 마시고 나서야 할머니는 일어섰다.

"이거 얼마야? 난 공짜 같은 거 안 바래."

"기양 가세여."

주인 남자는 할머니를 보지도 않고 말했다. 할머니는 포장마차 밖으로 사라지며 말했다.

"말세여. 새파란 지집년이….."

주인남자가 미안한 듯 허허 웃었다.

"요 앞 한옥에 사는 할머닌데 이 동네 터줏대감이에요. 동네방네 쑤시고 다니며 트집 잡고 참견하기 바쁘기로 유명하지요."

한옥? 그럼 유종우 어머니란 말이네. 첫 대면인데…말세, 새파란 지집년…. 재밌네. 쉰 살에 새파란 지집년이라니. 얼마 만에 들어보는 소린가. 미니스커트 입고 돌아칠 때였으니 삼십 년 전이네. 내 변장에 홀딱 속은 어머님. 오늘밤 당신도 훔쳐볼 거예요.

오민주는 노인의 젊었을 때 모습과 유종우의 유년을 상상하며 소주를 마셨다. 소주가 순했다.

"아까 그 할머니 아들은 완전 딴판이에요. 전혀 깐깐하지 않아요. 소탈하고 인정 많고. 동네사람들 말로는 개천에서 용 났대요. 가난해서 학교도 못 다녔는데 검정고시로 서울대를 나와 작가도 됐고 신문사에서 논설위원을 하고 있으니 그럴 만도 하죠."

유종우의 결혼 전 과거에 대해서라면 누구보다 오민주 자신이 속속들이 꿰뚫고 있었다. 유종우는 결혼 전에 대해서는 거듭거듭 말하면서도 결혼 후는 절대로 들추려하지 않았다.

"가끔 퇴근길에 혼자 들러 술 한잔 하시는데 말 한마디에서도 인정이 느껴지는 분이에요."

오민주는 서둘러 포장마차를 나왔다. 만약 그곳에서 유종우와 마주친다면 아무리 변장을 했어도 그가 몰라볼 리 없기 때문이었다.

낮은 대문은 틈이 벌어져있었다. 적절한 술기운 탓인지 밤공기가 더할 수 없이 쾌적했다. 오민주는 키를 낮추고 어둠에 잠긴 뜰의 나무들 사이로 숨어들었다. 나무들은 이파리가 무성했다.

창문을 물들인 불빛이 환했다. 오민주는 새나오는 빛을 피해가며 실내를 살폈다.

통유리로 훤히 보이는 공간이 거실인 모양이었다. 그 공간에서 눈길을 끄는 건 피아노였다. 오민주는 피아노에 손을 대본 적이 별로 없었으므로 그 악기에 대해 아는 거라곤 건반을 누르면 소리가 난다는 정도였다. 오민주에게 친숙한 악기는 가야금과 장구뿐이었다.

커튼은 양쪽 모서리에만 드리워졌고 바닥에 끌리는 커튼자락이 조금 밖으로 밀려나와 있었다. 환기를 위해서였을까 문 양쪽이 한 뼘쯤 열려있는 상태였다. 안쪽에서 휘어진 곳은 주방인 듯했다. 주방기구들이 언뜻언뜻 보였다. 그곳에도 사람 기척은 없었다.

오민주는 집 둘레를 한 바퀴 돌았다. 거실을 사이에 두고 불켜진 방 창문이 둘이고 뒤쪽으로 불 꺼진 방 창문이 하나였다. 방이 셋인 듯했다. 겉모습만 예스러운 집일 뿐 실내는 편리한 아파트 구조와 비슷했다. 밤이지만 집 안팎이 정갈하다는 느낌이 들었다.

현재 유종우가 집안에 있는지 없는지가 무엇보다 궁금했다. 대문가를 살피며 청각에 온 신경을 집중했다. 거실은 여전히 휑하니 빈 상태였다. 그러나 온전히 비어있는 것만은 아니었다. 입구와 가까운 방에서 새나오는 티브이 소리와 정체를 알 수 없는 무거운 공기가 거실을 메우고 있었다.

티브이 켜놓은 방문이 열린 모양이었다. 갑자기 소리가 크게 쏟아져 나왔다. 남잔지 여잔지 모를 새된 목소리들이 웃음소리와 범벅이 되어 거실에 퍼졌다. 오민주는 재빨리 티브이 소리가 큰 창문 앞으로 다가가 발돋움을 했다.

포장마차에서 본 바로 그 할머니, 유종우 어머니가 방안을 두리번거리며 무언가를 찾고 있었다. 세 평쯤 되는 방안은 깔끔하면서도 어수선했다. 방바닥에 깔려있는 요 위에 화투장이 널려 있기 때문이었다. 엎치고 덮친 강렬한 색채의 직사각형들은 저마다의 숨결을 토해내고 있었다. 재미 속의 허무, 허무 속의 재미가 서로 아귀다툼을 한 흔적 같았다.

유종우 어머니 표정은 먹이를 찾는 짐승처럼 절실했다. 굽은 등과 휜 두 다리가 이루는 곡선의 부조화. 숱 없는 짧은 백발이 빈약하게 붙어있는 두상. 골 깊은 주름살투성이 얼굴에서 유독 생기를 발산하는 눈동자. 그 모습은 아이들 그림동화책에 등장하는 요괴를 연상시켰다. 화투장 속에서 리모컨을 잡아챈 유종우 어머니가 희죽 웃었다. 웃으니까 진짜 요괴 같았다. 리모컨 쥔 손을 쑥 내밀어 티브이를 끈 유종우 어머니가 열린 방문 밖으로 나가고 나서 곧 거실 불이 꺼졌다.

오민주는 거실 커튼으로 몸을 감쌌다. 커튼은 완벽한 보호색이 돼주었다. 어둠에 잠긴 거실에서 희끄무레한 유종우 어머니가 소리 없이 움직이기 시작했다. 유령같이 거실 반대편 방을 향해 움직였다. 방 앞에서 문에 귀를 대보더니 공을 들여 문틈을 벌리고 있었다. 키가 작은 탓에 바깥 창문으로는 들여다볼 수가 없음이리라.

아들 며느리의 잠자리를 염탐하는 시어머니를 오민주 역시 염탐하고 있는 것이었다. 설화 속에 등장하는 고약한 시어미 모습이긴 한데 거슬리지 않았다. 오민주는 소리 없이 웃었다. 거슬리지 않는 고약한 시어미 모습은 움직임이 없었다. 아마도 유종우가 그 방에 아내와 함께 있는 모양이었다. 오민주는 그 어떤 장면도 놓치고 싶지 않았다. 급히 바깥 쪽 창으로 가려는 순간이었다. 현관문 소리와 함께 어둡던 거실이 갑자기 환해졌다. 신발을 벗은 유종우가 거실로 들어서고 있었다. 커튼을 움켜쥔 오민주는 완벽하게 몸을 숨겼다. 화들짝 문에서 떨어진 유종우 어머니는 황급히 주방 쪽으로 움직이고 있었다.

"뭐하는 거요? 거기서!"

노기 서린 유종우 목소리가 벽을 울렸다.

"왜 소릴 지르구 난리야. 물 먹으러 주방으로 간다는 게 그만 어두워서 그 짝으로 간 걸 가주구."

유종우 어머니 목소리는 태연했다.

"무슨 일이예요?"

방에서 유종우 아내가 문을 열고 나오려는 모양이었다.

"아무 일도 아냐. 그러니까 당신은 아무 걱정 하지 말고, 자, 어서 들어가 있어."

아이를 타이르듯 유종우가 아내에게 하는 말이었다. 오민주가 몸을 감추고 있는 자리에선 유종우 아내를 볼 수가 없었다.

"남편 잡아먹은 걸로도 모자라 이제 아들 며느리까지 잡아먹어야 직성이 풀리겠수?"

일인이역 하듯 유종우 말투는 다시 험악하게 바뀌었다. 유종우와 그의 어머니가 서로를 노려보고 있는 게 확실했다. 처음 보는 유종우의 성난 모습에 오민주 눈은 빛을 발했다.

도둑고양이처럼 오민주는 허리를 접고 바깥 쪽 창문 밑으로 다가갔다. 창문턱까지 살금살금 머리를 들어올렸다. 방 안엔 보통의 가구들과 침대가 단정하게 배치되어 있었다. 창문 아래에 수납장과 티브이가 있는 듯했고 침대는 측면 벽에 붙여져 있어 전체를 다 볼 수 없었다. 빈 공간은 그리 넓지 않았다.

옷을 갈아입는 유종우와 침대에 걸터앉은 그의 아내가 무슨 말인가를 주고받았지만 닫힌 창문 때문에 말소리를 알아들을 수가 없었다. 오민주는 창문을 열고 싶은 충동을 가까스로 눌렀다.

입이 바싹 말라있음을 알아차린 건 방안의 불이 꺼진 다음이었다.

***

마을 노파들 말이 터무니없진 않았다.

골짜기 초입과 달리 멀찍이 벌어졌던 두 산줄기가 점점 좁혀지며 외따로 되똑 솟은 산봉우리 뒤에서 합쳐졌다 그 형상이 기묘했다. 보면 볼수록 가랑이 벌린 여자의 하반신 모습이었다. 음부에 해당되는 굴곡도 절묘하게 닮았다. 돌아서서 보아도 같은 형상의 산줄기가 앞을 둘러싸고 있었다. 앞의 산줄기는 좀 멀찍이 물러나있을 뿐이었다. 그러니까 유종우가 자리 잡은 터는 가까운 여자하반신과 거리를 둔 여자 하반신에 둘러싸여 있는 셈이었다.

골짜기 모습은 예전에도 이랬을 것이다. 하필 이런 형상의 골짜기를 찾아 들어와서 스님이 나무아비타불 염불을 했다니, 아 이러니했다. 해탈의 경지에 오르기 위해 자신을 시험하려고 의도적으로 이곳을 선택했던 것은 아니었을까. 아니면 원래 땡초였을까.

오민주는 혼자 암자를 짓고 기거했다는 스님과 백일기도를 올리는 할머니 박순분의 젊은 모습을 상상으로 떠올리며 골짜기 안으로 들어갔다.

수풀 속에서 돌 틈을 휘도는 물소리가 들렸다. 물소리는 멀어졌다가 아주 끊기는가 싶을 때 다시 가까워지며 모습을 드러냈다. 사시사철 물마를 날이 없는 골짜기라던 노파들 말이 맞는 모양이었다. 우람한 바위 사이를 돌돌거리며 흐르는 물소리에 화답하듯 갖가지 새소리들이 공중에 선을 그어댔다. 문명의 바람이 스쳐가지 않은 자연이 온몸에 밴 오욕칠정의 냄새를 빠르게 증발시키는 모양이었다. 몸도 마음도 가뿐했다. 발걸음을 옮길수록 원시와 연결된 길을 가고 있는 느낌이 들었다. 비현실감에 잠겼던 오민주는 문득 자신의 실체를 확인하기 위해 몸의 부분들을 만져보았다.

발길을 멈추고 사방을 둘러보았다. 그곳 어딘가에 할머니 박순분의 백일 동안 흔적이 남아있을 것도 같았다. 두리번거리는 시선에 곡괭이질 하는 사람이 잡혔다. 가슴이 화끈해지며 벌렁거렸다. 멀찍이 떨어진 거리지만 벌겋게 드러난 평평한 밭 가운데 있는 사람은 유종우가 분명했다. 두개골 속에서 쨍 소리가 울리는 듯했다. 산골짜기 안에서 만난 유종우가 벅차게 감격스러웠다. 우선 뛰는 가슴부터 진정시켜야 했다.

오민주가 살금살금 가까이 다가갔을 때 흙먼지와 땀으로 범벅이 된 유종우는 벌린 입을 다물지 못했다.

"아니! 어쩌자고…."

오민주는 밭으로 내달려 다짜고짜 유종우 목을 껴안았다.

"잠깐. 잠깐만."

당황한 유종우가 오민주 팔을 풀며 뒤로 물러나려 했지만 오민주는 제 감정에 취해 있는 상태였다.

"당신은 내 짝이야. 오로지 단 하나뿐인 내 반쪽. 꼭 맞는 반쪽. 태초부터 이어진. 그러니까 전생도. 전 전생도. 난 그걸 확인했어. 이 장소가 그걸 증명하고 있고…."

흥분해서 나오는 대로 말을 쏟아내던 오민주가 이상한 낌새를 눈치 챘을 때 유종우는 이미 두어 발짝 물러나 있었다. 표정이 잔뜩 굳어있었다. 유종우가 낮은 소리로 말했다.

"아내가 와있어."

"……."

한순간에 온몸의 기운이 빠져나간 오민주는 몸을 비척거렸다.

"저기 물가에 있어."

오민주는 땅바닥에 털퍼덕 주저앉았다. 물소리가 들리는 저쪽은 나뭇가지가 듬성듬성 가리고 있었다. 유종우를 올려다보는 오민주 눈 꼬리가 사나웠다.

"업고 왔어?"

"지금 그런 게 문제가 아니잖아."

"아프다는 아내와 함께 여기 오리라곤 상상도 못했어."

오민주가 발딱 일어섰다.

"갈 게."

"진정해. 그렇게 화만 내지 말고. 좀 침착하자. 오민주 당신은…그러니까, 지나가던 그냥 등산객이야."

"그냥 등산객…. 기발해. 등산복 차림으로 오길 잘했네."

"어쩔 수 없잖아."

"걱정 마. 등산객 역할에만 충실할 테니까."

오민주는 입을 앙다물었다. 오기가 발동했다. 부딪쳐보고 싶었다. 무엇보다 유종우 아내에 대한 호기심이 솟구쳤다. 그리고 앞으로 전개될 세 사람의 구도에서 유종우가 어떤 태도를 취할지도 궁금했다. 특별한 체험에 대한 특별한 긴장감이 온몸을 조였다.

유종우는 벌써 물가로 성큼성큼 걸어가고 있었다. 나뭇가지 사이로 유종우를 향해 걸어오는 그의 아내 모습이 어른거렸다. 몰래 집안에 숨어들어 갈급 나게 창문으로 훔쳐보려던 순간이 떠올랐다. 차라리 잘된 일이라고 오민주는 생각했다.

"이 산골짜기에 누가 찾아 왔어요?"

"찾아오긴…등산하러 오신 분인데 여기 구경 좀 해도 되냐구….”

아내에게 대답하던 유종우가 오민주를 향해 소리쳤다.

“이쪽 시원한 물가로 오십시오.”

오민주도 소리쳤다.

“네. 고맙습니다.”

유종우네 집에 숨어 들었던 그날 밤. 창문에 불이 꺼지는 순간 오민주 가슴속은 갑자기 전등이 켜진 듯 환해졌다. 방안의 유종우와 그의 아내는 어둠이 감싸고 있는데 오민주는 졸지에 빛에 노출된 꼴이 됐다. 그 빛은 금을 넘어서는 안 되는 오민주 처지를 각인시켰다. 얼떨결에 오민주는 창문 밑으로 몸을 낮추고 가슴을 웅크렸다.

밤이 이슥해 있었다. 어둠 깔린 창문 아래에서 낄낄낄 두억시니 웃음소리가 들리는 듯했다. 귀신 따위가 무서울 상황이 아니었다.

불현듯 옥봉이 떠올랐다.

첩의 여식으로 태어나 조원의 첩실로 살다 내쳐진 조선시대 여류시인 이옥봉.

문학에 관심을 가지면서 오민주는 옥봉에게 감정이입이 되곤 했다. 그녀의 시도 좋았지만 무엇보다 사회적 제약에 묶였던 옥봉에게 동질감을 느꼈기 때문이었다. 적서의 엄격한 차별로 정실부인이 될 수 없는 옥봉은 첩으로 살 수밖에 없는 운명이었다. 거기다 양반가의 첩은 시를 지을 수 없었다. 금기였다. 그런데 옥봉은 누명을 쓰고 옥에 갇힌 조원 집안사람의 억울함을 밝히기 위한 시를 썼다. 그 시가 관가의 사법판결에 영향을 미쳐 누명을 벗었지만 옥봉에겐 화가 되었다. 첩실의 필화사건이 파란을 몰고 온 것이다. 조원은 옥봉을 내칠 수밖에 없었다.

옥봉이 남긴 시편 중 백미인 夢魂은 오민주가 외우고 있는 시였다.

오민주는 집으로 돌아가는 내내 옥봉의 시를 읊조렸다. 특히 3연과 4연에서는 옥봉의 감정과 동일시되는 느낌에 빠져들었다.

요사이 안부가 궁금한데 어찌 지내십니까
사창에 달이 뜨면 소첩의 한이 많습니다
만약 꿈속에서 넋의 발자취가 남는다면
문앞 돌길이 모래가 되었을 것입니다

물소리가 시원하게 계곡을 훑고 있었다.

오민주는 유종우가 그의 아내와 함께 있는 물가 평상으로 다가갔다. 숨어서가 아니고 현장에 참여해서 두 사람을 관찰할 수 있게 된 것이다.

바지를 걷어 올린 유종우는 벌써 물에 들어가 푸 푸 얼굴을 씻고 있었다. 물속엔 과일 음료수병 캔맥주들이 잠겨있었다. 개울 이쪽 나무와 저쪽 산기슭 나무를 연결한 넓은 천막지붕 아래 평상도 꽤 넓었다. 오민주와 유종우 아내의 눈길이 마주쳤다. 오민주는 고개를 숙였다.

"실례합니다."

"아니 괜찮아요. 이리 앉으세요."

유종우 아내는 한눈에도 환자로 보일만큼 야위었지만 이목구비가 뿜어내는 수려함이 도드라지게 돋보였다. 오민주는 충격을 느꼈다. 주사바늘에 찔리는 듯 통증을 동반한 충격이었다. 봄 햇살은 유종우 아내의 창백한 피부를 그대로 드러내고 있었다. 오민주는 유종우 시선이 무한정 닿았을 그 얼굴을 눈여겨보았다.

평상 한 옆에 간이 취사도구가 다보록하게 자리 잡고 있었다. 유종우와 그의 아내, 두 사람만을 위한 소꿉장난 도구 같은 그릇들은 산골짜기에서 문명의 이기 역할을 톡톡히 해낼 터였다.

"혼자 등산을 하시고…. 부럽네요."

"아…네…."

뭐가 부러운 거지? 혼자 하는 등산? 등산할 수 있는 체력? 오민주는 유종우 아내가 던진 말을 곱씹다가 퍼뜩 기억 속에서 뭔가가 떠오르는 느낌에 사로잡혔다. 유종우 아내를 다시 뜯어봤다. 언젠가 어디선가 보았던 얼굴 같았다.

이런 기시감은 전혀 모르는 사람일 경우엔 일어나지 않을 것이다. 어쩌면 유종우 아내가 오민주 자신을 먼저 알아볼 수도 있었다. 그건 원치 않는 일이었다.

"전 여기 골짜기 길이 힘에 부쳐 저이가 업고 왔는데…."

유종우 아내는 시선을 유종우에게로 향하며 가늘지만 높은 목소리로 또박또박 말했다.

그랬구나. 업고 왔구나. 유종우는 참으로 의무에 충실한 사람이었구나.

아내와 오민주 두 여자와 거의 동시에 시선이 마주친 유종우가 황급히 물속에서 과일이며 음료수 맥주 등을 꺼내 평상으로 옮겼다. 오민주도 배낭에서 김밥과 샌드위치와 손질한 과일 등속을 모두 꺼내놓았다. 유종우와 단둘이 먹으려고 넉넉히 준비한 것들이었다. 혼자 먹기엔 너무 많은 분량이었다.

"어머나. 혼자서 이렇게나 많이…?"

유종우 아내의 눈이 둥그레졌다. 오민주는 가슴이 뜨끔했다. 관찰자에서 관찰 대상자로 뒤바뀐 꼴이었다. 유종우 아내의 시선이 평상에 널린 음식에서 오민주에게로, 오민주에게서 유종우에게로 옮겨 다녔다. 유종우는 젖은 발을 수건으로 닦고 있었다. 발을 닦으면서 신경을 곤두세우고 있을 것이었다.

"아, 그게요. 오늘 함께 등산하기로 한 사람이 급한 전화를 받고 돌아가는 바람에 그렇게 됐어요."

산을 올려다보며 오민주가 태연히 말했다. 평상 위에 올라선 유종우는 잠시 멈칫멈칫하다가 아내 옆에 바투 자리를 잡고 앉았다. 평상은 널찍하니 여유가 있었다. 그렇게 붙어 앉는 모양새는 뭔지 모르게 어색한 공기를 풍겼다.

뭐야 시방 저 꼬락서니는.

오민주는 속으로 중얼거렸다.

"이 김밥이랑 샌드위치, 눈으로만 봐도 지극한 정성이 담긴 걸 알겠네요."

유종우 아내의 교양 넘치는 목소리가 거슬렸는데 왠지 그 목소리도 귀에 섫지 않았다. 알았던 사람이 분명한 듯했다. 그런데 언제 어디서 어떻게 만났던 사람인지 작은 실마리조차 잡히지 않아 답답했다. 그렇다고 유종우 아내에게 물어볼 수는 없었다.

"이렇게 정성스런 음식을 초면인 우리가 먹어도 되는지…."

우리? 그래 그렇구나. 너희 둘은 당당한 '우리'구나.

유종우 아내가 고개를 갸웃 돌려 유종우와 당당하게 눈을 맞췄다.

"물론이에요. 그러고 보니 자릿값이 된 셈이네요. 그렇잖아도 배낭이 무거웠는데 잘된 일이에요. 초면인 두 분께 감사드립니다."

오민주 목소리에는 유종우만 눈치 챌 수 있는 가시가 돋쳐있었다.

"함께 등산하려던 분과 드셔야 할 음식을 저희가 먹게 돼서 유감입니다. 그런데 참 맛이 좋습니다. 잘 먹겠습니다."

자기 아내와 나란히 붙어 앉은 채 내뱉는 유종우 말에 식은땀이 배어있다는 걸 오민주는 느낄 수 있었다. 그 자리에 더 앉아있는 건 유종우를 더욱 곤경에 몰아넣고 있다는 걸 알면서도 오민주는 미적거리고 있었다. 그때였다.

"혹시…."

유종우 아내가 오민주에게 시선을 꽂으며 입을 열었다. 가슴이 철렁했다. 오민주는 호흡을 다스렸다.

"혹시 춘천에서 고등학교 다니지 않으셨나요?"

아! 유종우 아내가 먼저 뭔가를 기억해낸 모양이었다. 상대에게 꼬투리 잡혀서는 안 될 일이었다. 연막을 쳐야했다.

"전 서울에서 나고 자라서 국민학교부터 대학까지 거기서만 다녔는데요…."

유종우 아내는 고개를 끄덕이다 다시 갸웃거렸다.

"아는 분과 착각하신 것 같네요."

마침표를 찍듯 오민주가 말했다. 유종우가 끼어들었다.

"아, 참. 당신 약 먹을 시간 아닌가?"

오민주는 이때다 싶어 가방을 챙겨들고 일어났다.

"두 분께 폐를 끼치고 갑니다. 감사했습니다."

승방골이든 보지골이든 명칭이야 어쨌든 유종우가 터를 잡은 곳은 말할 수 없이 아늑했다. 세상과 단절된 느낌도 더할 수 없이 좋았다. 유종우가 망설임 없이 버려지다시피 한 묵정밭 500평을 살 만한 곳이었다. 바로 여자의 양 다리가 만나는 음부 아래에 해당되는 영역이었다. 어디서 발원하는지 모를 계곡물까지 기세 좋게 흘러내리고 있으니.

암자는 어디쯤 있었을까.

유종우 아내를 머릿속에서 떨쳐내고 싶었다. 유종우의 터에 암자와 스님과 젊은 박순분을 끌어들였다. 목탁소리를, 불공드리는 박순분의 모습을, 구체화하려 해도 유종우 아내가 가로막았다. 그쪽도 오민주에 대한 기억을 밝히고 싶어 할 게 뻔했다.

누구지? 누구였지? 명료하지 않은 기억이 답답하기만 했다. 발걸음을 빨리했다. 골짜기 입구를 향해 내달렸다. 발소리가 귀를 울렸다. 유종우가 따라올 리 없는데도 뒤돌아봤다. 다시 돌아가 유종우를 끌고 오고 싶었다. 그의 아내 얼굴이 확대되어 어른거렸다. 아무래도 그 얼굴에 기억이 닿아있는 것만은 확실했다.

춘천에서 고등학교 다니지 않았냐고?

오민주가 아! 외마디소리를 터트렸다. 반짝 불이 켜지는 기억 속의 그 얼굴. 그 이목구비는 세월의 풍상을 겪었어도 예전 모습을 어렴풋이 간직하고 있었다. 백합 이미지. 허정숙.

하필, 하필이면 유종우 아내가 그 허정숙 선배라니….

걸음을 멈춘 오민주는 우두커니 서있었다. 발밑에 밟힌 그림자에 시선을 박은 채. 어느 순간 오민주는 제 그림자를 짓이기듯 밟아댔다. 이제 어찌해야 하나. 차라리 기억나지 말 것이지. 그림자에 까마득히 멀어져간 시간이 고여 들었다. 검정색 교복에 하얀 깃으로 목을 받친 여고생 허정숙. 허정숙은 운동장에도 강당에도 피아노 앞에도 있었다.

***

유종우가 모델인 두 번째 소설 쓰기는 진전이 없었다. 유종우 아내가 허정숙임을 알고부터 한 문장도 써지지 않았다. '방아다리'라는 제목만 정했을 뿐 체계적인 배경도 사건도 갖추지 않은 상태였다.

오민주는 껌뻑거리는 커서를 위로 올려 쓰다 만 소설을 처음부터 읽기 시작했다.

방아다리

눈이 잘 떠지지 않았다. 눈꺼풀이 무겁게 붙어있었다. 깊은 무의식의 우물에서 두레박이 올라오고 있었다. 두레박줄이 흔들거렸다. 아니 출렁거렸다.

"그만 일어나요."

목소리가 들렸다. 몸이 흔들리고 출렁거렸다. 술기운과 잠의 세계에서 현실로 빠져나오는 데는 약간의 시간이 걸렸다.

"당신 요즘 이상해진 거 알아요? 낯설어…."

가까이에서 목소리가 들렸다. 눈꺼풀이 확 열렸다. 얼굴이 보였다. 그녀 얼굴이 아니었다. 아내 얼굴이었다. 빤히 내려다보는 아내 얼굴 뒤로 벽에 걸린 가족사진이 눈에 들어왔다. 집이 분명했다.

그녀와 함께였는데 어떻게 집에 와있는 건지 알 수 없었다. 알 수 없는 채로 그는 안도의 숨을 내쉬었다. 어쨌든 몸뚱이가 집에 있으니 천만다행이었다. 그러나 머릿속은 뒤죽박죽이고 몸은 짓눌린 듯 무거웠다. 아내가 숨을 몰아쉬고 있었다.

"아이 아직도 숨이 차네."

거친 숨소리를 내면서 뜬금없이 웃음기를 물고 있는 아내를 그는 멀거니 바라보았다.

"있잖아…. 다른 남자랑 자는 거 같았어."

이게 무슨 소린가. 다른 남자랑 자는 것 같았다니. 아내 입에서 어떻게 저런 말이 나오는 것인가. 아내의 요상한 언행으로 보아

아내와 섹스를 했다는 말인데…. 그것도 강도 높게….

아내는 심장까지도 약했다. 조금만 힘을 써도 숨을 헐떡거렸다. 평소 섹스하기가 두려울 정도였다. 두렵기도 했지만 아내에겐 거의 성욕자체가 일어나지 않았다.

모텔 침대에서 분명 그녀와 함께 뒤엉켰다. 부드러운 살결의 곡선을 어루만지고 빨고, 그리곤 기억이 가물가물했다. 그는 아내의 눈길을 피해 호흡을 가다듬었다. 욕실에 들어가서야 의식의 갈피가 조금씩 선명해졌다.

모텔에서 그녀와 술을 마실 때 엄청나게 지껄였다. 억눌렸던 말의 배설이었다. 감정은 이해할 수 없는 변화무쌍한 춤을 추고 있었다. 광기 같은, 흥에 도취된 것 같은, 한풀이 같은. 무슨 내용인지 대충 짐작이 갔다. 사설이나 칼럼에 쓸 '꺼리'를 머릿속에 저장한 것들이었다. 김영삼 대통령 아들 김현철 비리와 관련된 가지 하나를 들춰냈다.

"현철 비리에 연루된 전 안기부 차장이 내기를 걸었어요. 자기가 돈을 받고 이권에 개입한 증거를 가져오는 자에게는 전 재산을 주겠노라고. 그만큼 결백과 무죄를 자신하고 있거나 아니면 한 발짝도 물러서지 않을 배수진을 치거나."

그녀가 혼자서 술잔 두 개를 쨍 부딪쳤다. 그러고는 술잔 하나를 그에게 건네며 방긋 웃었다. 이야기에 관심이 없어보이지는 않았다. 그는 술잔을 비우자마자 하던 얘기를 계속했다.

"내기는 원래 동양 사람들보다 서양 사람들에게 익숙해요. 유목, 유랑 생활이 몸에 밴 서양인들은 매사를 계약하고 그 이행여

부에 대해 물질로 보답하거나 배상하는 문화가 일찍부터 발달했지요. 그래서 그들은 하찮은 일에까지 돈을 걸고 내기를 해요. 미국의 유명한 도박사가 임종을 맞게 되었는데 주치의가 내일 아침 여덟 시를 넘기기 힘들다고 하자 도박사가 의사에게 말했어요. 만일 여덟 시 이후에 살아있다면 어떻게 하겠냐며 내기를 제안했죠. 일백 달러를 걸자고."

그녀의 반응이 미적지근한 눈치여서 그는 얼른 화제를 바꿨다.

"천하의 풍류남아 양녕대군이 평양기생 치마폭에 써준 시가 있어요. 難자가 많이 들어간 難字詩를. 요즘 정치권은 물론 사회적으로 어려운 일이 많잖아요. 그래선가 문득 그 시가 생각나네요. 양녕대군은 색향인 평양으로 떠나면서 동생 세종대왕에게 다짐을 하지요. 절대 기생을 가까이하지 않고 산천경개만 돌아보고 오겠다고. 그러나 양녕은 평양에 당도하자마자 기생 정향에게…."

"어떤 시예요? 기생 치마폭에 써준 시 말이에요."

그녀가 눈을 빛냈다. 그는 신바람이 났다. 시를 술술 풀어냈다.

"어렵고 또 어렵구나/ 너도 어렵고 나도 어렵고/ 나는 머물기 어렵고 너는 날 떠나보내기 어렵고/ 네가 남으로 오기 어렵고 내가 북으로 가기 어렵고/ 중간 생략하고…. 오래도록 너만 생각하니 잊기 어렵고/ 이제 서로 헤어지면 만나기 어렵고/ 아침이면 영영 헤어지니 이 밤이 어렵고/ 한 잔 술로 영영 이별이니 이 술이 어렵고…."

"애틋한 시네요. 근데 대단하세요. 시보다 선생님께 감탄했어요. 어떻게 그걸 외우고 계세요?"

그는 황홀하고 통쾌했다. 새 세상이 펼쳐지는 느낌이었다.

면도하는 시간이 길어졌다. 그는 수염을 밀고 나서 곧바로 자리를 뜨지 못했다. 거울 속 얼굴이, 낯선 기운이 서려있는 그 얼굴이 자기 자신이라는 게 당혹스러웠다. 근육을 실룩여 의도적으로 씩 웃어보기도 했다. 빙그레 웃어보기도 했다. 그러나 그 표정은 이전의 자신과 너무나도 달랐다.

그래. 이게 나야 나. 이 모습이 진정한 나야.

그는 목에 힘을 주고 어깨를 폈다. 그의 나이 53세였다. 지방신문 논설위원 4년차. 사설과 칼럼 쓰는 일에 진땀을 뺐던 초기와는 달랐다. 어느 정도 익숙해졌고 수월해졌다. 그날그날의 이슈를 포착해내는 예리한 더듬이가 관건일 뿐이었다. 적절한 제목만 정하면 문장은 술술 따라 나왔다. 사장 의도는 이미 꿰뚫고 있었다. 괜히 날 세운 문장으로 심기 건드릴 필요 따위 없었다. 어차피 창작 글도 아니었다. 직업적인 일회성 글이었다. 여유 있게 차 한 잔 마시며 깔끔하게 끝낼 수 있었다. 어려서부터 오랜 세월에 걸쳐 활자를 빨아들이듯 읽은 방대한 독서량 덕분이기도 했다.

수년 전까지만 해도 신문사 밥을 먹게 될 줄은 전혀 몰랐다.

그는 교사직을 천직으로 알고 있었다. 옮겨 다니지 않는 사립고라 애정도 쌓였다. 무엇보다 아이들을 가르치는 일이 신명났다. 그의 말은 설명이든 대화든 아이들에게 잘 먹혔다. '소설가

선생님'을 바라보는 아이들의 눈빛은 신명을 배가시켰다. 가르치는 일과 소설쓰기를 병행하면서 그는 거뜬한 체력에 감사했다. 체력이라기보다 어려서부터 단련된 적응력이었다. 그는 신문 연재소설뿐만 아니라 칼럼까지 썼다.

시간을 쪼개 허둥거릴 때면 소설에만 전념할 수 있는 전업작가를 동경하기도 했다. 그때마다 머리를 흔들었다. 전업작가는 아내가 직장에 사표를 내기 전에 품을 수 있었던 희망사항일 뿐이었다. 자식들은 독립할 나이에 이르렀지만 노모와 환자낙인이 찍힌 아내 때문이었다. 아내가 그 지경으로 온갖 당뇨 합병증에 묶여있을 줄은 몰랐다. 아내가 사표를 낼 때까지만 해도 병의 심각성을 알지 못했다. 집에서 섭생 잘 하며 꾸준히 병원치료를 받으면 병이 호전될 줄 알았다. 그런데 아내는 사표를 내고부터 병세가 더욱 악화되어가는 듯했다.

그 무렵 창간한 신문사가 그를 필요로 했다. 필력을 인정받은 셈이다. 논설위원이란 직함도 괜찮았고 무엇보다 자유롭게 활용할 수 있는 시간이 많다는 게 맘에 들었다. 입사 후 얼마 지나지 않아 그는 전설적 인물이 되어있었다. 기자들 사이에서 '걸어 다니는 백과사전'으로 불렸다. 그는 걸어 다니며 설명해주는 편리한 백과사전 역할을 톡톡히 할 수 있었다. 그의 능력은 독보적이었다. 독서량 때문만은 아니었다. 탁월한 해석력을 갖췄으므로 가능한 일이었다.

그의 굴곡진 인생역정에 비추어보면 황금기에 도달해있음이 분명했다.

그는 전쟁 통에 이리저리 옮겨 다니며 국민학교를 겨우 졸업했다. 휴전이 되고 중학교에 진학할 나이가 되었지만 그는 소년가장이 되어야 했다. 집 나간 아버지, 넋 나간 어머니, 배곯는 두 동생. 그 상황이 그가 처한 현실이었다.

그는 초등교육을 마친 13세에 교육청 소사가 되었다.

온종일 발바닥을 붙이고 있을 새가 없었다. 시킨 일을 끝내기도 전에 여기저기서 불러댔다. 다람쥐보다 더 날래게 움직여야 했다. 사람들은 하나같이 그를 '새끼소사'라고 불렀다. 그보다 나이 많은 다른 소사는 '큰 소사'로 불렸다. 그는 큰 소사보다 더 많은 일을 더 빨리 더 정확하게 해내려고 기를 썼다. 아무리 일을 잘해도 그는 여전히 새끼소사였다. 그는 새끼소사로 불리는 게 너무나도 싫었다. 나이 많은 쪽에 '큰'을 붙였으면 나이 적은 쪽엔 '작은'을 붙이는 게 타당하지 않은가. 곱씹어 생각할수록 억울했다.

야! 새끼소사!

하루 종일 수없이 듣는 소리였다. 그 소리가 들리면 그는 반사적으로 달려갔다. 달려가는 동안 '새끼'는 귓속에서 끊임없이 새끼를 쳤다. 눈시울이 화끈거릴 때마다 이를 악물었다. 그리고 주머니 속의 빽빽이 필기한 공책을 어루만졌다. 참고서를 잠 안 자고 베낀 공책이었다.

그는 며칠 간을 벼러 용기 내어 높은 분들께 말했다. 새끼 빼고 작은 소사라고 불러주시면 안될까요? 그러나 그의 눈물겨운 용기는 높은 분들께 한바탕 웃음거리만 제공한 셈이 되고 말았다.

어쩌다 맞게 되는 휴일도 그는 쉬지 않았다. 지게를 지고 산에 올라가 땔나무를 했다. 농사철엔 어린애라고 반품밖에 안 쳐주는 김매기 품팔이도 했다. 그러면서도 밤엔 졸린 눈을 비비며 중학과정 공부를 했다. 그렇게 험난한 세월을 살아내며 논설위원이 되기까지 그에게 쉴 짬은 없었다.

돌이켜보면 남들은 지옥 같았다는 군대시절이 그에겐 가장 편했던 시기였다. 돈 걱정 없이 먹고 잘 수 있었으니까. 그 시절 보초를 서며 구상하고 변소에 쭈그리고 앉아 틈틈이 쓴 단편소설이 신춘문예에 당선되었다.

그의 인생에 여유로운 시간이 주어진 건 처음이었다. 엉덩이에 불붙은 듯 쫓기지 않는 나날이 쌓여갔다. 그는 헐렁해진 시간이 맞지 않는 옷처럼 거슬리기 시작했다. 별 다른 이유 없이 화가 났다. 기자들을 불러 기사를 이따위로밖에 못 쓰느냐며 호통 치는 일이 잦아졌다. 살아오는 동안 그가 타인에게 화내는 일은 없었다. 억울하고 화나는 일은 엄청나게 많았지만 목숨을 부지하기 위해서는 무조건 화를 참아야만 했다.

그는 사과하러 찾아온 국장이나 부장을 향해서도 삿대질을 했다. 기자들이 눈물을 찍어내도 그들의 상사가 머리를 조아려도 좀처럼 화를 누그러트리지 않았다. 언성을 높이며 속으로는 남 모르는 희열을 잘근잘근 씹고 있었다. 그는 그러는 자기 자신에게 더 화가 치솟았다. 도무지 자기가 자기 같지 않았다. 자신의 정체가 혼란스러웠다. 소설은 써지지 않았다.

추석 전 날 자살한 아버지가 새삼스럽게 문득문득 떠올랐다. 왠지 자신도 아버지 같은 선택을 하게 될 것만 같은 엉뚱한 생각에 사로잡히기도 했다. 아버지는 꿈에 자주 등장했다. 꿈속에서 아버지는 번번이 손짓을 했다. 그 손짓의 의미가 그에겐 애매했다. 오라는 뜻인지 오지 말라는 뜻인지 그렇게 살지 말라는 뜻인지 잘 살고 있다는 뜻인지 헷갈렸다.

아버지 생각이 스칠 때마다 그는 머리를 세차게 흔들었다. 그리고는 다짐하듯 읊조렸다. 다시 소설을 시작해보는 거야. 다시. 다시….

그 무렵 그녀를 만났다.

신문사와 카페까지의 거리는 백 미터쯤 된다. 그는 이쪽에서 저쪽으로 단숨에 이동했다. 남들로부터 축지법 쓰는 사람이란 말을 들을 만큼 엄청 걸음이 빨랐다. 획획 걸어가는 동안 내내 그녀 목소리가 귓가에 매달렸다.

"선생님 소설 감명 깊게 읽었어요. 저도 이제부터 소설을 쓰려고 해요."

2층 계단을 성큼성큼 올라 카페 문을 열자마자 그의 눈은 매의 눈으로 변했다. 넓은 카페 안엔 빈자리가 거의 없었다. 사람들 소음이 음악소리를 삼키고 있었지만 그는 그녀를 금세 발견했다. 처음 봤을 때의 강렬한 인상이 선명했던 탓이리라. 그녀는 앉아 있는 자세도 남달랐다.

그는 걸음처럼 대상을 포착하는 시신경도 민첩했다. 어릴 때부터 단련되어 몸에 익은 결과다. 어쩌면 생존을 위한 진화일 것이다. 무슨 일이든 빠르게 완벽하게 끝내지 못하면 내쳐진다는 걸 어린 나이에 그는 이미 터득하고 있었던 것이다.

"아, 기다리시게 해서 정말 죄송합니다."

그렇게 말하면서 그는 자리에서 몸을 일으키는 그녀의 표정부터 살폈다. 살폈다기보다 상대가 눈치 못 채게 훑었다. 엷은 미소를 머금은 듯 만 듯 그녀의 표정은 명쾌하게 읽히지 않았다. 욕조에 몸을 담갔을 때의 나른함 같은 여유가 드리운 표정. 어쨌든 초조한 기색은 전혀 없었다. 그녀가 목례를 했다. 그도 황급히 머리를 숙였다.

"회의가 길어지는 바람에 그만…."

"약속시간 겨우 5분 지났을 뿐인데요, 뭐."

자리에 앉은 그는 주머니에서 손수건부터 꺼냈다. 이마와 목덜미에 땀이 배어나고 있었다. 일차 손수건으로 찍어냈지만 소용없었다. 땀구멍들은 점점 맹렬히 땀을 배출하고 있었다.

천천히 걸어올 걸. 그랬으면 이 지경으로 땀구멍이 열리진 않았을 걸. 이 늦가을에 그녀 앞에서 이게 무슨 꼴이람.

웨이터가 메뉴판을 들고 다녀가고 탁자에 맥주병과 안주접시가 놓이는 동안 그는 땀구멍과 신경전을 벌이고 있었다. 아침마다 아내가 내주는 손수건은 이미 흠뻑 젖어버렸고 머리카락은 축축했다.

"제가 열이 많은 체질이라서…냉면 먹으면서도 땀을 흘리거든요."

그녀가 배시시 웃으며 핸드백에서 꺼낸 손수건을 그의 앞으로 밀어놓았다. 그러고는 잠깐 실례 좀⋯ 하면서 자리에서 일어났다. 그녀가 사라지자 땀구멍들이 거짓말처럼 얌전히 입을 닫았다. 곧 이마가 뽀송해졌다. 그제야 그는 편안한 숨을 내쉬었다. 땀을 잘 흘리는 체질이긴 하지만 이렇게 곤혹스런 지경은 처음 겪었다. 얼마나 보기 딱했으면 그녀가 자신의 손수건까지 내밀고 자리를 피했을까. 머리카락은 아직도 두피에 찰싹 붙은 채였다.

돌이켜보니 그녀의 전화를 받았을 때도 땀구멍들은 혓바닥을 날름거렸다. 정확히 그녀가, 선생님 소설 감명 깊게 읽었어요, 했을 때부터였다. 그가 속에 감춘 흥분과 긴장을 땀구멍들은 에너지로 비축하고 있었던 모양이었다. 도대체 그 느닷없는 흥분과 긴장은 어디서 기인한 것인가. 소설? 그녀?

그는 자기 자신을 납득하기 어려웠다.

그는 한 달에 대여섯 번 그녀를 만났다. 목구멍까지 차올라 있던 울화증은 그녀를 보는 순간 단번에 걷혔다. 그녀를 만나고 집에 돌아가면 아내의 존재가 새롭게 인식됐다. 단순한 미안함이 아니었다. 색다른 무엇인가가 아내와의 거리를 좁혀주었다. 그리고 소설을 다시 쓸 수 있을 것도 같았다. 그래서 그녀를 만나야만 했다. 그러지 않고는 나날을 견디기 힘들었다.

"소설 얼마나 쓰셨어요? 궁금해서 전화 드렸는데 제가 방해한 건 아닌가요?"

그는 한때 소설가칭호를 들었던 밑천을 구실삼아 그녀를 불러냈다. 그녀 쪽에서도 몸달아있음을 눈치 챘기 때문이기도 했다. 한국무용을 하던 그녀가 소설쓰기에 매달렸다는 건 호재였다. 거기다 그녀는 미혼으로 혼자 살고 있었다. 이제 그는 그녀를 만나도 땀을 흘리지 않았다.

수놈 새가 암놈 새를 끌어들이기 위해 둥지를 짓듯 그도 그녀를 의식하며 둥지 만들 준비에 돌입했다. 아내에게는 이렇게 말했다.

"당신을 위해서야. 그곳이 당신 건강을 되찾게 해줄 거야."

그 말도 진심이었다.

그때는 골짜기에서 샘물까지 솟아나온다는 걸 알지 못했다. 오랜 세월 방치했던 터라 땅 주인도 몰랐던 모양이다. 그랬을 수밖에 없었다. 잡목과 돌투성이 척박한 땅인데다 산 능선이 언덕을 이루며 내려와 경사가 심했다. 더구나 여기저기 움푹 꺼지거나 솟아오른 지면엔 키를 넘는 수풀이 뒤엉켜있었다.

꽤 넓은 누마루와 챙을 거느리고 있는 컨테이너 구조물은 소박하면서도 정갈했다. 산골과 어울리는 오두막, 초당, 농막이 연상되기도 했는데 암놈 새를 끌어들이기 위해서는 기본적 편리성을 무시할 수가 없었다. 실내도 원룸으로서 완벽하다할 만했다. 주방시설과 좁지만 깔끔한 화장실을 갖췄다. 나머지 공간은 침대와 각종 가전제품과 소도구들이 차지하고도 여유로웠다.

그는 시간을 내 둥지 꾸미기에 매달렸다. 계곡물 가의 삐걱거리던 평상을 치우고 운치 있는 정자를 세웠다. 물소리 새소리가 더 아름답게 들렸다.

그는 아내와 그녀를 번갈아 골짜기 둥지로 데려왔다.

***

구상단계인 소설은 거기까지였다.

더 이상 써지지 않는 거 집어치울까. 끈질기게 밀고 나가볼까. 결정이 쉽지 않았다. 시간이 지나면 쓸 수 있을 것도 같았고 아닐 것도 같았다. 소설을 완성하려면 새롭게 정리해 처음부터 다시 써야한다. 오민주는 그 지랄 같은 시간을 견딜 자신이 없었다.

강태공은 강에 물고기가 있는지 없는지 모른 채 낚싯대를 드리울 것이다. 예측불가능의 매력에 이끌려 미끼를 준비할 것이다. 강태공은 물고기를 많이 혹은 적게 잡거나 하나도 못 잡을 수 있다. 강태공은 물고기가 목적이 아닐 수도 있다.

유종우는 신선이 된 착각 때문에 아침못에 낚싯대를 드리웠다고 했다.

언젠가 오민주는 작심하고 유종우에게 고백하는 심정으로 말했다. 아침못이 있는 동네에서 태어나 자랐다고. 그러자 유종우가 물었다.

"아침못에 얽힌 추억이 많겠네?"

"많지."

오민주는 짧게 대답하고 입을 다물었다. 잠시 어색한 침묵이 이어졌다. 눈치 빠른 유종우가 화제를 돌렸다.

"참, 새로 시작한 소설은 잘 돼가?"

"뭐, 그럭저럭."

유종우와 함께 아침못을 바라보고 싶다,는 충동이 문득문득 일어나기도 했지만 실행하진 않았다. 실은 혼자 가보고 싶을 때가 많았다. 간절히 아침못이 보고 싶기도 했다. 그런데 발걸음이 향해주지 않았다.

오민주는 쓰지도 읽지도 않으면서 여전히 책상 앞에 앉아있기만 했다. 유종우 아내가 허정숙임을 알고부터 머리도 꼬리도 없는 이상한 생각들이 불빛에 달려드는 날벌레 떼처럼 난무했다. 오민주는 온전한 생각 한 토막이라도 낚고 싶었다.

어느 날 한 문장이 낚였다.

'아침못은 치우치지 않고 산세를 에두르기 때문에 늘 평형을 유지하며 고요할 수 있다'

오랜만에 마음이 환해진 오민주가 환한 목소리를 냈다.

경전이야. 아침못이 베푸는 경전.

그런데 불쑥 이기훈이 떠올랐다. 아침못에는 그러니까 이기훈이 있었던 것이다. 아침못과 이기훈을 따로 독립시킬 수가 없었다. 이기훈이 궁금해지기 시작했다.

그는 어떤 검사 유형일까. 출세지향주의? 안전지향주의? 출세지향주의 검사라면 경제사범이나 정치사범을 배당받았을 때 범죄유형이나 죄질을 따지기 전에 먼저 범인의 배경부터 살필 것이다. 든든한 뒷배가 있는지. 만약 막강한 권력이 보호막인 대상이라면 법과 원칙을 이현령비현령식으로 무혐의처분이나 불기소처분에 적용시킬 것이다. 남보다 빠른 승진을 위한 기회를 철저히 이용하는 것뿐일 테니까. 만일 이기훈이 안전지향주의 유형이라면 법과 원칙에 주저앉아 승진에서는 뒤처졌을지도 모른다. 오민주는 그가 어떤 유형인지 가늠할 수 없었다.

이기훈이 의식의 수면으로 떠오른 일이 머릿속을 새로운 복잡함으로 채우고 있었다. 그런 상황은 유종우 아내가 허정숙이란 사실과 무관하지 않은 것 같았다. 허정숙이란 존재는 무작정 오민주를 과거로 데려다놓았다. 그리고 여학교 시절부터 더듬어오게 했다. 마침내 이기훈까지 떠올리지 않을 수 없게 만들었다.

이젠 놓치지 않을 거야.
빼앗기지 않을 거야.
아니, 그냥 놓아버릴까.

챙 넓은 모자와 검은 안경을 쓴 오민주가 아파트 동 출입문을 빠져나왔다. 유종우 차가 저만큼 정차해있었다. 오민주는 조수석에 올라타자마자 모자와 안경부터 벗었다.

남의 눈을 피하는 데 더 철두철미한 쪽은 유종우였다. 좁은 바닥에서 제일 무서운 게 소문이었다. 허정숙이 두 사람의 관계를 알게 되면 끝장이었다. 뒤탈의 빌미를 없애기 위해 사소한 것에까지 신경을 곤두세울 수밖에 없었다. 만나는 순간부터 유종우의 시신경엔 안테나가 장착된다는 걸 오민주는 잘 알고 있었다.

땅속을 파고드는 두더지 같다는 생각이 들었다. 어깨가 푹 꺼졌다. 이기훈을 만날 땐 남의 시선 따위를 의식하지 않았다. 그의 아내도 의식할 필요가 없었다. 언제까지 이런 제약에 묶여있어야 하는 건가. 오민주는 차창으로 스쳐가는 강변 풍경을 무심히 바라봤다.

시내를 한참 벗어나 인적 없는 강가 나무 그늘에 차를 대는 중이었다. 오민주의 결정에 따라 간이역이 될 수도 있고 종착역이 될 수도 있는 장소였다. 뒤로 큰길 건너편 산 밑에 빨간 벽돌 산장, 아니 화성이 보였다. 언젠가부터 유종우는 그 산장을 화성이라 칭했다. 왜 화성이냐고 물었을 때 유종우는 이렇게 말했다.

"지구에선 맛볼 수 없는 황홀한 체험을 할 수 있는 곳은 별나라뿐일 테니까. 화성이 제일 가까운 별이잖아."

오민주는 고개를 돌려 유종우를 바라봤다. 순간, 유종우 머리가 둘로 보였다. 몇 초간 숨이 멎었다. 눈을 비비고 다시 보았다. 머리통 둘이 빠르게 하나로 합쳐졌다.

"왜 그런 눈으로 봐?"

유종우가 급히 마른세수를 했다.

"집에서 나올 때 씻고 면도했는데, 뭐 묻었어?"

"아니. 아무것도 안 묻었어."

"그런데 왜…. 가슴이 철렁했잖아."

"잠깐 딴 생각을 하던 중이었거든."

"내가 오민주 표정, 눈빛에 너무 예민한 건가?"

고개를 끄덕이며 오민주가 웃자 유종우도 따라 웃었다. 짧은 웃음 끝에 긴 한숨이 나왔다. 오민주는 재빨리 표정을 수습했다. 유종우가 트렁크 아이스박스에서 꺼내온 캔맥주는 별로 차갑지 않았다. 강과 산과 하늘뿐인 낯익은 전망이 낯설게 느껴졌다. 짧은 순간이긴 했지만 유종우 머리는 분명 둘이었다.

차창을 내리고 불을 붙인 담배를 유종우는 먼저 오민주에게 건넸다. 담배연기가 빠져나가는 열린 창으로 더운 공기가 밀려들었다.

"봄이 오는가 싶더니 어느 틈에 여름이네."

이마에 땀방울이 맺힌 유종우가 부채를 펼쳐들고 바람을 일으켰다. 오민주는 맥주를 쭉 들이켜고 담배연기를 푸 내뿜었다. 유종우가 입을 열었다. 앞으로 대기오염이 심각해질 것이고 지구온난화가 어쩌고저쩌고 이어갔다. 대답이 필요 없는 설명이었다. 오민주는 유종우 머리가 둘로 보였던 순간의 착시현상이 자꾸 신경에 걸렸다. 뭐지? 무슨 계시 같은 건가?

오민주는 천천히 고개를 끄덕였다. 그러고는 풋, 바람 빠지는 소리를 입술로 흘렸다. 배시시 웃는 허정숙 얼굴이 스쳤다. 그리고 이쪽을 향했다가 저쪽을 향했다가 급히 돌아가는 유종우 얼굴이 스쳤다.

"지구가 속해 있는 태양계는 말이야…."

갑자기 목소리 톤이 높아지는 유종우와 오민주는 절묘한 순간에 눈을 맞췄다. 열심히 듣고 있다는 표정도 지었다. 유종우 머리통은 말의 높낮이와 길고 짧음에 따라 목을 중심축으로 끊임없이 움직였다. 하나뿐인 저 머리통이 둘로 보인 건 그렇게 바라볼 수밖에 없었음이리라. 그래도 반인반수는 아니어서 다행이었다고 오민주는 생각했다. 만약 하나가 짐승 머리였다면…. 생각만으로도 전율이 일었다.

"은하계를 갤럭시라고 하는데…."

유종우 설명은 대기오염에서 태양계를 거쳐 은하계로 뻗어나갔다.

"인류가 은하계를 밝혀낸 건 그리 오래전이 아니야."

열린 차창으로 아주 작은 파리가 날아들었다. 파리는 출구를 못 찾고 빙글빙글 날다가 이리저리 부딪쳤다. 오민주 시선도 작은 생명체의 행방을 따라 빙글빙글 돌았다. 태양계고 은하계고 오민주는 관심이 없었다. 오민주에게 우주는 그냥 하늘이었다. 낮에는 해가 뜨고 밤에는 달과 별이 뜨는 끝없이 넓고 신비한 하늘.

가끔씩 오민주는 유종우의 진지한 설명이 지겨웠다. 그를 만난 초기에는 인문학에 관한 그의 박학다식에 감탄해 빨려들었지만 어느 때부턴가 감탄의 농도는 맹물에 가까워지고 있었다. 우주의 중력에 의해 끌려가던 유성이 소멸할 단계에 처한 것 같은.

유종우가 하는 모든 설명은 허정숙이 먼저 들었던 내용일 게 뻔했다.

"지루해?"

"뭐, 그냥…."

"흥미 없구나. 미안해. 딱 한 마디만 더할 게. '이것은 한 인간에게는 작은 발자국이지만 인류에게는 큰 도약이다' 이 말 생각나?"

오민주는 고개를 가로저었다.

"1969년 암스트롱이 달에 발을 내리는 순간 한 말이잖아."

'69년이면 유종우가 허정숙과 결혼식을 올린 다음 해다. 신혼의 단꿈에 푹 빠져있을 때다. 그때를 더듬는 것 자체가 싫다.

"그래서 그 말이 뭐 어쨌다는 건데?"

"화났구나. 미안해. 이제 재미 없는 얘긴 집어치울 게."

차 안에 갇혔던 파리가 우주를 향한 탈출에 드디어 성공했다. 별똥별처럼 파리는 시야에서 순식간에 사라졌다. 오민주는 유종우에게 너무했다싶어 입을 열었다.

"소멸하는 유성을 큰 별이 싼 똥이라고 하잖아⋯. 떨어지는 별똥별 보며 어렸을 때 소원 빈 적 있어?"

오민주와 눈을 맞추고 한참 지긋이 바라보던 유종우가 와락 오민주를 포옹하며 말했다.

"있지. 그 덕에 우리가 만난 거야."

오민주는 적극적으로 유종우의 포옹에 협조하지 않았다.

"인류의 끊임없는 도약은 결국 신비한 자연과 인간의 감성을 해칠 뿐이야."

오민주는 유종우 머리가 또 둘로 보일까 두려웠다.

**

침실 옷방 책방 어디나 어수선해졌다. 크고 작은 모든 서랍 속에 들어있던 것들이 쏟아져 나와 널브러져있었다. 오만가지 잡동사니 속에서 명함 하나를 찾아내기란 쉽지 않았다. 오민주는 방마다 다시 한차례 뒤져보고는 거실바닥에 주저앉아 숨을 헐떡거렸다. 몇 시간이 지났는지 공복감이 느껴졌지만 식욕은 일지 않았다.

분명히 버리진 않았다.

"살다가 어려운 일 생기면 언제든 연락해."

방을 나가기 전 침대 머리맡에 명함을 놓으며 이기훈이 한 말이었다. 명함은 한동안 그 자리에 있었다. 그것을 어디에 두었는지는 잘 모르겠지만 버리지 않은 기억만은 또렷했다. 혹시 나중에 버렸나? 아닐 것 같았다. 더 깊이 잘 간직했던 것 같기도 했고 버렸던 것 같기도 했다. 명함이 집안 어딘가에 있을 확률은 절반이었다. 절반의 기대에 매달려 방마다 복잡한 구조의 서랍 내장을 끄집어내 흩으려 놓았다.

오민주는 오방난장인 방바닥을 꼼꼼히 살피며 정리하기 시작했다. 우선 버릴 것과 간직할 것을 구분하기 위해 경계선을 정했다. 오민주의 손놀림이 빨라졌다. 경계를 넘어간 것들이 쌓여갔다. 얼마쯤 시간이 지났을 때 경계 저쪽으로 넘어간 것들이 다시 이쪽으로 넘어왔다.

간직하기도 버리기도 애매한 것들이 다양하고 복잡하게 얽혀있었다. 혼란스럽기 짝이 없었다. 몽땅 쓰레기봉지에 처넣어버리고 싶은 충동이 불끈거렸다. 그렇지만 충동을 억누를 수밖에 없었다. 하나하나가 지나온 시간들을 증언하겠다며 나름 존재감을 드러내고 있었다. 모두가 서로 알 수 없는 공장에서 화학물질을 뒤집어쓰고 탄생한 것들이 대부분이었다.

가장 난장판인 옷방을 살펴보다가 장롱 구석 옷가지들 속에서 잊고 있던 할머니 유품을 발견했다. 동고리였다. 원래 그것은 할머니의 반짇고리였는데 오민주가 무용작품 소품으로 활용하곤 했던 것이다.

공산품이 별로 없던 시절 할머니 방 벽장엔 할머니 손에서 탄생한 천연소재 수제품들이 모여 있었다. 목화솜 나무껍질 나무뿌리 냄새들이 배어있는 벽장의 어두컴컴한 여백은 어린 오민주의 비밀공간이었다.

벽장에 놓여있던 물건들 중 유독 끌렸던 게 바로 그 동고리였다. 동글납작한 동고리는 물건이라기보다 생명체 같은 느낌을 갖게 했다. 나무껍질을 가늘게 꼬아 뚜껑까지 엮은 동고리는 제속에 갖가지, 실패 골무 바늘꽂이 들을 품고 있었다. 모두 할머니 손에서 빚어진 것들이었다.

오래전 수첩들과 별의별 장신구들을 동고리 안에 정리하는 데 몰두하던 오민주가 고개를 세우고 중얼거렸다.

가만, 내가 뭘 찾고 있었더라….

기막혀라!

이기훈 명함을 찾겠다고 이 난리법석을….

왜 찾는데?

이제 와서 뭘 어쩌겠다고.

미쳤군 미쳤어.

이기훈의 내면세계는 서랍 속보다 더 복잡했을 것이다. 무수한 연결에서 또 무수한 연결로 얽힌 세상을 그는 더 치열하게 살아야했을 테니까. 한 세월 소중하고 애틋했던 동고리를 까맣게 잊고 있던 것처럼 이기훈도 그렇게 오래도록 눈에 안 띄는 대상은 잊었을 것이다.

피식피식 웃던 오민주가 또 할머니 박순분 목소리를 냈다.

세월아 네월아 야속허구두 야속허다.
오뉴월에도 옆구리 시린 이 내 신세.
전생에 무신 죄를 하 많이 지었기에.
스 발 막대 휘둘러도 걸릴 거이 읎네.

***

낮은 소리로 새봄이 짖었다. 짖는다기보다 말을 거는 듯했다. 오민주를 향해 앞발을 뻗댄 자세였다. 오민주가 돌아보자마자 새봄은 발랑 배를 드러내고 자빠졌다. 오민주 손이 새봄의 배를 어루만졌다. 배꼽 아래위 대칭으로 작은 젖꼭지들이 만져졌다. 한 번도 수태하지 못한 배와 한 번도 수유하지 못한 젖꼭지들을 천천히 쓸어대다가 도톰한 성기에 닿는 순간 손을 떼었다.

오민주 품에 안긴 새봄은 오민주 시선을 붙잡고 놓으려 하지 않았다. 아니 오민주가 새봄의 시선을 붙잡았다. 오랫동안 둘은 서로의 눈을 들여다보고 있었다.

예전에 아치모시 마을 개들은 복날 가마솥과 함께 개천이나 계곡으로 끌려갔다. 어느 정도 자라면 농부들의 보신을 위해 물가에서 최후를 맞았다. 초복 중복 말복 빠짐없이 개를 잡는 일은 오랜 관습이었다. 여북하면 오뉴월 개 패듯 한다는 말이 생겼을까. 그때의 개는 가축일 뿐이었다. 불과 얼마 전까지 보신탕 영업은 도처에서 성업 중이었다. 드물지만 현재도 개고기 파는 집이 눈에 띄었다.

새봄의 체온은 오민주 체온보다 훨씬 따뜻했다. 서로의 체온이 서로에게 스며들고 있었다. 새봄은 눈빛 고갯짓 꼬리 흔들기로 넘치는 애정을 드러냈다. 오민주도 새봄의 동족을 다만 식용으로 받아들였던 때가 있었다. 수육이거나 탕이거나 특유의 냄새는 식욕을 자극했고 소주 맛을 돋웠다. 그 냄새가, 살아있는 새봄의 몸에서도 미미하게 풍겼다. 냄새의 기억과 식욕의 기억이 오민주 머릿속에서 난해하게 얽혔다. 급작스레 변한 개에 대한 인식을 어떻게 해석해야 할까. 그저 아이러니했다.

세상의 빠른 변화 속도는 수많은 태풍을 몰고 왔다. 자연이 아닌 인간이 일으키는 태풍은 지구의 모든 생물로 하여금 새로운 춤을 추게 했다. 여유로운 느린 춤사위로는 중심을 잡을 수 없으므로 빠른, 점점 더 빠른 춤사위로 버텨내야 했다. 좌우세를 유지하며 버티지 못하면 비참하게 내쳐지거나 최후를 맞을 수밖에 없었다. 나날이 춤사위는 광기로 치달았다.

오민주는 자신이 겪은 태풍을 더듬어보았다.

육이오동란 직후 불어 닥친 신식태풍은 아치모시 아낙네들 쪽진 머리를 뽀글뽀글 파마머리로 바꾸어놓았다. 짧은 머리카락마다 꼬불꼬불 말린 모습은 오민주가 세상에 태어나 최초로 대하는 경이로움이었다. 어머니도 파마머리를 했었는지는 분명치 않은데 그런 머리를 보면 손으로 만져보고 싶어 안달했던 기억만은 생생했다. 그 사람을 그 사람이 아닌 낯선 사람으로 보이게 만드는 파마머리가 무슨 요술바가지처럼 느껴졌다. 오민주에겐 파마머리가 최초의 문화충격이었다.

초가지붕에 초저녁 하얀 박꽃이 피고 가을 햇살에 둥근 박이 여물어가는 모습을 다시는 볼 수 없게 만든 건 새마을운동 태풍이었다. 초가집도 없애고 마을길도 넓히고부터였다. 스무 살 안팎의 처녀총각들을 도회지 공장으로 내몬 건 산업화 태풍이었다. 세계화 태풍은 무한경쟁 속에 개개인을 몰아넣었다. 그리고 이어지는 정보화 디지털 태풍은 오민주가 이해할 수 없는 상황으로 치달았다.

자발적 아웃사이더가 되기 전에 이미 세상의 속도로부터 소외되고 내쳐졌음을 오민주는 깨닫고 있었다.

새봄을 데리고 산책길에 나섰다. 아파트단지 내 산책로로 들어서자 새봄은 목줄을 당기며 활기차게 내달렸다. 내달리다가 오줌도 싸고 똥도 싸고 그러면서 나무 밑동에 코를 박고 온몸으로 냄새를 맡았다. 나무 하나에 만족할 수 없는지 새봄은 이 나무 저 나무 옮겨 다녔다. 오민주는 새봄이 하는 대로 움직였고 멈췄다. 새봄은 흙을 파헤치기도 했고 풀숲에 얼굴을 파묻고 한참을 가만히 있기도 했다. 그러다가 목줄을 잡아채며 흥분을 가라앉히지 못했다. 일주일 넘게 산책을 시켜주지 않은 탓이었다.

요즘 들어 오민주는 새봄과의 연을 후회하는 시간이 잦아졌다. 끝까지 책임질 수 없을 것 같기 때문이었다. 새봄이보다 먼저 죽을 수 있었다. 새봄을 가족으로 받아줄 사람에게 재산을 상속하겠다는 유언장 공증을 받아둬야겠다는 생각이 불쑥불쑥 들었다. 공증을 받으려면 삼백만 원 정도의 만만치 않은 금액을 지불해야 했다. 어떤 변호사를 찾아가야 할까. 만약 이 다음에 상속받은 사람이 예민한 새봄을 학대하진 않을까. 죽음에 대한 생각은 별의별 가지를 뻗으며 머릿속을 복잡하게 메웠다.

지난해 가을 새봄을 반려견 숙박업소에 나흘간 맡긴 적이 있었다. 유종우와 뜬금없이 제주도 여행을 하게 됐기 때문이었다.

"우리 어딘가로 떠났으면 좋겠다."

단골 밥집에서 유종우와 점심을 먹다가 오민주가 불쑥 내뱉은 말이었다. 비지찌개를 숟가락으로 뜨다 말고 고개도 들지 않은 채 말했다. 둘 사이의 무거운 침묵은 흐트러지지 않았다. 오민주는 한마디 덧붙였다.

"며칠간 멀고 낯선 곳에서 함께 있어 보면 어떨까 싶어."

반 이상 남은 비지찌개는 거의 식어있었다. 그날따라 단골집

비지찌개는 별로 맛이 없었다.

"멀고 낯선 곳에서 함께…."

죽으면 어떨까. 거기까지 발설하려다 삼켜버렸다. 정말로 실행하자고 할까 두렵기도 했다. 유종우가 오민주를 멀거니 바라봤다. 뜬금없이 뭔 소리냐는 표정이 잠깐 스치다가 다시 멀건 눈빛으로 돌아갔다.

"당신 눈에 초점이 없기 때문이야!"

오민주가 날카롭게 소리쳤다.

"또 뭔 트집을 잡으려고…."

"언제까지 허정숙…아니, 형님이라고 할 게."

"또 그 사람 얘기야?"

"그래. 당신이 주야장천 그쪽에 얼빠져 있으니까 그렇잖아."

"그런 거 아니라고 했잖아."

"그럼 그 증거로 나랑 여행해. 아무 데나 당장."

"그래. 그렇게 하자."

팽개치듯 내뱉는 유종우의 대꾸가 거슬렸지만 그냥 밀고 나갔다.

"좀 멀리 가고 싶어. 제주도 어때?"

그렇게 충동적으로 떠나게 된 여행이었다.

오민주에겐 최초의 여행인 셈이었다. 멀고 낯선 곳에 대한 동경보다 공포감이 앞서 여행은 엄두도 내지 못하고 살아왔던 탓이었다.

공항 풍경은 유종우를 절대적 보호자로 느끼도록 만들었다.

난생 처음 타는 비행기가 이륙하는 순간 오민주 감성은 문명 이전으로 회귀했다. 유종우 손을 양손으로 부여잡은 손아귀에서는 땀이 배어났다.

제주 바다가 한눈에 들어오는 호텔에 여장을 풀었다.

그곳에서의 삼박사일 동안 낮에는 바쁘게 휘둘렸다. 오로지 먹기 위해서 오로지 보기 위해서 먼 거리를 이동해야 했다. 오민주 시선은 차창 밖 풍경보다 유종우의 표정과 자세에 집중됐다. 제주음식 앞에서도 유종우 눈빛과 몸의 표정을 살피는 데 신경을 곤두세웠다. 매순간 눈앞에 있는 유종우지만 그 속마음은 볼 수가 없다.

밤마다 오민주는 두 세 시간 잠들었다가 깨어나곤 했다. 깊이 잠든 유종우의 숨소리는 정신을 맑게 깨워주었다. 함께이면서 혼자 누리는 밤 시간은 특별했다. 오민주는 잠든 유종우를 바라보며 하염없이 앉아있거나, 우두커니 서 있거나, 유종우 곁을 반복적으로 서성이다가, 문득문득 그 시간이 지나가는 걸 아쉬워했다.

바다, 현무암, 야자수, 구릉의 갈대숲, 미술관, 동굴 들은 그런대로 순간순간 눈길을 사로잡았다. 어쩌다 문득 새봄이 떠올랐다.

여행을 끝내고 돌아오자마자 오민주는 새봄을 찾으러갔다. 상봉 순간 오민주는 억장이 무너졌다. 새봄이 이상한 모습으로 변해있었다. 도무지 새봄 같지 않았다. 꾀죄죄한 털에 꼬리는 축 늘어졌고 눈은 생기가 없었다. 무엇보다 이상한 건 새봄이 아무 소리도 내지 않는다는 것이었다. 반가움에 길길이 날뛸 줄 알았는데 그 어떤 반응도 하지 않았다. 거의 죽어가고 있는 상태였다. 새봄을 안아 올렸다. 익숙한 무게감을 전혀 느낄 수 없었다. 새봄의 몸은 허깨비처럼 가벼웠다.

항의하는 오민주에게 주인도 날을 세웠다.

세상에 그렇게 악을 쓰며 짖어대기만 하고 물 한 모금 안 마시는 개는 처음 보았다고.

***

댓돌에서 햇빛이 자글거린다. 마루 끝에 걸터앉은 오민주 맨발이 따끈따끈한 댓돌에 닿는다. 채마밭 고랑의 유종우는 햇빛을 온몸으로 맞고 있다. 햇빛은 댓돌 아래에서 끊임없이 흘러나오는 샘 웅덩이에도 자잘한 물그림자를 그려댄다. 샘물은 작은 돌들을 정교하게 박아놓은 좁다란 물길을 따라 졸졸거리며 멀리 채마밭 끝으로 흘러간다. 물길은 촘촘히 자라는 돌미나리들로 파릇파릇하다.

빨랫줄에 나란히 걸린 목장갑들은 얼룩얼룩 흙물이 들어있다. 모두 유종우 손에 끼워졌던 것들이라 손가락을 감쌌던 형상을 그대로 드러내고 있다. 오민주 시선이 빨랫줄의 목장갑들을 하나하나 더듬어간다. 위태롭게 간신히 매달린 것도 몇 개 있다. 여기저기서 팔랑거리는 나비의 날갯짓 때문인지 바람도 없는데 장갑 하나가 떨어진다.

오민주 시선이 채마밭을 향한다. 오밀조밀 가꾼 채마밭은 채마 종류별로 이파리들 색깔과 모양이 각각 다르다. 그것들은 제 구역에서 나름대로 활기차다. 언뜻 보기에는 여러 종족이 평화롭게 공존하는 모양새다. 채마밭 주변의 크고 작은 과일나무들도 햇빛에 이파리를 반짝이며 초록 숨결을 물씬물씬 토해낸다.

겉모습으로는 식물들의 속사정을 알 수 없다. 하늘을 향한 이파리들과 땅속을 파고드는 뿌리들이 조금이라도 더 햇빛을, 습기를 차지하기 위해 얼마나 안간힘을 쓰고 있는지를. 그들은 그렇게 자신에게 주어진 조건에서 최선을 다해 의지의 힘을 쥐어짠다. 조건을 탓하지 않는 그런 적응이 모이고 모여 자연을 버텨주는 것이리라.

돌 틈바구니에서 얼굴을 내민 질경이 이파리가 싱싱하다. 오민주는 질경이 곁으로 다가가 쪼그려 앉는다. 질경이를 한참 들여다본다. 이 작은 생명의 생존도 하늘과 땅, 그러니까 우주의 교감과 소통에 의해 이루어지고 있는 것이다. 오민주가 중얼거린다.

신비해.
조홧속이야.

산그늘이 어룽거리는 계곡물 주위는 채마밭 분위기와 다르다. 평상을 치우고 세운 아담한 정자 때문일까 한갓진 운치가 물소리를 도드라지게 한다. 갓 쓰고 도포자락 휘날리는 한량이 합죽

선을 펼치며 시조가락 흥얼거리는 모습을 연상케 한다.

한 손으로 턱을 괸 유종우.

반백의 머리카락이 다부진 이마 한쪽으로 쏠려있다. 허름한 작업복. 거친 손. 햇볕에 그을린 주름진 얼굴. 언뜻 보기에 농부로 늙은 외관이다. 그런데 눈매와 입매만은 여전히 범상치 않다. 차돌 같은 야무진 단단함이다. 깡마른 어깨에도 여전히 만만치 않은 기운이 서려있다.

팔짱을 낀 오민주.

도톰한 이마를 통째로 드러내고 뒤로 매끄럽게 묶은 머리는 앞부분만 몇 가닥 흰 띠를 둘렀다. 부드러운 소재의 허리선을 강조한 원피스가 군살 없는 몸매를 휘감고 있다. 이마부터 쇄골에 이르는 선도 여전히 부드럽고 날렵하다. 그런데 예전보다 날카로운 촉수가 숨어있는 인상이다.

정자에 마주 앉은 두 사람은 동작정지 상태다. 턱을 괴지 않은 유종우의 다른 손 검지와 중지 사이엔 담배가 끼워져 있다. 필터까지 스스로 타들어간 담배가 아직 가느다란 연기를 피워 올린다. 둘 사이 야외용 식탁엔 소주병 소주잔 안주접시 담뱃갑 들이 놓여있다. 두 사람은 각각 다른 곳에 시선을 꽂고 있다. 자신의 코앞 소주잔만 바라보는 유종우. 흘러가는 계곡물만 바라보는 오민주. 고집스럽게 느껴지는 두 사람의 시선엔 초점이 없다.

물가 산기슭에서 급작스럽게 큰새가 날아오른다. 소리가 요란하다. 놀랄만한 소리임에도 유종우와 오민주는 잠깐 고개를 움직였을 뿐이다.

새 우짖는 소리는 사방에서 연달아 들린다. 간간이 공중에서 흉내 낼 수 없는 소리로 선을 긋는 새들도 있다. 산으로 에워싸인 골짜기의 정적과 대비되어 새소리는 더할 수 없이 선명하다. 사이를 두고 소리를 뿌려대는 새들과 달리 산자락을 에두르며 흐르는 계곡물 소리는 쉼 없이 이어지고 있다.

　마주앉은 유종우와 오민주는 여전히 그 자세 그대로다. 유종우의 손가락에서 담배꽁초가 사라졌을 뿐이다. 술꾼인 그들이 소주 한 병에 취할 리는 없는데 두 사람 다 더 마실 생각이 없는 모양이다. 일정한 리듬으로 반복되는 단조로운 물소리와 여백을 두고 쏟아내는 빛 가루 같은 새소리에 편안히 잠겨있는 것일까.

　오민주가 식탁을 짚고 벌떡 몸을 일으킨다. 정자에서 내려오는 종아리에 원피스자락이 휘감긴다. 포도넝쿨 머루넝쿨 사이를 지나고 대추나무 보리수나무 그늘을 지나 댓돌에서 마루 위로 다람쥐처럼 올라선다.

　마루 중앙에 선 오민주는 익숙하게 단전호흡으로 숨을 고른다. 그런 다음 춤을 추기 시작한다. 속삭이듯 잔잔하게 일어난 율동은 굿거리 자진모리 휘모리장단을 거치면서 활달해지고 거세진다. 얼굴과 목덜미가 땀으로 번들거린다. 잠시 손부채질을 하던 오민주는 다시 춤에 빠진다. 발 디딤이 현란하다. 이번에는 처음부터 빠른 휘모리장단 춤사위다. 빙글빙글 돌 때마다 땀방울이 흩뿌려진다. 율동으로 발산하는 외침이다. 興이라기보다 독기가 몸을 장악한 듯하다.

　원피스를 벗어던지고 계곡물에 첨벙 빠진 오민주의 알몸 주위에서 작은 물고기들이 헤엄친다. 정자에 앉아있던 유종우가 고개를 돌려 물에 잠긴 오민주의 알몸을 내려다본다. 주름진 눈가가 미세하게 떨린다. 시선을 거두고 두 손바닥으로 얼굴을 문지른다. 그러고는 뭔가를 털어내듯 머리를 흔든다.

창고에서 호미를 들고 나온 유종우가 성큼성큼 또 채마밭으로 들어간다. 아직 해가 기울지 않아 볕이 뜨겁다. 물에서 나온 오민주는 부랴부랴 옷을 챙겨 입는다. 채마밭으로 향하던 오민주 발걸음이 멈춰 선다. 밭 가운데 쭈그리고 앉아 호미질 하는 유종우 입에서 도연명의 自祭文 몇 구절이 흘러나온다. 도연명이 죽기 며칠 전에 스스로 썼다는 그 제문을 유종우는 요즘 뻔질나게 입에 올린다. 꼿꼿이 서서 유종우를 바라보던 오민주가 휙 다가간다. 다짜고짜 유종우 손에 들린 호미를 낚아챈다.

"탈진해서 죽고 싶은 거야?"

잡초 뽑힌 감자밭 고랑의 지열이 흙냄새를 진하게 풍긴다. 호미를 뺏긴 유종우가 단단히 앙분한 오민주를 이윽히 올려다본다. 눈 꼬리에 일그러진 웃음기가 매달린다. 후끈한 흙냄새를 맡던 오민주 눈에 핑 눈물이 고인다.

***

심방골 다녀온 지 사흘이 지났다.

유종우에게선 전화 한 통 없다. 사흘은 그런대로 버텼는데 시간이 무겁게 뭉쳐지고 있다. 순간순간이 정체되며 제자리걸음이다. 별의별 생각이 불나비 떼처럼 뒤엉킨다. 별의별 생각의 공통 분모는 유종우다. 이기훈을 떠올려보아도 유종우가 덮어버린다.

태극무늬 춤사위도 마음을 진정시키지 못한다. 그래도 그냥 있는 것보다는 낫다. 눈을 감고 태극선으로 손목을 돌리는 태극무늬 춤사위를 이어간다.

우주만물의 생성근원…. 음양의 조화…. 궁극적 실체….

오민주가 춤을 멈추고 깔깔 웃는다.

죽은 사람을 어떻게 당해.

생성이고 근원이고.

죽은 자가 궁극적 실체인 걸.

5초 정도일까. 10초 정도일까. 가늠할 수 없는 동안 오민주는 유종우의 아내 허정숙과 눈길을 마주쳤다. 마주치고 있어야만 했다. 병상에 누워있는 허정숙이 눈길을 붙잡고 있었다. 상대가 붙잡았다기보다 오민주 스스로 빨려들고 있었다고 해야 옳다. 그렇게 맑고 고요한 눈을 오민주는 본 적이 없었다. 그 눈이, 오민주가 알 수 있는 모든 것과 알 수 없는 모든 것을 통틀어, 부끄럽게 했다. 그러나 그 눈은 부끄러움으로 오그라든 숨결에 따뜻한 바람도 불어넣어 주었다. 오민주와 나란히 선 유종우 숨소리가 묵직했다. 허정숙의 눈길이 천천히 유종우에게로 옮겨졌다. 희미하게 웃음을 머금은 눈이었다.

그날 밤 허정숙은 마지막 숨을 거뒀다.

"자기야. 나 심방골 갈래. 우린 실체를 확인해야 하거든. 빨리 데리러 와."

오민주는 유종우에게 전화를 걸어 자기 할 말만 냅다 하고 끊는다. 그러고는 곧바로 분주해진다. 새봄도 데려가려니 챙겨야 할 물건이 많다. 노트북은 우선적으로 챙겼다. 예전에 쓰다 만 소설 '방아다리'를 심방골에서 마칠 생각이다.

새소리 물소리 그리고 간간이 나뭇잎들을 춤추게 하는 바람소리 말고는 소리가 없는 것 같지만 아니다. 귀 기울여야 들리는 나뭇잎 수런대는 소리, 방향을 가늠하기 힘든 가느다란 풀벌레소리도 있다. 그렇게 작은 소리들이 있는가하면 한밤중 잠을 깨우는 소리도 있다. 산짐승들이 내지르는 괴성은 하늘을 찌르며 골짜기를 울린다.

오민주는 심방골에서 여러 날 유종우와 함께 있다. 달력을 보는 일이 없으니 정확히 몇 밤을 보냈는지 모른다. 새봄도 적응이 됐는지 쓸데없이 짖지 않는다. 소설은 아직 손을 못 대고 있다. 써질 것 같지도 않다. 못 쓰겠으니까 쓰고 싶지도 않다. 열정만 믿고 덤벼들었던 자신이 가소롭게 느껴진다.

지속적으로 소리가 들린다. 숲을 춤추게 하는 빗소리다. 유종우는 아까부터 마루에 앉아있다. 무수한 빗줄기들과 거기 화답하는 초목들의 몸짓과 뽀얀 물안개에 휩싸인 심방골은 몽환적이다. 오민주가 유종우 곁으로 다가가 나란히 앉는다. 유종우는 눈동자도 돌리지 않는다. 마법에라도 걸려있는 사람 같다.

오민주는 유종우가, 지나간 시간을 '지금'으로 느끼고 있는 중이란 걸 안다.

살아온 긴 세월 중에 유종우가 줄기차게 '지금'으로 현재화하는 때는 언제나 소년기였다. 집 나간 아버지와 넋 나간 어머니와 배고파 우는 두 동생. 그 상황을 치열하게 살아내야 했던 무렵의 생. 그런데 요즘 유종우의 '지금'이 달라졌다. 요즘 들어 유종우의 '지금'은 아내 허정숙과 함께 했던 세월이다. 소년시절일 때와는 눈동자도 낯 색도 다르고 자세도 다르다. 김을 매다가도 오민주와 마주앉아 밥을 먹다가도 문득문득 눈동자와 낯 색과 자세가 완전무결하게 '있으나 없는 사람'으로 바뀐다. 그럴 때면 오민주는 슬그머니 퇴장한다. 퇴장하며 유종우 등을 껴안고 있는 자신의 모습을 상상한다. 실제로 오민주 품에 오래도록 안겨 있는 건 새봄이다.

한밤에 지붕을 때리는 빗소리에 홀려 잠을 설친 오민주는 늦잠에서 가까스로 깨어난다. 비개인 골짜기의 새뜻한 초목이 눈을 비집는다. 108미터 땅속 암반수를 끌어올리는 수도꼭지에서 물줄기가 쏟아진다. 벌거벗은 유종우가 좍 좍 물을 끼얹으며 바가지 샤워를 하는 중이다.

어푸! 어푸! 어~좋다! 아이구 시원하다!

요란한 소리가 오민주의 덜 깬 잠을 말끔히 거둔다. 댓돌에 목이 긴 흙투성이 장화가 널브러져있다. 찬물 끼얹어대는 양이 아침부터 된통 땀을 흘린 모양이다.

"아침부터 자기 혼자 무슨 일 한 거지?"

"당신은 봐도 모를 걸?"

"뭔지 빨리 말해줘."

"비가 세차게 오면 애처로워지는 식물이 생기게 마련이거든. 당신이 씨 심고 애지중지 키운 콩대가 모두 쓰러져버렸지 뭐야."

오민주는 벌거벗은 유종우 등을 껴안으려고 마루 끝에서 폴짝 내려선다.

***

산촌마을에서도 한참 골짜기로 들어온 아늑한 터. 유종우가 이 골짜기와 인연을 맺은 지 스무 해가 지났다. 승방골을 심방골로 바꿔 부르자고 활기차게 말하던 그때의 유종우 모습이 생생하다. 그동안 인적 없던 이곳 골짜기 깊이 찻길을 뚫으며 여러 채의 별장이 포진했다. 그네들은 흙과 관계 맺는 일보다 가끔씩 풍광을 즐기려고 찾아 드는 족속들이라 마주칠 일은 거의 없다.

유종우의 텃밭은 옥토로 변했다. 흙과 돌의 시간과 그 흙과 돌의 마음을 읽을 수 있는 유종우였기에 가능한 일이었다. 땅을 일굴 때 나온 어마어마하게 많은 돌을 유종우는 알뜰하게 활용했다. 크거나 작거나 편편하거나 모나거나 둥글거나, 그 돌의 생김새에 따라 적절한 쓰임새를 만들어냈다. 모습이 각각 다른, 모두가 개별적인 돌들은 수백 평 공간에서 묵묵히 제 자리를 지켰다. 유종우가 부여한 운명의 자리를 돌들은 거역하지 않았다. 앉거나 서거나 받치거나 기대거나 끼워지거나, 그들은 서로 협력했다.

그들 하나하나 모두의 자세는 안정적이고 조화롭다.

　오민주는 몇 계절을 넘기며 유종우와 함께 심방골을 지키고 있다.

　새로운 태풍 탓이기도 하다. 소리도 없고 보이지도 않는 코로나19 바이러스 태풍의 세계화는 지구촌을 반년 넘게 아비규환에 빠트리고 있다. 의인이 한두 명도 없던 소돔과 고모라처럼 제한된 구역도 아니다. 언제 물러갈지 영영 안 물러갈지 예측도 할 수 없다. 이 태풍은 순간순간 지구 전역을 휩쓸며 사람들을 무더기로 쓰러트리고 죽이고 있다.

　오민주는 코로나-19라는 바이러스를 진노한 귀신의 입김으로 받아들였다.

　어린 시절 오민주는 할머니와 귀신과 함께 살았다. 귀신과 동거하는 할머니 때문이었다. 할머니에겐 삼라만상이 모두 귀신이었다. 그러므로 삶이 귀신 덕분이었다. 당연히 귀신은 경외, 섬김의 대상이 되었다. 사람이 순리를 거스르지 않으면 귀신은 절대로 사람에게 해코지를 하지 않는다고 할머니는 평생 믿고 살았다.

　타인과 거리두기에 익숙해 있는 오민주는 산촌생활에 금세 빠져들었다. 날마다 내일 할 일을 만들어내게 되고 그 일에 심취하다 보면 하루가 후딱 지나갔다. 초복이 가까워지면서 하늘도 땅도 열기를 뿜어댔다. 텃밭의 채마들과 갖가지 과수들도 시시각각

저마다의 역사를 이루어내느라 열기를 뿜어댔다. 옥수수는 점점 무거워지고 강낭콩 꼬투리는 울퉁불퉁해지고 보리수는 불붙은 듯 새빨개지고 오디는 블루베리보다 먼저 새카매지고 있었다.

담금술 발효액 장아찌 단지들과 유리병들이 헛간에 점점 늘어났다. 그것들이 나란히 놓여있는 모습을 감상하기 위해 헛간을 수시로 들락거릴 때마다 저절로 웃음이 나왔다. 오민주는 김매는 일에까지 톡톡히 재미를 붙였다. 갖가지 생존전략으로 진화해가는 잡초들이 인간세상과 닮아있음을 확인하는 것도 은밀한 재미였다.

순한 풀이든 악질 풀이든 뽑히는 손맛이 짜릿했다. 어려서부터 익히 알고 있는 쇠비름과 바랭이는 어김없이 할머니를 불러냈다. 쇠비름 바랭이가 아니어도 오민주는 이곳에서 시시때때 할머니 생각에 젖어들었다. 저절로 그렇게 됐다. 할머니와 함께 맡았던 풀냄새 흙냄새 때문일까, 때론 할머니와 살던 시절로 돌아간 착각에 빠지기도 했다. 어떤 땐 유종우를 할머니로 착각하기도 했다. 끈 때문이라는 생각이 들었다.

굵은 동아줄도 끈이고 가는 명주실도 끈이다. 굵거나 가늘거나, 아무리 질겨도 그런 끈은 끊어 내고자 하면 끊을 수 있다. 그런데 마음이 만든 끈은 끊을 수가 없다. 마음이 끈에 묶여있고 끈이 또 마음에 묶여있음이다.

이기훈이 동아줄이었던 시절이 분명 있었다. 끊겼다고 알았던 그 동아줄은 다시 이어졌다가 또 끊겼다. 마음의 끈이 아닌, 끊어낼 수 있는 끈이었으므로 그렇게 됐을 것이다. 어쩌다 이기훈이 떠올려지면 아침못의 자욱하고 습한 물안개가 시야를 메웠다.

"오 민 주, 어디 있니?"

유종우 목소리가 심방골을 울린다. 오민주는 늘어진 보리수 나뭇가지 속에 들어가 있다. 엉거주춤 쪼그린 자세로 짧고 가느다란 줄기에 아슬아슬 매달린 새빨간 보리수 열매들을 따고 있는 중이다. 무더기로 매달린 작은 열매들이 무릎을 쪼그리고 목을 젖힌 불편한 자세도 견디게 만든다. 밖과 차단된 붉은 열매 세상에 오민주는 매료된다. 눈에 보이는 세상만이 온 세상인 순간순간이다. 열매를 따고 또 따는 반복적 동작은 의식을 마비시킨다. 유종우 목소리가 또 울린다.

"어디 있어? 대답 안 해?"

무아의 상태에 빠져있는 오민주는 여전히 대답하지 않는다.

"밥 차려놨는데 도대체 뭘 하고 있는 거야."

단호한 유종우 목소리에 짜증이 배어있다. 오민주는 문득 어렸을 때처럼 숨어있고 싶어진다. 아치모시 집의 벽장과 장작가리, 애타게 찾는 할머니 목소리가 생생해진다. 오민주는 보리수 열매가 수북이 담긴 바구니를 밖에서 안 보이게 끌어당기고 퍼질러 앉는다. 사방이 막힌 그늘 속은 더할 수 없이 아늑하다. 이제 바깥세상과는 아무런 연관이 없어진다. 실실 웃음이 샌다. 몸이 나른해진다.

유종우가 보리수나무 밑에서 잠든 오민주를 끌어냈을 때는 어둑어둑해질 무렵이었다. 팔다리가 모기에 물려 울긋불긋 부풀어

오른 오민주는 약을 발라주며 핀잔을 쏟아내는 유종우에게 한 마디도 대꾸하지 못한다.

초저녁부터 오민주는 잠에 덜미를 잡힌다. 잠에 빠져드는 순간마다 의식과 무의식의 경계를 넘나들게 된다. 가슴을 더듬던 유종우 손이 아래로 미끄러진다. 오민주 손이 유종우 손길을 차단한다. 발바닥안마부터 해줄 것이지. 속으로 투덜거리다가 내뱉는다.

"오늘밤 내 성감대는 발바닥이거든 ~요."

유종우가 쿡쿡 웃는다.

"졌다. 졌어."

유종우의 발바닥안마는 온몸에 희열을 안겨준다. 솔직히 섹스보다 월등히 좋다. 욕심 사납게 더 안마를 받고 싶은데 유종우 손에서 발이 놓여난다. 오민주는 유종우 배 위에 척 발을 올린다. 유종우가 배에 놓인 오민주 발을 손에 쥔다.

"이제 이 성감대 만져주면 옥문 열어줄 거지?"

"하는 거 봐서."

***

밭 가장자리 밤나무 그늘아래 유종우와 오민주가 앉아있다. 넓고 평평한 한 쌍의 돌이 둘의 엉덩이를 받치고 있다. 함께 김을 매다가 쉬는 중이다. 두 사람 주위를 새봄이 오락가락한다.

"우리에게… 미래가… 얼마나 있을 거 같아…."

유종우가 웅얼거린다. 오민주 시선이 유종우 이마에 닿는다. 아래로 향한 이마는 요지부동이다.

"혼잣말이야? 묻는 말이야?"

"그냥…나도 모르게 나온 소리야."

오민주는 눈으로 유종우가 운명 지워 놓은 돌들을 세어본다. 시야에 들어오는 돌만도 엄청난 숫자다. 하루 종일이 아니라 며칠을 세어도 다 못 셀 것 같다.

"지나온 세월이 실제가 아닌 전설 같아."

또 유종우가 웅얼거린다. 웅얼거림이 계속된다.

"너무 이상한 세상에 와있어. 도대체 모르겠는 세상이야. 아는 사람끼리도 경계해야 하는, 우리가 지금 사는 이 세상을 사람 사는 세상이라고 할 수 있을까."

오민주는 심각함에 젖어있는 유종우에게 무슨 말을 해줄까 궁리한다. 궁리하는 오민주 표정도 심각해진다.

"여기서 반딧불이도 가재도 보았는데. 그새 그것들은 다 어디로 사라진 걸까."

유종우는 말끝에 긴 한숨을 매단다.

"그러게…. 또 어떤 변화의 태풍이 우리를 어떤 세상으로 몰아갈까."

오민주는 밝은 목소리로 얼른 덧붙인다.

"어쨌든 난 당신만 있으면 돼."

"이 골짜기를 심방골이라 불렀는데…. 오민주, 이제 난 여기서 향기를 찾을 자신이 점점 없어진다."

멀리 시선을 던진 유종우 눈빛이 아련하다.

"난, 이 골짜기, 이 텃밭에서, 향기를 만들어내고야 말 거야."

힘주어 말하는 순간 오민주 몸이 부르르 떨린다. 아침못과 함께 쓰다 만 소설이 느닷없는 가려움처럼 의식을 자극했기 때문이다. 졸지에 오민주 표정이 변한다. 혼이 빠져나간 사람 같다. 두 사람 사이에 고이는 침묵을 간간이 새소리가 휘젓는다.

왜, 아침못이….

왜, 쓰다 만 소설이….

우뚝 몸을 일으킨 오민주가 유종우 다리 사이로 척 들어서서 양팔을 척 팔짱낀다. 그리고는 강렬한 눈빛으로 유종우 시선을 붙잡고 쏟아내듯 말한다.

"우리 지금 당장 아침못 보러 가자."

오민주 시선에 묶인 유종우가 웅얼거린다.

"그럴까? 거기 가서 신선이 된 착각에라도 빠져볼까?"

*

소금북 소설선 003

찬바람 더운 바람
ⓒ박계순 장편소설. 2020, printed in seoul, Korea

초판 인쇄 2020년 10월 30일
초판 발행 2020년 11월 05일

지은이 박계순
펴낸이 박옥실
책임편집 임동윤
디자인 유재미 정지은

펴낸 곳 소금북
등록 2015년 03월 23일 제447호
발행 춘천시 행촌로 11, 109-503 (우-24454)
편집 서울시 중구 퇴계로50길 43-7 (우-04618)

전자주소 sogeumbook@hanmail.net
구입문의 ☎ (070)7535-5084, 010-9263-5084

ISBN 979-11-968400-9-9 03810

값 13,000원

• 이 소설집은 춘천문화재단의 후원금으로 발간되었습니다.